柴扉集

时代出版传媒股份有限公司
安徽文艺出版社

张国领 ◎ 著

作者简介：

张国领，中国作家协会会员。河南禹州人，现居北京，毕业于北京电影学院、南京政治学院，军事新闻研究生。军旅生涯43年，历任战士、干事、电视编导、《橄榄绿》文学期刊主编、《中国武警》杂志主编，武警大校警衔。出版有散文集《男兵女兵》《和平的守望》《和平的断想》，诗集《绿色的诱惑》《血色和平》《铭记》《千年之后你依然最美》《和平的欢歌》等16部，《张国领文集》（11卷）。作品曾获"冰心散文奖"、"解放军文艺新作品奖"一等奖、"战士文艺奖"一等奖、"长征文艺"奖、"中国人口文化奖"金奖、"群星奖"银奖等五十多个奖项。

CHAI FEI JI

柴扉集

张国领 ◎ 著

时代出版传媒股份有限公司
安徽文艺出版社

图书在版编目（ＣＩＰ）数据

柴扉集/张国领著.--合肥：安徽文艺出版社,2021.7
ISBN 978-7-5396-7160-4

Ⅰ.①柴… Ⅱ.①张… Ⅲ.①散文集－中国－当代 Ⅳ.①I267

中国版本图书馆 CIP 数据核字(2021)第 026449 号

出 版 人：段晓静
责任编辑：张妍妍　　　　　　　　装帧设计：张诚鑫

出版发行：时代出版传媒股份有限公司　www.press-mart.com
　　　　　安徽文艺出版社　　www.awpub.com
地　　址：合肥市翡翠路 1118 号　　邮政编码：230071
营 销 部：(0551)63533889
印　　制：安徽新华印刷股份有限公司　　(0551)65859551

开本：880×1230　1/32　印张：10.875　字数：250 千字
版次：2021 年 7 月第 1 版
印次：2021 年 7 月第 1 次印刷
定价：45.00 元

(如发现印装质量问题，影响阅读，请与出版社联系调换)

版权所有，侵权必究

序一

与张国领相识多年,自然积攒了无数的生活细节和往来言语。无须有意打捞,有一个画面总在我眼前,从没因时光流逝而褪色。

1997年夏天,北京西郊六郎庄——当然,现在似乎算不上郊区了——有一排红砖红瓦的临时民房。民房紧挨着乱糟糟的市场,四周是庄稼地。

刚从河南到京的张国领,就住在其中的一间。因没有像样的家具,简陋的房间显得很空旷。他坐在床沿,就着一张破旧的桌子,沉浸于写作之中。他的装扮着实不雅,从上到下,一条毛巾搭在脖颈上,光着脊背,穿着大短裤和拖鞋,多半时候,一只脚还架在床沿边。

这画面之所以一直盘桓在我心头,并非我羡慕他随时都可以进入写作状态的能力,而是他不经意间透出的朴实本色感染着我。我固执地认为,花哨是可以伪装的,而朴实难以演绎。更为可贵的是,这样的朴实无障碍、无异化地进入他的散文创作之中。

为此，我曾以《朴素的高贵》为题对他的创作进行了较为深入的评论。

说到文学评论，我不能不感谢他。当年，我刚到解放军艺术学院学习，他赠给我一本新出的散文集《男兵女兵》。军营里的日常生活，朴实的男兵女兵，亲切得与我的现实生活一样。因为这份亲切，我写下了平生第一篇文学评论，并从此一发不可收。

质朴的张国领，不需要任何过渡，就能走进身后的岁月。这本书多半是在他京城的大房子里写的，但我知道，他确实真实地回到了远在安徽合肥的柴扉小院。

柴扉小院是他曾经的住处，更是他人生重要的驿站。他的身体在现时的京城，灵魂早已回到往昔的柴扉小院。他不是在回望岁月、重现人生之路上的点点滴滴，而是在感恩岁月、感恩友情。是的，没有真切的感恩之心，不会写下这些人和事，更不会写得如此饱含深情。

在启动这本书的写作前，张国领就是一个爱聊"曾经"的人。起初，我对他的记忆力表示惊讶。那些陈年旧事，他可以如影视剧般清晰地呈现，人名、地名、时间能精确到几月几号，细节真似树叶上的经脉，纤毫毕现。后来，我才发现，这与他的记忆力无关。怀旧，一直是他生活的一部分。

我们活在当下，眼光伸向未来，总有意或无意地淡忘过往。殊不知，一路走来的曾经，不但是生命不可切割的一部分，而且或显或隐地参与人生旅途的行走。

一条河流，河面、浪花以及浮叶和阳光，是河的显现，水面下的一切，才是河的本质以及存在的支撑。为此，我喜欢将生命比作一条河。张国领就是这样,常常站在河边,看水中的倒影,倾听潜流的声音。对于作家,生命的记忆自然十分重要,而对于张国领来说,走入记忆,并不仅仅是为了写作,而是应和岁月的召唤。写下这样的一行行文字,纯粹是他致敬岁月的副产品。

散文与现实生活的关系最为亲近,有时,散文如同生活的一面镜子,也可能是显微镜,写作者所做的是挑选样本和拿捏角度。就这一个层面而言,以日常生活为题材,着力呈现日常生活景象质地的散文,其实相当难写。这里面关乎散文的审美观和创作功力,不是单纯的真情实感就能构建的。好在,张国领不仅知难而上,而且把与他一样朴素的文字打磨出了光泽。

这些篇章,我基本上都是第一读者,如今,我又系统地重读了一遍。按理我该有许多话要说,关于文章以及文章之外的。奉国领之命写序之时,我本计划洋洋洒洒写上一篇长文的,可行笔至此,我才意识到,序的敲门之用,对这本书是多余的。只要打开这本书,我们就可以像走进自己家门一样容易走进这部作品,亲近的感觉迎面涌来。打开这本书,我们会在一个叫柴扉的老屋里遇上张国领。他笑容真诚,目光温厚。我们能从他的叙述中,感受到岁月的温暖,看到自己的在场。

所以,我还是收笔,让朋友们快些走入柴扉。

是为序。

北乔

2021年2月28日于甘南临潭斜藏河畔

(作者系青年文学评论家。)

序二

《我的第二故乡》是一个戎马生涯四十载的军旅作家,对自己二十多年前在军中第二故乡——安徽合肥生活时的回忆。

最初它在"原乡书院"公众号上连载时,题目叫《柴扉旧事》。每周六晚等待看推送,便成了我的一个阅读习惯。

关注它,一是因为一篇篇文章带有独特的军旅元素和浓浓的生活气息,读来引人回忆20世纪八九十年代那激情澎湃的岁月;二是因为作者张国领先生是河南籍老乡、著名军旅诗人,同为离开家乡的游子,他笔下的很多见闻和经历,读来感同身受,特别亲切。

1983到1993年间,作者在合肥市郊古城郢的武警安徽总队军营中,度过了人生中最美好的十年芳华。

这十年,是他胸怀报国志、奋勇建功立业的十年;是他甘于清贫生活、业余埋头写作的十年;是他不懈追梦、不断超越自我的十年;是一个二十多岁的青年军官,奋发向上、步步登攀的十年。

每一个人的足迹,毫无疑问也是大时代小历史的印记。本书中写到的这十年,恰恰正是中国社会生活发生巨大变革、日新月异的十年,更是文学创作复兴繁荣的黄金时代。

作者彼时刚从神垕高中毕业入伍,虽然尚未受到过专门的写作培训,但他凭着一个农家子弟的善良和真诚、勤奋和实干,怀抱一颗书写青春、光耀家国的赤子之心,因着天性里浪漫而纯粹的诗人气质,蓬勃生发了自己的文学之梦。

无论是在监狱里站岗放哨,还是在农场里养猪、做饭、种水稻,他都以炽热的喜爱和坚韧的热情,将文学创作视同自己的生命去对待,在训练和工作之余笔耕不辍。即便遭遇一百次的退稿打击,也要执着追求第一百零一次成功的机会。

正是这种愈挫愈勇的坚定和尾生抱柱式的痴情守候,让他从千千万万名军人中脱颖而出,成为崭露头角的"战士诗人"。之后,他一鼓作气、勤奋躬耕于文坛,不断刷新实现着自己的目标和梦想。

或许一个人可以走得更快,但一群志同道合的战友相携相伴,才能走得更高更远。在《我的军中领路人》一文中,作者以感恩之心和敬仰之情,回顾了老领导对自己的知遇栽培之恩。

穿上军装,就意味着付出和奉献,意味着舍小家为国家。在《娘到合肥来看我》《挤满旅途的乡愁》等文中,作者用饱蘸深情的笔墨,描写了身为军人忠孝难以两全的遗憾,也写到探亲时路遇的那对陌生母子。"老吾老以及人之老,幼吾幼以及人之幼",从这些感人至深的文章里,读者体悟到了军人之爱的博大厚重,也读出了世间母爱的真挚无私。

作者是从中原小山村走出来的,他的脚上无论穿着布鞋、军用胶鞋还是提干后的皮鞋,他始终牢记初心没有忘本,他始终热爱生活眷恋土地,即便是在军营里,即便是不辍地笔耕,也无法让他淡忘和疏远骨子里、基因中传承下来的那份耕耘的冲动。于是,他在所住的军中旧别墅窗下,辛勤地开垦出了一小片菜园子。这不是小农意识,更不是闲情逸致,而是他对土地的痴爱和癖好所致。他既不舍得荒废一寸光阴,也不舍得荒废一寸土地。作者对那片菜园子的珍爱,我想不仅仅是因它能提供菜蔬,满足俭朴日子的需求,更是因为一名军人守土有责的使命感,让他时时刻刻钟情于脚下立足的泥土。

明代张岱说过,人无癖不可与之交,以其无深情。一个心中对人对物有真情、有痴情、有深情的人,才能用情写作,才能写出动人的爱情、亲情、战友情、同学情、师长情。战友、亲人、同学、桑树和枇杷果,甚至门前那半亩方塘,作者都不吝笔墨,却又含蓄克制地娓娓道来,让人读后难忘而神往。可见,写作技巧和文才固然重要,但最根本的是,一个好的作者,首先要用真情去写作,情之所起、一往而深,自然可以打动隔着时空的每一个读到它的人。

或许有人会说,一个军人,写这些家长里短的琐碎小事,有什么重要意义呢?其实,当我们说到一名军人,应该首先意识到,他也是一个有血有肉的人,一个男人或女人,一个丈夫或妻子,一个儿子或女儿,一个父亲或母亲。这是军人的自然属性,也是军人的社会属性,如果他不首先用心爱着自己的家人、战友和岗位,你能相信有朝一日,他会用血肉之躯誓死捍卫自己的国家和人民吗?

无情未必真豪杰,英雄本色是平凡。正是透过作者深情而细腻的军营回忆,我们了解到发生在和平发展的时代环境中,那些相伴一世、感动一生的战友情,牵挂一世、温暖一生的亲人爱,铭记一世、珍藏一生的经过和场景。

柴扉别墅,是物质贫乏时代,一个精神富足者的家园,那里是他的天堂,因为有理想、有抱负、有追求、有军营、有战友、有诗书;那里也是他的凡俗,因为有家人、有邻居、有烟火、有苦恼、有欢欣、有泥土……

如今,柴扉和别墅都已不复存在,代之而起的是一座座新建的摩天大楼,但因为有了作者满怀诗意的追忆记述,那一扇柴扉,那一栋老别墅,那军营中的十年征途,得以永远在他和众多读者的心中保留。

一个时时不忘为时代做记录、有良知有使命感的作家,时代也必将为他留下屐痕足印。

《柴扉集》或许不能以其文采斐然而胜出,但它绝对是最真实经典、最温暖淳朴、最能经受得住读者和时间检验的文字。

因为喜欢看公众号上连载的《柴扉旧事》,我又找寻了作者很多其他文章来读,惊讶地发现,从军四十多年中,这位高产多产的前辈,从未懈怠和疏远过对文学创作的追求,那份朝气蓬勃的创作活力和热情,四十多年来也从未在他的工作生活中远去。

无一日不热爱生活,无一日不思考人生,无一日不奋笔疾书,几乎所有的历史事件,在他笔下都形成了诗句流传。正是因着这一份军旅作家的忠诚和担当,才有了他著作等身的累累硕果。《张国领文集》十一卷,《男兵女兵》《和平的守望》《和平的断想》《和平的欢歌》《血色和平》《绿色的诱惑》《铭记》《失恋的男孩》

《千年之后你依然最美》等诗文集,《高地英雄》《决胜卡马》等报告文学集……叠成了他军旅创作生涯的座座丰碑。

然而,这位从不自满的武警大校却依然谦虚地说,自己只是一名中华人民共和国的老兵,作为军人,没有上过战场;作为学生,高中毕业入伍没有去读大学;作为作家,没有上过鲁院、获过鲁奖……

但认识他的读者们都知道,年届花甲的他,每天仍像年轻人一样奋战在军宣工作的前线,他时时刻刻准备着,把每一个成功的终点,再当成一次出发起跑的开端。

《柴扉旧事》在原乡书院公众号上连载完毕后,安徽文艺出版社即将结集出版,以飨更多读友。同时,壮心不已的作者,又开始回顾自己从安徽调回河南的那段军旅经历,并正书写一部崭新的《柴扉别集》。

于是,"原乡书院"公众号每周六的"张国领专栏",再一次成为包括我在内很多忠实读者关注的热点。如果在此说出期待"柴扉三部曲"的心声,希望作者不会责怪我的贪婪。

是为序。

丽鹿

2021 年 5 月 27 日于郑州

(作者系著名作家。)

自序

拥有第二故乡的人是幸福的

我越来越觉得,一个拥有了第二故乡的人,要比没有第二故乡的人更幸福。因为第一故乡所给不了你的、忘记给你的、没有给够你的,第二故乡都会给你一一补上。

我是有第二故乡的人,因为我是一名军人。

凡军人都有第二故乡,这第二故乡就是从军之后部队的所在地。

我的部队所在地是安徽,我在那里生活了整整十五年。那是我从校园走上社会后接触的第一个地方。因此,我把安徽称为我的第二故乡。但其实她比我的第一故乡还要令我难以忘怀,因为十八岁到三十三岁,我人生中最宝贵的青春芳华,就是在安徽萌芽绽放、吐露馨香的。所以,至今见到安徽人,特别是我的战友们,都像是见到故乡亲人一样,格外亲切。

我是 1978 年 11 月入伍的,正踏着我们国家改革开放的鼓点,安徽省又是包产到户的策源地,因此从迈进军营那天起,我就在改革开放的大潮中,感受着伟大祖国的巨变,感受着新时代军队的巨变,感受着第二故乡安徽的巨变,感受着发生在我周围每个普通人身上的巨变。

作为一名划时代的军人,我经历并参与了一系列的改革。改革并不都是皆大欢喜,有的甚至可以说是伴随阵痛,但只有经历的人、有着亲身体会的人,才能明白它的必要性和重要性。在我四十年的戎马生涯里,历经了三次大裁军、两次大转隶、多次大换装,而踏入营门最早遇到的就是军官提升制度的大调整。以前靠积极劳动、认真学习、刻苦训练、品德优良就能提干,自1979年之后,所有提干都要经过军校考试。这一切,对于我这样一个从山乡农村走出来的孩子来说,是经历,是磨炼,是学习,是改变,更是涅槃重生。

我从军的前十五年,都是在安徽大地上的军营里锻炼、成长的,从一名农村青年转变成一名合格的战士。在这种以前从未经历过的变革中,每天看到的都是日新月异,都是异彩纷呈,都是意外惊喜。青春的活力、崇高的理想、鼓荡的激情和伟大的时代,使我产生了写诗的冲动和激情,以前从不知诗为何物的我,就是在那种所有生命都在欣欣向荣、跃跃奋发的日子里,拿起了笔,歌颂这史诗般的巨变。

部队处在社会的大背景下,驻地处在国家的大背景下,只有高中毕业生水平的我,总是抑制不住内心涌动的诗情,在训练之余,在站哨之余,在农副业生产之余,在学习教育之余,我坐在床头写诗,我站在操场边写诗,我甚至蹲在饭堂里写诗。营区的火热紧张,官兵的勇于牺牲,驻地群众的拥军热潮,大灾大难面前军民团结的感人场面,都形成了我笔下一首首洋溢着英雄豪情的战斗诗篇。

20世纪80年代,安徽人民广播电台和《安徽日报》《安徽青年报》《安徽文化报》《安徽法制报》《合肥晚报》都刊登并介绍过我的创作之路。1981年,我发表了第一首诗,到1989年我发表两百多首诗。出乎意料的是,随着我创作的一首首诗歌的发表,作为从战士成长起来的年轻军官,我就有了出一本诗集的愿望。后来几经努力,这一愿望得到了实现,在我人生三十岁的时候,我的第一本诗集《绿色的诱惑》正式出版。

三十岁是而立之年,我有了自己的著作,这是我这个中原农民的后代,以前所不敢想象的,帮助我实现这一愿望的,有我的部队首长、部队战友、文学界的老师们和安徽文艺出版社。就是拿着这本诗集,我加入了安徽省作家协会和河南省作家协会。

出版第一本诗集那一年,是我从军的第十二个年头,三年以后,我调离了安徽武警总队。到京工作后,安徽成了我经常回想的地方,回想那里的山、那里的水,回想十五年间我所熟识的战友、朋友和老师们。我之所以时常把安徽回想,我知道我想的是故乡。河南是我的出生地,是我儿时的家乡,安徽是我的从军地,是我的第二故乡,游子思乡,情之所至。现在大家都在说要留住乡愁,这样说没什么错误,可你首先要有故乡,如果连故乡都没有,那何谈乡愁呢?我是有故乡的人,不但有第一故乡,我还有第二故乡。

我的第一本诗集《绿色的诱惑》,是由安徽文艺出版社为我出版的,距今已有二十八年了,这二十八年间,我又出版过十五本诗集和散文集,还出版过一套十一卷的《张国领文集》。我一直有一个愿望,我想把我写的一本回忆在合肥生活的散文集,在我的第二故乡安徽,在为我出版过第一本诗集的安徽文艺出版社出版。

这本书曾以《柴扉旧事》为专栏,被"原乡书院"公众号用一年多的时间推送过,有的读者看了之后,专门到合肥古城郢去寻找我曾经住过的柴扉小院,有的读者为我在安徽遇到的好领导点赞,很多朋友鼓励我继续写下去,他们也都期待着这些文章能够结集出版。

在这里,我要感谢我的战友金运明和安徽文艺出版社,圆了我的这一梦想。这让我再一次坚定了我开头所说的话:一个拥有第二故乡的人,要比没有第二故乡的人更幸福。

目录 Contents

序一　北乔 / 001
序二　丽鹿 / 004
自序　拥有第二故乡的人是幸福的 / 009

第一辑　深深友爱

凡尘"别墅" / 003
搭把手的温暖 / 007
柴扉与心扉 / 012
风物长宜放眼量 / 017
客从北京来 / 022
生命中有了当兵的历史 / 028
我姓涂，糊涂的涂 / 033
北京徐辛庄纪事 / 039
误入"歧途" / 045
错了·对了 / 051
我的军中领路人 / 057
白石桥路 42 号 / 090
冲锋在一线 / 095
车子在天安门前熄火了 / 101

我所经历的大阅兵 / 107

澡堂子里的宴席 / 113

穿着军装进京赶考 / 118

第二辑　悠悠亲情

别墅无奈毒虫何 / 125

爬满金银花的篱笆墙 / 129

飞来的厨房 / 133

电褥子·电炉子 / 138

母鸡下蛋咯咯哒 / 142

因书想橱 / 147

不散的年味儿 / 152

女儿为爸去战斗 / 158

非黑即白的岁月 / 163

搅着转的电扇 / 169

河南人·安徽人 / 174

通向温暖的小道 / 179

雕虫小技 / 185

三十岁宣言 / 190

娘到合肥来看我 / 196

挤满旅途的乡愁 / 202

"紧俏货"与"老物件儿" / 208

一封没有寄出的家信 / 214

诗是内心奔流的河 / 221

从土窑洞到"高干别墅" / 226

那一夜我仰望星空 / 232

跨省搬家记 / 238

第三辑　缕缕烟火

鹊之悲伤 / 247

梧桐树之死 / 253

隔湖相望的厕所 / 257

半亩方塘一鉴开 / 262

庭有枇杷亭如盖 / 268

电视编导秀厨艺 / 274

一箱可乐没快乐 / 279

第一本诗集诞生记 / 285

腹有诗书品自高 / 291

好事成双 / 296

春蚕到死丝方尽 / 302

沿着校园熟悉的小路 / 308

那个叫刘春的同学 / 315

我的老六团 / 321

我写《柴扉旧事》/ 326

第一辑 深深友爱

凡尘"别墅"

在合肥市有个很出名的地方,叫古城郢。它原是合肥古城的一部分,历朝历代都是屯兵扎营的地方。今天到合肥的人已经看不出它往昔的模样了,但它的地位并没有因旧城改造而消失,这里依旧是部队和兵营。

这里不久前还是炮团所在地。记得第一次到古城郢是看望我的老师孙中明。孙中明是1973年入伍的老兵,全军很有名的诗人,原先是我们独立六团的宣传干事。我是诗歌爱好者,又和孙中明在一个宣传股,我对他非常崇拜。由于他名气太大,当时的《解放军文艺》杂志社准备调他去当诗歌编辑。就在调动启动之前,听说国家要重新组建武警部队,我们所在的独立六团要整建制改隶武警,干部调动马上要冻结,冻结后就无法调动。对于一个著名诗人来说,"解放军文艺"是个大舞台,是多少军旅作家梦寐以求的地方,他不愿错过这次机会,于是就找省军区领导,在调动冻结之前先调到炮团。人来上班了,供给关系还没有调走。那时的工资还不是打到银行卡里,而是发现金,我从蚌埠到合肥来送稿子,就把他的工资带来,也看看我多日不见的老师。

孙中明的消息是准确的,他调到炮团不久,我们老六团改为武警安徽总队三支队。炮团虽然没有改隶武警部队,但也被宣布撤销编制。炮团的大院交给武警总队,作为临时总队机关大院。名称变了,性质没变,它仍是一座军营,不过从炮团变成了武警总队。

新部队新气象,营区被这些拿枪弄炮的人捯饬得有条有理。有人说营区像个大花园,其实像大花园是近几年的事,十年前我在这座兵营里居住的时候,这里的营房还有不少是中华人民共和国成立初期的建筑。只有两座红砖建起的筒子楼,它们像两个制高点,在全是平房的大院里显得光彩夺目,只可惜虽是高楼,因结构太差,只能用作单身宿舍。

现在的营房,成排的平房已经很少了,大都改成了楼房。一是土地紧张,要节约用地;二是和平时期,很少有紧急情况发生。

作为营房来说,还是平房更符合部队的需求,特别是战争时期,有了情况紧急集合,住在楼房上,不用敌人攻击,自己先就在拥挤中造成伤亡了。可别小看了这些经历了半个世纪的老式营房,它们到了20世纪末的时候,还不失往日的风采。

就拿我住的红砖红瓦的平房来说,我住进去的时候已是1988年了,可对于我的入住,还有不少人说是超标准了,以我的职务不该住这样的房子。

不能怪别人说,说实话,那套房子确实不应该是我住的。虽然它是平房,但它不是一般的平民房,而是一栋名副其实的高干别墅。

它建于20世纪50年代中期,当时是给高级干部们建的住宅。我住进去时的职务还是一名排长,排长是部队军官中垫底的级别,与高干距离多远,有常识的人都能算得出来。

我之所以能住进去,完全是因为社会发展进步之后,领导对住房有了新的更高的要求,而这往日的别墅也就被冷落了。常言说,瘦死的骆驼比马大,虽然别墅陈旧、过时、败落了,可它五室一厅的规模和配置合理的内部结构,同样让人向往。

"高干别墅"谁来住?一时间成了一个焦点问题。房是要有人住的,领导不住了,不是领导的都想住,想住的人却不够格,就这一个"格"字,难住了很多人。好在哪个时代都有高人涌现。高人之所以能成为高人,是因为他们在关键时刻有高招儿。高人提出来把原先成套的"别墅"房,一分为二或一分为三或一分为四,这样就可以让那些不够格的但又该有个房子住的人住进"高干别墅"了。

实际上我住进去的时候,套房早已不是套房,已成了一套房的四分之一。南隔壁的一间住的是一个领导的保姆;西隔壁的一室一厅住了一个秘书;西北隔壁那一间住的是一个驾驶员;我的两间,严格地说是一间卧室加一间厨房,在靠东的方向。虽然卧室是靠东的,但房门是朝北开的,出门是一块空地,原来也就是别墅的后小院儿,有三四十平方米的面积,空地边上原本是有一条水沟的,由于年久无水,沟里长满了杂草。

我的调动命令还没有正式下达,所以仍然是排长。排长应当住单身宿舍,可我是一个师级机关的干事,机关还没有单身宿舍,平时一直和单位的两名司机挤在一间房子里。我能住进"高干别墅",完全是因为我的一个同事晋升了,由营职升到了副团职,他要去住楼房了。他知道我平时喜欢胡写乱画,因没有一个属于自己的房间而苦恼。为了在他搬出后能让我住进去,同事和领导为我进行了多次筹划,最后想的绝招儿就是要我在他搬出去的时候,回河南老家把妻子接到合肥,他这边一搬出去我就住进去。家属来队要有房子住,这是人之常情,以后没人说话就只管住下去,这叫生米煮成熟饭,不吃也没办法。

我就这样住进了一分为四的"高干别墅"。后来我才知道,这两间房子早就有人盯上了,只因我这一招儿太"绝",而只能在背后找领导嘀咕。

住进这宽敞的"高干别墅"的时候,我的全部家当是两个皮箱,住两间房子的感觉比当年高干住这房子的感觉还要宽敞。就这样,我成了"高干别墅"的四位主人之一,并且一住进去就是六年。六年中,发生在别墅的稀奇古怪事儿接连不断,这是我当初无论如何也没想到的……

搭把手的温暖

我当初应征入伍时,接兵干部去家访,问我为啥要当兵,我说为了吃饱饭。这话听起来觉悟不高,在常吃不饱饭的年代里却是实话实说。

等我住进"高干别墅"的时候,已经是1988年了,改革开放十年的成果,使全国人民的生活得到了很大的改善,可还远没有达到富裕的程度。社会的主要矛盾仍旧是人民群众的物质生活需求与落后的生产力之间的矛盾。

那时我国的工作人员每月领工资的时候,还会随工资发粮票,粮票是因粮食供应不足而控制购买的凭据。我那时每月有三十六斤粮票,这是一个人的标准定量,如果是一个人吃完全够了,问题是我一家三口人,只有我一个人有粮票,三个人吃一个人的粮,吃饭成了紧迫的问题。

那年正赶上全国物价疯涨,原本一毛多钱一斤的黄心乌,一下子涨到五毛钱一斤。我院子里的菜地还没有形成生产力,主食副食都不够吃,一时间生活压力大增。

一次我在办公室无意中说出了面临的困境,没想到同事薛文华记者就把我的困难记在了心上。

当天晚上,他带着他的妻子裴大姐来到我家里,还用自行车驮来了一个大袋子,里面装着萝卜、土豆、辣椒、青菜和半袋面粉。看着这一大堆的日常生活所需,我和妻子感动不已。平常人们常说要雪中送炭,什么叫雪中送炭?我认为这就是。

现在这些土豆、青菜、米、面、油,价格比那时候翻了没有十倍也差不多,但并没有感到生活的压力有多大,不是吃得少了,而是收入高了,对于涨价没了那种敏感,谁再来给我送点青菜、米、面我会不在意。可那时不一样,那是困难的时候,一个馒头包含的情谊远远超过现在一袋面粉包含的。

我向薛记者和裴大姐表达了衷心的感谢。薛记者却说这都是他们应该做的,以前不知道我的生活情况,也没有主动问过,作为同事关心不够,还让我们原谅呢。

最后他告诉我,说裴大姐在合肥市副食品公司工作,对于主食副食的问题解决起来都方便些,人都有困难的时候,让我有需要时一定不要客气……

送走他们后我是感慨万千,想想从河南农村出来当兵,一路走到今天,得到过多少人的帮助啊!生活上的、工作上的、思想上的……而这些帮助,都是他们主动的,并不求什么回报,我也没什么可回报的,我也没有回报过,但还是有人在不断地明着暗着帮助我。

那天我就想,人生的路无论是长是短,靠一个人的智慧和力量,想走到底很难。走路的过程,就是自己努力的过程,就是被人帮助的过程,也应是互相搀扶的过程。所谓的互相搀扶,就不是一味地接受,在有能力、有机会、有可能的情况下,要给帮助你的人以回报,要给需要帮助的人以帮助。

薛文华记者只比我早一年当兵,却比我早四年提为军官。一家人都住在合肥市,家庭条件好,生活条件也好,但这些并不是他必须要帮我的理由。他们夫妻俩,一直是热情好客乐于助人,这是我在后来与他俩的相处中逐渐了解和感受到的。

其实早在1983年我就与薛记者见过面,那时我还在农场当饲养员。

一次我到武警总队宣传处去找从我们团调去当新闻干事的周广庭,那是我第一次走进总队机关,第一次到总队宣传处去。

当时的办公室在古城郢的一片平房内,找到宣传处门口,我规规矩矩地喊了一声"报告",听到"请进"的回复后,才推门而入。偌大的办公室里摆着七八张桌子,只有靠第二排的桌子边,坐着一人在办公。

他见我进来,站起来和我握手问好,然后搬凳子、倒水,很是热情。我自我介绍后,他客气地说:"第一次见面,但你的名字我们都知道,是战士诗人,很了不起。"

而后他又自我介绍说他叫薛文华,是宣传处干事。我仔细打量了一下,眼前的薛干事人长得清秀、英俊,充满朝气,浑身有一种向上的活力,态度热情、和气、礼貌。我作为巢湖农场的饲养员,第一次走进总队大机关,受到这么热情的接待,这可是在连队从没受到过的礼遇啊!我当时就想,真是一级有一级的水平。

没想到的是,时隔六年之后,我有幸与薛记者在一个办公室里同做电视宣传工作,成了同事,而他的那些优点比原来更为突出了。工作中他对我的关心是每天都有;在生活上,自那一次之后,每周他都会给我家送一些必需品,有时没时间送,就让我到指定的地方去拿。蔬菜、豆制品、米、面、油,每次都有不同的种类。我付钱给他时,他都坚决不要。后来我坚持如不要钱我就不要东西了,他才按他们内部供应的价格,象征性地收一些。

这样的情况持续了有四个月之久,等到我家种的蔬菜有了收成,才不让他们再送。这四个月正是农村说的青黄不接的时期,按他们的说法,帮助我是举手之劳。但就是他们的举手之劳,解决了我最重要的生计问题。

现在我每次回合肥见到他,还会说起此事。他总说:"那点小事儿你记了几十年了,真是不值一提。"我说:"现在想来不值一提,当时对于你家来说也不值一提,可对于我来说,你们帮我渡过的可是难关啊,想忘都忘不掉。"

在对我好的朋友中,什么性格的人都有,但他们都有个共同点:对我是一样的好。他们说到彼此也会有这样那样的不同评价,我都不参与其中,因为他们说的那些与我无关,我只记着对我好的人的好处,至于别人说什么那是他们之间的事,不会影响到我心中对他们的感激,更不会忘记他们在我最需要的时候伸出的援助之手。

我调离合肥不久,薛记者也转业到省纪委工作。我对他的称呼从薛记者改为薛大哥,而对他爱人的称呼,那是永远不变的裴大姐。我想如果现在我仍在合肥,遇到了什么困难,薛大哥还会一如既往地帮助我,因为他是那种见到别人有困难就想帮的人。

米、面、油、盐、小青菜,这些都是极普通的东西,可又是生活必需品,无论多么富裕的年代,都是一日三餐离不了的。由于薛大哥和裴大姐对我的接济,我渡过了四个月的生活难关,我对他们延续了二十八年的感激之情,还会在心中延续下去……

柴扉与心扉

柴扉：柴者，篱笆也；扉者，门扇也。

有朋友看了《柴扉旧事》之后就问我："你文章里的'柴扉'是不是为写文章编出来的？在部队大院住着，又是在省会城市，哪来的柴扉？难不成你那连、排职位，还能给你个单门独院不成？"

说实话，我这还真不是矫情，为赋新词强说愁，而是确有独院还带柴扉，因为我住的是"高干别墅"的一部分。

我在爬满了金银花秧子的篱笆墙中间，留着一条过道，在这过道口上我弄来四根木头钉成一个框子，然后将这个框子固定在篱笆墙上。本来是想着这样能隔断那些喜欢攀新结旧的金银花，使它们不能勾肩搭背地挡了我的出路，仅此而已，没打算再安装一扇大门。因为在这个大院里，虽然住的人员的身份都比较复杂，可毕竟院子的大门口还有哨兵站哨，比起社会上的一些小区院子，不知要安全多少。放眼院子内的各家各户，没有建院墙、装大门的，更没有安装防盗门的。不说达到了夜不闭户、路不拾遗的程度，也绝没有发生过偷盗、丢失物品的现象。

我住的房子虽小,门外却异常安静,因为西边、北边都有围墙和住户,东边被我在篱笆墙上种了金银花,出门就是池塘,只有一条小路能进来。不但安全,还给人一种小径通幽、庭花别院的感觉。

可自从与邻居发生"领土主权"之争之后,觉得敞着大门已不能保证院子里的安全,尤其是那些绿油油的蔬菜苗,又娇又嫩,稍许刺激就有可能让其一蹶不振。我就又找来四根木杠,钉了一个框中框,框上又钉了一排竹篾,将它以门的形状捆在了大门框上,煞有介事地买来一把挂锁,等我再出门时就把这个柴门给锁起来。

这样的柴门虽防君子不防小人,可小人要是想进来,就必须要破门而入,这破门就是证据,就是把柄,就是图谋不轨的行为。别说还真管用,这一脚就能踹开的柴门,我住了几年始终完好如初。

就是这完好如初的柴门,突然一天被踹开了,从正中间被踹了一个洞,这个洞大得足以使一个大人探身就能进来,完全不用弯腰。这个洞是在我的目睹下被踹开的,我却无力阻止,因为我毫无防备……

那是一个初夏的夜晚,天上的星星稀疏明亮,月儿不知去了什么地方,路灯的光惨淡地照耀着寥寥的行人,匆匆的人影忽而被缩短,忽而又被拉长。就是在这一拉一伸中,我和兄弟董联星走在从市区回古城郆的马路上。

我们每人推着一辆破旧的自行车,都没有要骑的意思,只是推着推着,就推出了一路的伤感甚至是伤悲。

从周广庭老师家出来时,我的神情就有些恍惚。联星说我喝多了,我说没有喝多。我平时是不喝酒的,躲不过去时也就是二两酒的量,量小的人最清楚自己几斤几两,见了酒躲还来不及,哪敢喝多啊?我知道在老师家喝酒我没有躲,因为喝了这场酒,老师就要离开合肥,举家迁往北京了,他临行前请他的两个学生喝酒,学生岂有躲酒的道理?喝的是老师的酒,心中有对老师的无限不舍。

第一次见老师是我入伍的第一年,也就是1979年。

那是我入伍之后第一次离开连队,去两百公里之外的团部,参加新闻报道员培训。

培训班在蚌埠郊区的黑虎山上,来自十几个连队的报道员,基本上都是第一次接触新闻。由于我们对新闻知之甚少,七天的理论课都是老师给我们讲的,讲得深入浅出,从国内的新闻宣传讲到国外的新闻大战,再到部队的新闻写作。可怎奈好老师遇到了笨学生,我这人天生愚钝,对新生事物接受缓慢,对那些高深的理论听得似懂非懂。理论课结束之后,剩下的七天时间我们被分到各连采访,哪想我七天时间里竟没有写出一篇新闻稿。没办法的情况下,只好写了五首诗作为"作业"交了上去。在培训班总结大会上,我是准备好了挨批评的,可万万没有想到,讲到我的"作业"时,老师不但没有一句批评,给予我的反而是满满的表扬。他把我写的诗都逐句朗读、分析,讲出好在什么地方,大家还不时地为我鼓掌。我知道老师是从来不写诗的啊,他不但对我的诗歌评得在理,话语还非常真诚,这给了我极大的鼓舞。

就这样,我带着一箩筐的自信回到了连队。从此以后,"周广庭"这个名字与我的人生便紧紧地联系在了一起。

我的第一篇新闻稿是他给我改写之后刊登在《安徽日报》上的,接着又是他把我从连队调到团政治处专职写新闻,我的第一份探家报告是他给批的,因为新闻写作成绩突出,连续三年的立功报告也是他给我打的。

武警总队成立之后,他调总队宣传处当新闻干事,很快就把我调到宣传处当报道员。当得知我超期服役,对提干不抱希望,欲转志愿兵时,他多次找我谈话,让我不要着急,再等等,一旦转了志愿兵再想改变就难了,提干的机会一定会有。

我在当兵第六年的时候,终于赶上了一次北京军区新闻干部教导队招生的机会。

那时安徽总队符合入学条件的报道员很多,而招生的名额只有一个。老师在政治部会议上力排众议,坚决主张按成绩排队,把我作为第一名上报。就这样,在党委会上,我得以全票通过,实现了从穿草鞋到穿皮鞋的命运转变。

十几年里,老师教我的不光是新闻写作,他还教我工作怎样认真,追求怎样执着,学习怎样勤奋,对人怎样真诚,对部下怎样关心爱护……

在一起工作的岁月中,我有了心结都找他解,我有了困难他都主动帮,从内心我没有把他看成是领导,而是好战友好兄长,有时甚至视作父母。当听说他要调走的那一刻,就有一种巨大的、莫名的失落感涌上心头,像鸟儿失去了栖息的枝干。

我不知道喝酒的时候都说了什么,但无论说什么都不足以表达内心对老师的感激和不舍。那会儿我只想用酒来倾诉,只想用酒来掩饰,只想用酒来祝福,也只想用酒来解忧。

那天晚上是我平生第一次喝多了，走出老师的家门，我和联星在深夜推着自行车走完三公里回家的路，他说我路上一直在唱河南豫剧，一路唱的都是同一句唱词。

他送我到家时已是深夜，妻子已将篱笆门上了锁。我刚想从身上找钥匙，却听到咔嚓一声脆响，联星已用脚将篱笆门踹开了一个大洞。他拉着我从那洞口就往里钻，这一钻，又将没有完全断掉的竹篾条全部给折断了。

柴扉洞开，从此没再关闭过。

竹篾断了可以再钉上，但老师这一调走，就意味着不会再调回来，从此远隔千里，难得相见。

那一夜我失眠了，因为想到在一起多年的首长、老师、战友，以后再不能在一起工作，甚至见不上一面，更不敢奢望还会在一个单位上班，在一个院里居住，怎能不百感交集?!

可命运有时惊人地巧合，后来我和联星也相继调到了北京，我们师生三人又住到了同一个大院里。

当有了闲暇坐在一起喝茶聊天时，偶尔也会说起那天晚上借酒话别的离愁别绪。

人们常说机会永远只给有准备的人，付出努力是得到的前提。我却觉得人生若是有缘分，跨越千山万水仍能再相聚。

老师调北京一年后，我调往河南郑州，我那被联星酒后踹破了门的柴扉小院，随即由他搬进去居住了。

听到这个消息时我就想，联星是不是算到了我调走之后他会入住柴扉，而故意提前把旧门踹掉，好重换新门?

这事儿我还真没问过他。

风物长宜放眼量

20世纪80年代初期,武警总队成立时,机关大院就设在合肥古城郢的老营院内。这里绿树成荫,清一色的红砖墙、青瓦房,一排排营房像列队的士兵,整整齐齐、干干净净。

据说这原是个老炮团的营院,后来这炮团在百万大裁军中给裁掉了,正好武警总队成立,废弃的营院有了新的用途。

院子很大,毛病是房子很少。除了办公区域的房子紧张,最紧张的要数机关干部们的宿舍。因为机关新组建,人员只有少部分来自合肥市,大部分是从全省其他地方甚至外省调来的,调来就要有住房。刚开始时四名干部分一套房子,一律不带家属,因为带了家属没地儿住。后来建了一栋宿舍楼,一部分团以上的干部解决了住房问题,还有一大部分没解决。所以我这"高干别墅"最初是首长住的,等首长搬进更好的房子后,才拆开供多人分享。我是接我的领导住进去的,因为我的领导也分了新房,我的领导是接他的领导搬进去的,当然他的领导也是我的领导。这就是部队分房的规矩,按职务、按调入的时间长短、按入伍的早晚,但职务是第一位的。

我的领导是怎么从他的领导那里接住的"高干别墅",我不清楚,我只知道,我住进去的时候,我的领导是颇费了一番周折的。

这位领导叫陈自长(cháng),我开始把他的名字念作陈自长(zhǎng),当时我还想,名字叫陈自长,肯定是兄弟比较多,父母管不过来,让其自己成长吧。后来知道读自长(cháng)之后,又发现,这个名字是名副其实,他有很多长处,我在还没住进老屋的时候就感受到了。说实话,那时我因刚从阜阳被借调到总队机关,与他交往不多。就在我调入记者站不久,他就分到了一套营职楼房,并且位置是在靠近市中心的城隍庙边上。为了让我能按"设计的程序"顺利住进他住过的"高干别墅",原定好的搬家日期他主动往后推迟。因为我要写信到河南,征求妻子的意见,她同意之后,再回信告诉我,我再回河南去接她和孩子来部队。

家住农村,书信的速度和现在微信的速度完全不一样。把信塞进邮箱之后,要耐心地等待,等多长时间,不知道;能不能等到,不知道。寄一封平信,能不能送达,全靠邮递员的革命自觉性。如果半个月以后没收到回信,说明寄出的信是邮丢了。丢哪了?不知道。平信查无凭据,是没人给你负责任的。

我妻子一天不来到部队,陈站长就一天不能搬家,因为只要他一搬家,就要交钥匙,钥匙只要一交到管理处,立马就会有别人住进这多少人盯着的"高干别墅"。

妻子何时来?我不知道。信寄走之后我很着急,经常会在办公室里念叨。我这一着急,他就会主动来做我的思想工作:"国领不用急,我的新房已经到手,不在乎早住几天晚住几天,我一定会等着你家属来了再搬东西。"

站长说的"家属",不是一般意义上的家里人,而是部队对军人妻子的统一称谓。他主动做工作,比我找着他说"再拖延几天",效果要好得多。

就这样他一直等到我家属来部队,才搬了家,亲手把"高干别墅"的钥匙交到我手里。

陈站长是1973年入伍的,比我早入伍六年,摄像技术一流。他是合肥肥西人,由于在上海多年,普通话比我说得标准。他长着一张娃娃脸,任何时候都笑眯眯的,从来不会发脾气。由于在站里的几位同事中,唯有我是外省人,又唯有我家境较差,他处处都对我给予关怀和照顾。

有时候站里也会发生矛盾,他就对我说:"你别掺和进来,这事儿与你无关。"站里有时也会搞点小创收,发点小福利,他都想方设法向我倾斜一点点。用他的话说,他们都是本地人,什么事情好对付,我一切都要靠自己奋斗,不容易。在站里我算年龄比较小的,但有很多出力或危险的活动,他都不让我去,而是自己主动往前冲。

1991年夏天,安徽革命老区金寨县城突发洪水,部队紧急驰援,我们两人作为战地记者随行。官兵们在洪水中救人,我们就在洪水中拍摄,摄像设备不能进水,他就让我打伞,他来扛摄像机。

他知道我不善游泳,但他扛着摄像机要将注意力全部放在寻像器里,对于周围和脚下常无暇顾及,更为危险。他却一个劲地交代我说:"如果遇到危险,你一定管好自己的安全,不要管我,我

第一辑 深深友爱 | 019

会水，不会出事的。"

那些天我们在灾区大船小船都坐过，也乘橡皮舟、洗澡盆子拍摄过，我始终被他照顾着，处在危险的第二线。

我家属刚到合肥时，没有工作。他看一家人靠我一个人百十块钱的工资吃饭，生活比较紧张，就跑到一家洗衣机印花厂找人家领导协商，让我家属进厂打零工。虽然一个月只有 27 元工资，但对我来说很管用。后来他又听说一家印刷厂的工资要比印花厂高出近 10 元钱，他就又去找印刷厂的领导说情，让我家属又进了印刷厂工作。

最让我感动的是那次搬家。收到从合肥调往郑州的调令后，我就琢磨搬家的问题。虽然家里没啥家什，可都是日常必需的用品。人常说搬一次家三年穷，是因为"新家不放旧家当"的心理在作祟，搬家时人们会把许多旧东西给扔掉。但我若把旧物扔掉，到了人生地不熟的郑州，又要花一笔钱置办不说，一时在哪购买都弄不清楚。所以我决定敝帚自珍，把别人眼里的破烂都搬走。

陈站长听了我的想法，知道我是个"仔细头"，就拉着我一起去找部领导，求领导派辆卡车帮我送一下。可这毕竟是跨省搬迁，路途上存在着诸多不可知的变数，在部队出什么都不能出事故的形势下，车自然没有要到。

那天晚上，他带着站里几位同事来到我家，对我说了很多赞扬和感谢的话，最后掏出 900 元钱放在我的桌子上，说这是大伙儿的一点心意，钱是站里的钱，心意是大家的心意，让我用这些钱自己去雇一辆车搬家。

这时候倒是轮到我说感谢了。900 元钱，雇一辆车 800 元，加上路途吃饭,不多不少。后来我琢磨是不是站长早就替我问好了价格。

陈站长最大的特点是不急不躁、不争不吵,在最让人生气或最让人尴尬的事情面前,仍能保持得非常平静,说话心平气和。在记者站他是资格最老的同志,后来站里人员转业的、调走的、晋升的,换了好几拨,在新来的人员面前,他还是那个脾气、那个性格。再后来,很多没他年龄大没他兵龄长没他资历老的同志,都来当了他的上级领导,他依然服从命令、听从指挥,兢兢业业,不但不摆老资格,还给几任领导出了不少好主意。

在省武警总队机关,大浪淘沙,后浪不断淘汰前浪,能干到退休都很难,但陈站长是干到最高服役年限五十五岁才退休的。他退休前授的是大校警衔,领的是正师职工资。据说这出乎当初很多人的预料。但我对他这样的完美结果是想到过的,不是我未卜先知,而是我看出了他具有常人没有的韧性,他有善良的心地,他有"不畏浮云遮望眼"的定力。

毛主席在他的《七律·和柳亚子先生》中有这样两句诗:"牢骚太盛防肠断,风物长宜放眼量。"这诗句是唱和柳亚子的,意思一目了然。可作为生活在当今社会中的人,要想达到诗中的要求和境界很难,但我觉得陈自长站长始终把它很好地践行于自己的行动中。这,值得我们每个人敬重。

客从北京来

1991年的夏天，对于安徽来说是不平凡的一年。这一年全省范围内都遭遇了罕见的大洪水，武警总队作为处置突发事件的中流砥柱，四面出击，堵决口、战管涌、救灾民、保护重要的民生设施，发生了许多军爱民、民拥军的感人故事。

其中，当代"红嫂"用乳汁救战士的一幕，曾感动了无数人。那起新闻事件的当事人，是一个哺乳期妇女，在受灾转移途中，发现同船的一名武警战士在救群众时被蜈蚣咬伤，身上瞬间红肿，疼痛难忍。当地有一种治蜈蚣咬伤的偏方，说是用乳汁涂抹在伤口上，可以减轻疼痛。于是她毫不犹豫地解襟露乳挤奶水，为战士疗伤。

可那天同船的专职摄影记者，在这关键时刻相机落水了，而并不以摄影为专长的文化干事罗时金，却抓住这转瞬即逝的场景，咔咔咔地猛按快门，拍下了一组珍贵的镜头，当年获得了多项全国大奖。

这一事件说明，关键时刻不能掉链子。

这一事件也说明，一切机会都只给有准备的人，新闻行业更是如此。

我们电视记者站当时没人在场，但我们听说之后，马不停蹄地找到这位挤乳汁救战士的年轻母亲采访，加之现场有照片在，迅速拍摄编辑成一部纪录片，很快在中央电视台播出。此片当年被中央电视台和中国纪录片学会评为一等奖。

全国各大电视台、广播电台、报纸、刊物的记者纷纷云集安徽。

一天我接到北京打来的电话，是在北京总队工作的老同学李清华，说他要到安徽采访。我说："你不是在北京总队工作吗？怎么也来采访了？"他说他已经调任《人民武警报》记者，这次到安徽的主要任务，是采访武警官兵抢险救灾的英雄事迹。

我听了以后特别高兴，期待着与老同学在合肥相会。放下电话我又想到了那句话，机会永远只留给有准备的人。一年前我在北京电影学院上学时，和同学徐清平一起到北京展览馆武警中队去看李清华同学，当时他是这个连队的第三副指导员。那天中午请我和清平在连队吃包子，包子很大，馅也好吃，我一连吃了四个。吃着包子我还调侃他说："你这有名的新闻尖兵，躲在这里吃包子可是太屈才了。"他笑笑说："基层部队生活经历是我的短板，现在正好补上这一课。重操新闻旧业，只能等机会了。"

今天果然有了他施展才华的机会。

不料接到清华电话的当天下午，我也接到了通知，要随抢险救灾部队到六安地区的金寨县参加抗洪抢险。军人以服从命令为天职，没能与老同学解释一声我就出发了。一周之后我回到合肥,得知清华到安徽之后也深入基层采访去了,过两天才能返回合肥。我就想等他回合肥后,一定请他到我的柴扉小院相聚,好好叙叙同学之情。

回到家里我把这个消息告诉妻子,妻子也很高兴,因为她对李清华同学也是了解的。我在北京军区新闻干部教导队上学时,她到军校去看我,当时李清华是我们武警区队的区队长,他的父母也正好从河北去看望他,我们还共进过午餐。

没想到的是,清华提前一天回到合肥,部队政治部领导要招待他吃饭,他却把领导的美意给回绝了,说要到我的家里看看。一个总部记者谢绝总队领导的盛情,专门来看我这个副连职老同学,让我觉得清华很够意思。

于是,我带着清华从总队出发,直奔古城郢。中途路过亳州路街道,清华突然提出停车。我不知发生了什么情况,急忙让驾驶员靠边停车,只见他下车后直奔马路对面而去,我不明就里,也下车跟了上去。我看到他进了一家商店,问他要买什么。他说他第一次来合肥,又是第一次到家里去,不能空着手去见他的小侄女呀。哎呀呀,真没想到这京城来的同学,长着一副五大三粗的样子,却有着一颗针尖一样细的心。

他不听我的劝阻,我只好随他。买了礼物之后,我们才又向我家走去。那时家里没有电话,无法把同学提前来家里的消息告知妻子,路上我还在想,中午吃饭的事,只能看妻子的随机应变了。

如果这件事情放到现在,一切都好处理,因为当下的人们,家里来了客人,不要说是来自京城的客人,就是一般朋友,也都是带到饭店去点几个菜、喝两杯酒。可三十年前,社会上都没有到饭店吃饭的习惯,家里来了客人,都是在家里吃饭,这样显得主人热情好客。不光是家里来了客人在家里吃饭,就连部队来了上级领导,也都是在内部食堂里吃饭,最多让炊事员再加两个菜。对此,客人自然是接受的,因为大江南北都一样,这也正是中国人流行了几千年的待客之道啊。

我带着清华突然进了家门,妻子惊讶之余当即说了一句很有温度的话:"清华来了,你可是国领最想见的好同学,我们在家经常说到你,没想到我们能在这不像样的家里团圆,咱今天就吃团圆饭吧,一起包饺子。"

说实话,包饺子是我家待客的最高礼遇,关键是做起来简单,不需要七碟子八碗地准备,妻子做起来也最拿手。

她让我和清华说话,她开始弄馅儿、和面,等一切弄好了,我们一起开始包饺子。包到一半的时候,妻子吩咐我说:"剩下的饺子我来包,你去菜地摘菜,现在摘,现在做,现在吃,咱没有山珍海味,但要让清华吃到最新鲜的蔬菜。你们弄好先喝两杯酒。"于是我和清华放下饺子皮,来到菜地摘菜。

地里的西红柿红得耀眼,掰开来看到的是黄籽和又沙又面的粉瓤,没用水洗清华就先吃了一个,边吃还边说:"国领啊,你这过的是神仙般的日子,陶渊明是'采菊东篱下,悠然见南山',你是摘菜小院儿内,悠然看东湖啊。"我们一起摘了青椒、西红柿、黄瓜和豆角。

菜是我炒的,青椒炒鸡蛋(鸡蛋也是刚从鸡窝里收出来的)、豆角炒香干,西红柿和黄瓜更简单,一概凉拌。荤菜只有一盘无为板鸭,肉香是少了些,但素菜都非常爽口,一瓶口子酒我们边喝边聊,这一聊就聊到了在北京上学的日子。

我们上的新闻班是北京军区、第二炮兵和武警部队联合举办的新闻干部教导队,同学们戏称为"黄埔二期"。武警部队只选送了二十名学员。对于我来说,那是一次抢救式的学习。因为我已过了最高服役年限,随时都有退伍的可能,能从全国近百万人的部队中被选中,应该说是很幸运的。而清华不同,他年轻,入伍就在北京总队,有着得天独厚的条件,以后有的是机会,开学之前他已经被总部指定为武警区队的区队长。

入学之后我被宣布为一班班长,这不是因为我的成绩优秀,而是我的兵龄比较老,在部队很多时候是按资历排队的。来自河南总队的冯元喜和我是同年兵,他任二班班长。

说着说着就说起了区队长的偏心眼儿。上学时,学员队布置给武警区队的公差勤务比较多,清华每次都把最难最累的任务分给我们一班。原因有两个:一是二班长敢和他顶牛,二是二班完成任务没有一班那么坚决。有能力的多干,能体谅领导的多干,这是常规,我们班的同学有意见,但都被我的带头作用给化解了。我对清华说:"其实不是我不跟你顶牛,是因为我理解当个临时集体的领班人不容易,再加上我们是几个大的军种学员在一个学校学习,明里不说,暗中都在做比较,我不能让别的部队看武警的笑话呀。"

说到这里,清华再次哈哈大笑,他的笑一直具有穿透力,他边笑边端起酒杯说:"来,在你家里谢谢你上学时的积极配合和支持。也感谢李训舟等新闻老前辈的努力,没有他们就不会有我们同学的情谊,那你也就退伍回河南老家了,哪还能住在这田园小院里逍遥自在啊?"

那天我们聊到很晚,清华临离开时还充满鼓励和期待地对我说:"我能看出来这个小院不是你长住的地方,加油吧,咱们争取在北京常相聚。"

借他吉言,后来我调北京后和清华真在一个大院上班了。不过我调北京不久,他就去了新华社驻兰州军区分社任社长,后来又调到新华社驻总装备部、陆军部等分社任社长。

虽不在一个单位了,但我们实现了经常相聚的心愿。相聚时他经常会忆起那一年去我的柴扉小院做客,说时间短暂却给他留下了深刻的印象,院落虽然破了点,却是一个充满生活气息的安乐窝。

生命中有了当兵的历史

佘良柱是我在合肥工作时结识的一位好兄弟,几年前,他来北京办事,聊天中说起一件事,让我感动不已。

他说的那件事情发生在1998年的夏天。

那一年,我国的长江和松花江流域都发生了百年不遇的大洪水,我和我们当时的总编辑、全国著名评论家丁临一同志一道,到长江沿线的湖北、湖南、江西、安徽等抗洪一线采访,最后一站是我的老根据地安徽。

那天长沙到合肥的飞机晚点五个小时,晚上十点多才到达合肥骆岗机场。一直守在机场等候我们的安徽总队政治部领导和我原来的老战友们,接到我们后直接把我们拉到饭店吃饭。席间我想到了自调回河南后就没再见过面的好兄弟佘良柱,由于我这次采访任务重,时间紧,可能没有专门时间见他,但来了又不能不见一面。于是,我征得政治部领导的同意,给良柱打了个电话,让他赶过来共进晚餐,主要是见见面,以解五年没见的思念之情。

接到电话后,良柱很快就赶到了饭店,我们于此情此景下见面,都很激动,不断地询问着分别后彼此的情况。他平时是不喝酒的,又是吃过晚饭来的,所以一直没有动筷子,我边吃边和他叙旧。快吃完饭时他出去了一下,我以为他要去洗手间,没想到他是去结账。

待饭后陪同的战友去结账时,服务员告诉他说,有人已经结过了。经服务员指认,才知道是良柱结的账。战友对他说:"你的心情我能理解,你想请老大哥吃饭可以另安排,今晚这是工作招待,你就不用埋单了。"说着把钱付给了服务台。良柱说那天他去服务台结账,给人家的不是现金,也不是银行卡,而是手机。

如果放到现在这个年代,用手机结账很正常,出门带一部手机一切都能搞定,银行卡转账、支付宝支付、发微信红包以及上网浏览网页、炒股、订饭店、订机票等等,手机可以说无所不能。可20世纪90年代的手机,只有三个功能:打电话、发信息和炫耀身份。

原来良柱是拿着手机找到服务台的收银员,说我们吃的这一桌饭由他来结账,但因出门没有带钱,先把手机押在店里,第二天再用现金把手机换回来。他和收银员商量了半天,人家不情愿押手机,说规定结账只收现金,没说可以用别的抵押,尽管手机的价值远超过那顿饭的钱。收银员最后又找来饭店经理决断。经理看看手机又看看良柱,可能是看出良柱不是赖账之人,也可能是看这手机价格不菲,最后示意服务员,可以先把手机押下,第二天让良柱拿钱来换。

我们当时都知道良柱去悄悄埋单了,但谁也没想到他是用抵押手机的方式埋的单。后来他说,那一天,严格地说是那一段时间,他的口袋里空空如也,连吃饭的钱都掏不出来。

十几年后他才把这件事说出来,是因为现在他不用拿手机抵账了。他说那次我去合肥的时候,正是他跌入人生低谷的时候,虽然见到我心中特别高兴,可也特别囊中羞涩,不过不管再羞涩,也要请我吃顿饭。由于我电话打得突然,找人借钱已来不及了,他只好来了一次手机抵押代偿饭款的创举。

这让我想到李白的名篇《将进酒》中的诗句:"五花马,千金裘,呼儿将出换美酒……"李白是倾其所有为饮酒,良柱是倾其唯一招待我。

在20世纪90年代,移动手机也被形象地称为"大哥大",因其价格不菲而成为奢侈品,不是人人都能拥有的。良柱能拿手机,证明他也是有身份的人,只是当时他刚刚投资一个项目亏了本,本金全砸了进去,赔得手机成了他的全部家当。但为了我这个他一直敬重的大哥,他毫不犹豫地拿出手机来充抵招待我的饭钱。

良柱比我小十岁,那一年他应该是二十八岁,扛着那么大的压力,在我跟前却只字不提遇到的困难,还若无其事地去为我吃饭埋单,我想这是因为在他的心目中,兄弟情谊远比金钱更重要。

现在说起我和良柱的缘分,还要追溯到1988年,那一年我刚刚搬进柴扉小院。一天,我在合肥电缆厂工作的朋友耿军辉,带着一个小伙子来到我家,给我介绍:"这是佘良柱,他妈妈是我师父,他今年高中刚毕业,想去当兵,看你能不能帮忙找人说说,最好去你们武警总队。"

听了他的介绍我才注意到他身边的佘良柱。他个头不高,眼睛不大,人倒挺精神,是一个特别秀气的小伙子,话语不多,一说话带着一脸的笑容,白白净净的脸庞,像个小姑娘。

我问他为啥想当兵,他说想到部队锻炼锻炼。我记得跟他说了一些当兵不能怕吃苦之类的大道理,他们就离开了。临出篱笆院门时,军辉又特意回头叮嘱了一句:"这事你可要放在心上。"军辉是我尊敬的兄长,他的话我怎能不放在心上?

我到部队这么多年,别人不要求,我从不劝人当兵,但若有人找到我要求当兵,只要条件合格,我都会尽量帮忙,我认为想当兵的年轻人都是有志向的,最起码是不怕牺牲的。敢于主动要求到充满危险和担当的队伍里的人,身体素质与思想品质应该都没问题,这正是部队建设所需要的。

之后又见过良柱两次,那一年他实现了自己参军入伍保家卫国的愿望,被分到武警安徽总队蚌埠市支队服役。在部队他干得兢兢业业,各方面的表现都很优秀,时不时地会给我办公室打个电话,问候一声。一直到他服役期满,除了家中有事让我给请过一次假,没有给我提过任何要求。

退伍之后良柱时常会到我的柴扉小院看看,随着交往的深入,走动越来越频繁,交流也越来越多。他谈了一个女朋友叫朱素萍,是我的河南老乡,他有时也会带着女朋友到我家中来,这样我们在一起就有了更多的话题。

从谈话中我知道良柱退伍后被分在合肥塑料厂,那是一个国有企业,随着塑料制品的不景气,厂子效益每况愈下,他的日子过得并不开心。在我调往河南之前,他和朱素萍专门到家里来话别、送行,依依不舍之情蕴于言语之间,他们的重情让我难忘。

后来无论是我在河南还是调到北京，我们的联系从未中断过。我离开合肥没多长时间，听良柱说他从厂里辞职了，经过一段时间的犹豫，选择了干个体企业。开始是跟着一个工程老板打工，说从那位老板身上他学到了很多东西，包括经营之道、为人之道、生财之道。随着资金的积累，良柱也有了更高的追求，他想自己独立来实现人生的价值。然而人生的道路上并不都是一帆风顺，有时甚至是像过山车似的大起大落。这些年他经历了许多曲折和坎坷，可喜的是，无论多大的风浪他都挺过来了，现在的良柱经过多年的商海弄潮，一切都有了美好的前景。

我曾经问过良柱："你看起来一副温文尔雅的模样，怎么就战胜了这一路的惊涛骇浪？"他笑笑说："因为生命里有了当兵的历史，从军的经历总是在关键时刻起了关键作用。在部队生活虽然时间不长，但三年足够养成一名军人那种山崩于前而色不变的定力。"

他这话我是相信的。

三十多年过去了，我和良柱兄弟的感情越来越深。这除了因为我们性情相投之外，我觉得他的心中始终有着浓浓的军人情结，而我也许就是他这情结上最初的纽带吧。

我姓涂,糊涂的涂

我一直认为,我所认识的人,都是命中注定要认识的,要不然世界上几十亿人,为啥我偏偏和这个相识而没有与那个相识?

我还认为,我今生的朋友,都是前生有缘的,要不然我认识那么多人,为啥有的人可以擦肩而过、忽略不计,有的人却一见难忘、一生交往?

其实我的人生之路是一条很单纯的线,高中毕业后就参军入伍至今,没有复杂的社会关系,所以我的朋友圈,除了同学就是战友,后来因为热爱文学,才又多认识了一批诗人和作家。

从军四十年,一直保持热络联系的,不超过三十人,其中就有涂维龙。

2017年正月十五我到合肥参加他儿子的婚礼,他一定让我在婚礼上说几句话,我说了,就是从我与他的关系说起的。

我与他是同一个团的兵,上过同一期新闻报道班,师从同一个老师,有共同的爱好,在同一个屋里住过一年多时间,我们一同到基层采访,走遍了安徽的大部分县市。不同的是,他比我当兵早两年,我比他入伍晚两年;他在五连,我在七连;认识那年他二十二岁,我十九岁;虽同写新闻报道,他的成就却远比我大,我的成就远比他小;他能说会道,我不善表达;他三十年前就离开了部队,回到地方工作,我至今还在部队服役……

我们两个是1983年8月被同时调进武警总队宣传处当报道员的,那时总队机关在古城郢大院内,他从蚌埠淮河大桥营区来总队报到,我从巢湖农场来总队报到,我比他近,所以早到了一天。

第二天他到总队时已是晚上。那时总队刚成立不久,住房紧张,两名干部住一间宿舍,我们俩都是战士,没有宿舍,正巧有两名干部家在合肥,晚上都回家住,我们俩就被安置在他们的宿舍里。

第二天早晨起来,我准备拿牙刷刷牙,可找了半天没找到,这时我看到我的牙刷正被涂维龙使用着,我问他是不是拿错牙刷了,他说不是拿错了,是借我的用一下,因为来得急,他的牙刷没带。说完了他还补充了一句:"我没有传染病。"

第一次经历使用中的牙刷被人借用,不知道是不是符合国际惯例,我一时有点无法接受。但他是老兵,阅历比我丰富,那一刻我不知说什么好,只能理解为他是把我看成了亲兄弟。

后来的实践证明,他确实是把我当成弟弟在带着。记得我们俩调到总队后的第一次采访,是到安庆地区支队,支队领导对这次采访很重视,对我们很热情,涂维龙主动向支队领导介绍:"我们俩是总队宣传处的,我姓涂,糊涂的涂,这是我们报道员小张。"

支队长程志学还在支队机关队列前向我们敬礼,当时我并不知道支队领导是把他当成了干部,把我当成了战士,造成了支队长敬礼时我们俩都同时还礼的尴尬场面。后来我才明白这糊涂的涂其实一点都不糊涂。

我和涂维龙经常一道下部队采访,无论到哪里,场面上的应付都是他出面搞定,因为他面对什么困难的场合都能游刃有余。

我是踏着改革开放的鼓点入伍的,在部队这四十年,赶上了一系列国家和部队的大变革,第一个大的变革就是不准在战士中直接提拔干部,要在部队院校培养军官。进院校就要考试,涂维龙是初中毕业,考军校的难度和我一样大,但他从不气馁,一门心思都放在对新闻工作的钻研上。他的新闻敏感性极强,为了获得新闻线索,他建立了各种渠道的关系,各个部门的人他都主动接触,只要听到什么有价值的线索,便抓住不放,不管领导是否安排,都主动去采访、挖掘,经常连夜写稿,第二天一上班就骑上自行车往报社跑。见了编辑软磨硬泡,直到稿子见报为止。报社的编辑老师一般对他的稿子都会网开一面,因为不刊登他会不停地打电话询问,上门去催促,甚至是坐在人家办公室里不走。当然他这样做是对自己写的稿子有充分自信,他的敬业精神给编辑们留下了深刻的印象。

那些年,在安徽的新闻界,他的名气很大,这名气除了稿子见报多,就是他软缠硬磨的投稿方式。因为他心里清楚,要想不再回到广德农村老家,就必须在部队找到一条出路来。

1983年底的时候,我入伍已满五年,涂维龙入伍已满七年,都是超期服役的老兵了,随时都有退伍的可能,人生到了真正的十字路口。想留在部队只剩下两条路:一条是提干(这比较渺茫);

一条是转志愿兵,这相对容易些,但转了之后只能再在部队干十三年,十三年后转业到地方,国家可以安置工作。无论走哪条路,一旦选择了就无法更改,为此,我们两个多次彻夜长谈。我们团有位老领导叫徐金火,在总队任警务科长,转志愿兵的事就归他负责,他多次询问我们,转不转早拿主意,如果要转志愿兵,就马上告诉他。

是转,还是等?机会都只有一次。在这件事上,涂维龙比我有主意,他坚决地说:"我们不能转志愿兵,如果转了,以后就永远是一个兵,不转,可能还有机会。当然不转并不一定能提干,不能提就只有退伍回农村,但我们不后悔。"我觉得他的分析有道理,就打消了转志愿兵的念头。

人,一旦只剩一条路的时候,就能做到心无旁骛。

我们俩跟着我们的人生导师周广庭,不分昼夜地采访、写作、送稿、发稿。那几年,在安徽,周广庭、涂维龙、张国领这三个名字在报纸、广播电台等新闻媒体上,出现的频率非常高,好多人不知道武警总队总队长是谁,但都知道我们三个是武警总队的三支笔。我和涂维龙都对周广庭充满了感激,因为所有出头露面的事儿,所有能给自己增光添彩的事儿,所有能引起领导关注的事儿,他都把我们两个往前面推,为的是使我们的个人问题早日得到解决。

这样奋斗了一年多,到1984年8月的时候,终于有了一次机会,武警总部和北京军区、第二炮兵等单位联合举办一期新闻干部教导队培训班,学校在北京的徐辛庄。可惜的是,那次选拔学员有明确的年龄限制,不得超过二十五岁。涂维龙那年是二十七岁,我有幸去参加了学习,而涂维龙却落选了。上学走的那天,涂维龙到车站去为我送行,我看着他,心情很复杂,毕竟他兵龄年龄都比我长,我去学习了他却没有去,可我又不知怎么安慰他,此时说什么似乎都是多余的。但我还是说了:"无论从哪方面说,这次都应该是你去学习,这次机会是你让给我的,没有你多年来兄弟般的帮助,我可能早就退伍了,但我相信上天一定不会辜负一个为事业付出全部心血的人,你肯定还有机会。"

果然,就在我去北京上学半年之后,经上级批准,安徽总队举办了一期预提干部教导队,涂维龙被破格录取。一年之后,他被提为军官,那年他二十九岁。这样年龄的老兵提干,在安徽总队的历史上都是少有的,这充分证明了他的优秀、他的不可多得、他的被公认,还有就是那句老话,功夫不负有心人。但他在这个年龄提干,在讲究年轻化的部队里,发展的空间受到了很大的限制,提干三年后,他毅然放弃自己热爱的部队,转业到地方工作。

常言说,是金子在哪里都会闪光。涂维龙开始转业到广德县委宣传部工作,几年后,《宣州日报》招收编辑,他以高分考取。在报社这些年,他当过编辑,当过印刷厂厂长、广告部主任。去年已到了退休年龄的涂维龙,却被报社"硬"给留了下来,因为他所担负的工作,一时还找不到合适的人选。一个人,能把一项工作干到让单位离不了他,这恐怕不是单纯的"敬业"二字所能够解释的。

前两天涂维龙给我打电话,说让我一定抽空去他那里小住,看看敬亭山,他说:"你是诗人,敬亭山是江南第一诗山,当年李白就是在这里流连忘返不愿离去,诗人不来敬亭山就称不上真正的诗人。"说着他还给我背诵了一首李白写敬亭山的诗《独坐敬亭山》:"众鸟高飞尽,孤云独去闲。相看两不厌,唯有敬亭山。"

他说敬亭山的时候,我知道老兄是又想我了,他是在借山的名义,表达心中的思念之情。

北京徐辛庄纪事

徐辛庄地处北京城东通州区偏僻的一隅,是个很小的村庄。与我老家的山村相比,除了没有山,其他的区别不大。

可就是走进这个小村庄之后,我的人生出现了柳暗花明的转机,军旅之路从此变得笔直而宽阔起来。

那是我当兵的第六年,即 1984 年。金秋十月,新中国成立三十五周年大阅兵刚刚结束,我就接到赴北京上学的通知。坐了一天一夜的火车,从安徽合肥赶到首都,参加北京军区徐辛庄新闻教导队为期半年的学习。原以为徐辛庄就在北京城里,可当我兴致勃勃地来到徐辛庄时,发现它不但很小,还远离市区,即使距最近的通县县城(现在叫通州区)仍有十几里路。

教导队的房子是村庄里最大的也是最漂亮的建筑群,这是一座典型的部队营院,一排排始建于 20 世纪五六十年代的砖瓦平房列队伫立,一行行笔直而粗壮的白杨树直耸云霄,阔大闪亮的叶子随秋风发出哗啦啦的响声,仿佛为我们的到来鼓掌欢呼。进出营门的是清一色的军人。

武警部队1982年重新组建时,我所在的安徽省军区独立六团改编为武警安徽省总队第三支队,这一转隶,使我这个入伍六年随时准备退伍的老兵的军旅生涯有了一线转机。新组建的武警部队急需新闻宣传人才,听说这次新闻队就是为了解决新闻干部的来源问题,武警部队政治部经与北京军区、第二炮兵协商,共同举办新闻干部培训班。新闻班共八十名学员,武警和二炮部队各占二十名,北京军区学员占了半壁江山,我是经过层层筛选最后才有幸成为其中一员的。

这是一所培训军事骨干的教导队,新闻班除上课外,一切都是军事化的管理。三个军种的学员聚在一起,无形中就有了比较。比学习、比军事动作、比一日生活、比军容军姿、比作风养成等。比的是个人素质,看的却是部队作风。

这个时候,一个人就代表一个部队。

来自武警总部机关和十七个总队的二十名学员,分在一班和二班,两个班被划为第一区队。区队长和班长都是我们报到之前中队领导定好的,区队长李清华来自北京总队,副区队长是来自总部宣传部记者组的李广江,我被任命为一班班长,河南总队来的冯元喜为二班长。就我们一班的人员来看,其特点用几个"参差不齐"来形容最为恰当:一是穿的警服参差不齐,那时候部队正在换新式服装,可能是改革开放初期,国家财政比较紧,警服不是一次换齐的,当北京、广东、福建等地方的武警都换上橄榄绿大檐帽时,其他地方的大部分武警还是原来的上绿下蓝的民警服,解放帽上缀的既不是五角星,也不是警徽,而是一枚红色国徽。二是每个人的个头参差不齐,李清华和来自黑龙江总队的杨敏、总部直属支队的高志华,个头都在一米八以上,来自广东总队的汪爱书、四川总队的谭天亮个头都在一米六左右。三是十个人的个性参差不齐,来自浙江总队的何俊杰说起话来滔滔不绝、眉飞色舞;来自湖北总队的占有明和来自广西总队的张有学却善于倾听,一般不主动说话;长得白白净净的甘剑明来自福建总队,因其皮肤白皙又整天笑眯眯的,大家都叫他水仙花;张有学因肤色黝黑又来自广西,被同学们叫作黑木棉。

一个班的人虽不多,却来自天南地北,大家共同的特点是文字能力胜于军事动作。我当兵六年只当过炊事员、饲养员和报道员,平时都是听班长喊口令,自己从没喊过口令,而教导队的队列训练是必修课,包括跑操、列队去饭堂、进教室等,都是要整队喊口令的。我是班长,任何时候都站排头、走第一,会操更是首先亮相。这相亮不好,人家不会说我个人不行,会说武警不咋的。所以,别的班都由班长喊口令,为了不至于闹笑话,我扬长避短,让副班长杨敏代替我喊口令,这一招颇为奏效。

喊不好口令成了我的短板,班长的权威马上就受到挑战,开班务会时有人对我这个班长颇有微词,安排的任务公然不愿执行。对此我并不生气,而是心平气和地对大家说:"我这个班长真不是我想当的,是队里没征求我的意见事先定下的,今天为了新闻事业我们才走到一起,全武警就来咱们二十个人,每人都是几万中挑一选出来的,既然上了花果山,起码说明我们都是'猴子',应当互相尊重、互相帮助,共同完成学业。现在三个兵种的学员集中在一个队里学习,不能让别人看咱武警的笑话,如果谁觉得我做得不好,可以找队领导反映把我这个班长换掉。在换掉之前队里交给的任务还是要不折不扣地完成好。"我说完之后，高志华第一个站起来表态坚决支持我的工作，有人带了头，每人都表了态，从此以后，我的半年班长任期算是平稳度过。

徐辛庄很小，教导队是个团级单位，我们的校长刘波是北京军区新闻处处长，后来还当了国家新闻出版署报刊司的司长。由于他的坐镇指挥，这个小村子来了不少响当当的大人物，像《人民日报》名记者艾丰、中国新闻研究所所长杨润、副所长陈祖声，人民大学新闻系教授刘志筠，新华社军分社社长阎吾，等等。我们这些来自基层的报道员，每天听的都是中国顶级的新闻大腕儿讲课，人人都如饥似渴地学习。老师是刘波校长请来的，上午从城里接来，晚上再送回城去，一人只讲一天课。所以，学员们都很珍惜来之不易的听课机会，学习的认真劲儿让授课的老师感动不已。

教导队的中队长王琐群、教导员刘昌武，都隶属于北京军区，在管理方面对武警区队明显要松一些，不论他们是有意放松还是不便严管，我们作为"借读生"，都不敢有丝毫的懈怠。大家有一个共同的心愿，就是在学习上不能落后，在作风上不能示弱，在形象上不能比他们差。每次会操我们都争第一，紧急集合我们动作最快；一周两次看露天电影时，都要举行拉歌比赛，不管曲调靠不靠谱，武警唱的分都是最高的；黑板报评比、农副业生产、新闻理论考核，武警区队的成绩可以说没有落后过。军事教员给我们上过军事地形学，一次深夜我们在睡梦中被叫起来寻找方位角，教员定的方位多在偏远的坟地和沟坎处，我们单枪匹马地行进，心情很紧张，我在行进时还摔了一跤，但最后仍是提前十分钟到达目的地。

入学不久就进入了冬季,徐辛庄的大风白天黑夜地刮,我们冒着呼啸的寒风到田里收获过冬的大白菜,跳到便池里淘大粪,推着板车去运送烧暖气的煤炭,往门框上装棉帘子,贮藏冬天的生活必需品。不管再苦再累,都不忘每天晚饭后用二十分钟的时间匆匆把徐辛庄逛一遍。

教导队的伙食一天三顿都是白菜豆腐炖粉条,偶尔会有几块大肥肉,星期天只吃两顿饭。村子里仿佛专为教导队学员开的几家私人小餐馆儿,成了我们时不时打个牙祭的地方。那时吃得最多的是炒面,每次都吃得浑身发热、满嘴含香。

学习分两个阶段,前半年上课,后半年回原单位实习。半年时间似白驹过隙,转眼即逝。徐辛庄刚刚进入春天的时候,我们的告别仪式已经开始了。半年中结下的友谊瞬间暴发,大小伙子们都相互拥抱在一起,流下了惜别的泪水。记得最后一顿午餐,每个桌上都加了一道名菜——北京烤鸭,以前只听说过没吃过,学着队长的样子,我将鸭肉大葱和甜面酱卷好,放在嘴里一咬就满嘴流油,仿佛五脏六腑都被香透了。后来调到北京我又多次吃过烤鸭,但再没吃出那种香入骨髓的味道,我想这不是烤鸭的味道变了,而是人生转折点上的任何体验,都是无法复制的。

我们回到部队都提了干,在不同的单位从事相同的新闻工作。三十年之后同学们在各自的岗位上都干出了不凡的业绩:李清华、冯元喜、杨敏、占有明、甘剑明、王艳明、张跃林至今仍战斗在部队的岗位上,高志华、王福瑞、徐清平、汪爱书、何俊杰、谭天亮、王亚东、辛守成、徐怀科、张全军、张有学等同学,有的当了支队主官、总队处长之后相继转业离开了部队,但他们到地方也很快成为所在领域的佼佼者;我于1996年调到中国武警杂志社工作至今,算是始终不离本行。只有副区队长李广江,在十几年前因病过早地离开了人世,令人唏嘘。

这些年同学们不管何时聚在一起,徐辛庄都是说不完的话题,因为我们真正的军旅道路是从徐辛庄起步的。在那里我们是玩命地学习,因为我们每个人的心中都有一个梦,对未来充满了无限向往。由于有了相同的梦,我们结下的友谊是深厚的,更是纯真的。那时我们都戏称新闻教导队是"黄埔二期",对于徐辛庄我们内心深处都有一种情结,这情结就是舍我其谁的骄傲和自豪。

后来我常想,在徐辛庄我们住的是低矮的平房,吃的是白菜豆腐炖粉条,生活异常艰苦,学习条件非常简陋,最后也没发什么文凭。为什么同学们在事业上都取得了骄人的成就?原因也许只有一个,就是我们在徐辛庄实现了太多的人生第一次,这些第一次奠定了我们人生的基础,使我们这些来自基层的报道员的根始终扎在部队深厚的沃土里,任时事变迁不曾改变。在徐辛庄,我们收获的是对学习的坚持、对人生的坚韧、对信念的坚定、对事业的坚守、对使命的坚贞。有了这些奠基,我们后来的军旅之路才一直走得这般扎实。

在徐辛庄学习的半年时间,在人生的长河中非常短暂,而它留在心中的记忆却是今生今世都难以磨灭的。回忆过去不是要炫耀今天,而是经常回头看看走过的路,是否偏离了在那纯真年代里自己为自己标出的方向。

误入"歧途"

人的一生有很多意想不到的事情,就像我当初从没想过,当兵一当就是四十年。

部队是个大熔炉,也有人说部队是所大学校,熔炉也好,学校也罢,它都有若干种分工,你在这里会被分到哪个岗位上,并不由自己决定,都是组织安排的。组织的决定首先是根据组织的需要,然后是根据个人的专长。然而,有专长的人很多,能用上专长的人很少,和现在的大学生应聘一样,用人单位有时并不看你所学的专业,只看你的文凭。有的人一辈子从事的工作与自己所学的专业无任何联系,照样能干得风生水起,一路辉煌。

到部队很长一段时间,我都不知道自己有什么专长。因为战士战斗在连队,大家都一样,什么都要干。站哨,一天四班,和大家一样,我站的哨位大家都在站;训练,这是每个连队战士的共同课目,训练时间除哨兵之外,全体参加,在同一个大操场上,最能显示一个人的真本领,单杠、双杠、投弹、射击等,你的能力如何,一目了然,练不好自己难受,练好了那是本职,不叫专长;政治学习,都是一个教员教出来的,甚至记的笔记内容都完全相同。倒是后来连队调防到巢湖农场种稻子之后,没显出强项的我,一下子就凸显出了我的弱项——插的稻秧全漂在了水上。而这却让我有更多的机会去体验一些别人所没有体验的经历——炊事员和饲养员。应该说这些经历,都是我的主要工作,算得上是主业吧。可后来使我离开连队调入师级机关的,并不是我的这些主业,恰恰是我的业余爱好——新闻写作。

在调入机关一年后,我上了新闻干部学校,本想着会在新闻写作这条道路上走下去,不料后来新闻行业又出现了一个分支机构——电视新闻。想法赶不上变化,这使我走上了一条完全陌生的路。

电视是用画面说话的行业,仅靠一支钢笔、一个采访本已经不能体现新闻的价值,而是要由摄像机来记录人物、声音、场景、事件发展的全过程,这记录必须是在场的时事报道。

记得1983年我调到武警总队时,宣传处只有一部小型的家用摄像机,平时用来录入资料。到了1984年,武警总部成立了电视宣传中心,各个总队也随即成立了电视新闻站,有了机构、人员、车辆、机房和编录设备。

进入电视领域并不是我的初衷,因为搞电视新闻是要有条件的,我的自身条件并不具备,比如电视记者经常要出画面,出画面的记者,形象首先要对得起观众;出画面的现场报道,要求记者有能力口述事件,这就要吐字清晰、字正腔圆,起码会说普通话,这关键的两项,我都达不到要求。

我觉得自己的条件完全不符合,可有人觉得我很符合,这人就是武警安徽总队电视新闻站的首任站长李忠武。

李忠武是安徽人,一个1971年入伍的老兵,我们原来都隶属于安徽省军区,他在独立四团,我在独立六团,他是军官,我是士兵。我到总队宣传处当报道员的时候,他已是宣传处的文化干事了。在一万多人的武警总队能当上文化干事,足见其能力和水平。他写的快书、话剧,很多被搬上舞台,深受官兵喜爱。他写的电影剧本《七仙女》被拍成电影后获得了南京军区一等奖。进总队之前我和他彼此都只是有所耳闻,并不认识。到总队以后我是报道员,他是文化干事,工作上没有直接关系。但他这人有个特点,看不起没本事的人,但非常爱才。因为我业余时间喜欢写诗歌,在他眼中是个有文化的兵,所以宣传处的几个战士中,他对我明显高看一眼。我到北京上学期间,总队成立电视新闻站,他被总队破格提拔,从正连职干事直接提升为正营职站长。

一年后我毕业提干,被任命为武警阜阳市支队排长。当时有明文规定,排长不能直接调总队机关,没想到当了站长的李忠武,一直惦记着让我进新闻站工作,我任排长两年多的时间里,新闻站愣是没有调人,所有的文字工作都由他自己动手,用他的话说,要一直把那个位置给我留着。

我当排长两年后,李站长做通了政治部主任的工作,把我调到他的手下当电视记者。他做这些我并不知情,我还在想着当上总队新闻干事之后怎么干呢,一套计划都制订好了。因为正式调动之前,我已被借调到宣传处开始行使新闻干事的职责。

一天我在政治部楼道里,见到了政治部芮正金主任,下级见首长是要打招呼的,可我这招呼还没打出来,他就先用手指了指新闻站的办公室，笑着说了两个字"马上"。果然，我的正式调令很快就到了，调进了芮主任指过的那间办公室上班。这时我才明白，那天他指给我看的意思，而这一切都是李站长提前协调好的。

在前进的道路上，李忠武站长改变了我的行进轨迹，使我从立志当一名新闻干事，改行当上了一名电视编导，而这一干就是九年。看似同门别类，实则差之千里，搞电视后接触的人事、工作的方式、研究的方向和思考的问题，都已经大不相同。

在李站长手下工作的日子是愉快的，因为他一直都很欣赏我，他的特点是用人不疑，一切都放手让部下大胆干，错了可以重新再来，而对我更是关爱有加。刚调站里不久，正赶上武警总部委托北京电影学院办一个为期一月的摄像短训班，在这个行当里工作的人，都想到这样高层次的培训班里长长见识，几个人中他首先推荐了我，说我是电视行业的门外汉，必须尽快由外行变成内行，急需通过这样的培训来加快适应和转变的速度。

李忠武是以文化立足的，在他身上军人的作风也相当明显，平时说一不二，办事不拖泥带水，工作雷厉风行，对部下非常关心。我们是军人，平时穿军装，他就以外出采访不方便或扛摄像机容易把肩章挂掉等理由，说服领导购买工作服。此外，他还以新闻采访为由给每人购买一台录音机，既能录音也可播放磁带；他还以经常剪辑片子熬夜为由，给大家买咖啡、可口可乐等饮品提神……所有的这些东西买了之后不是放在办公室，而是一人一份，让驾驶员送到每人家里。

当时六安市有一家羽绒服厂，生产的羽绒服比较有名，他就琢磨要给大家每人买一件。记得那是春节之前的一天，站里没有接到拍摄任务,他就派驾驶员拉着陈自长、薛文华和我,去六安采购衣服。不料我们出发之后,独自值守的他,突然接到司上级通知,说是省主要领导要到省委警卫中队去看望官兵,让新闻站记者去现场录像,并要求在电视台播发新闻。那时候的摄像机比较笨重,摄像机和录像机是分开的,加起来有三十多斤重,一般是一人扛摄像机,一人背录像机,如果是在室内拍摄,还要有人专门打一盏1500瓦的碘钨灯,一个人操作有一定的难度。而此时站里只剩他自己,遇到这种典型的突发事件,又不能不应对。没有车了怎么办?李站长急中生智,从门口拦了一辆带拖斗的客货两用车,拉上摄像机就往省委大院赶,任务是按时完成了,可用卡车拉摄像机的事儿,没有逃过总队孙庆友政委的眼睛,事后他多次追问那天新闻站的车干啥去了,为此李站长还挨了政委一顿猛批。当然他始终没把买衣服的事儿说出来,这使我们在寒冷的冬季穿着那件羽绒服时,不光身子是暖和的,心里也充满了对站长的感激。

李忠武当站长时间不长,就被提拔到武警池州支队当了政治处主任,两年后转业到省交警总队当副总队长。当时交警总队办了一张《交通安全报》,他提出让我去他们报社当编辑,就在我犹豫之际,收到了调我到河南总队的命令,这也使我失去了继续在他手下工作的机会。

李忠武后来当了安徽省警察学校的党委书记兼校长,退休时是副厅级领导。前几年我回合肥请老首长们喝酒,他也出席了,老首长让我致祝酒词,我就带着异常紧张的心情说了几句话,说完之后,李忠武说:"张国领在北京这么多年,人仍然没变,还是那么忠厚老实,说话和以前一样紧张。"我说:"我也想变,可变了以后我就把自己给弄丢了,如果连自己都找不到自己了,谁还认识我是谁呢?"

老领导几年前已经退休了,而我也快到退休的年龄,想起过去的那段日子,就会想到那些年李忠武对我在业务学习、为人处世以及家庭生活上的真情帮助。如果没有他对我的欣赏,我肯定不会有电视编导领域的专业水平,我这专长,纯粹是被他给欣赏出来的。

马之所以能成为一匹"千里马",是因为遇见了伯乐。而我之所以能在电视新闻领域里取得成就,是因为遇见了李忠武。

错了·对了

近两年,各种推销、诈骗电话不断,弄得我很多陌生电话不敢接、不愿接。

前段时间接到区号 0551 的座机电话,本以为也是这类诈骗电话,因为现在用座机打电话的朋友已经很少了。后来考虑到这个区号是来自合肥的,那里是我的第二故乡,犹豫之后还是按下了接听键。刚一接通,话筒里就传来了我非常熟悉的声音:"小张啊,祝贺你,你发在《解放军文艺》上的诗我看了,与你以前的诗比,写法上变化不小啊……"

打电话的是著名军旅诗人牛广进老师。今年七十多岁的他,退休后一直自费订阅《解放军文艺》,每期必看,凡看到他学生的作品,都要打电话点评一番,指出其妙处和不足,然后再提出希望和鼓励。

我与牛老师相识已有三十六年,想想当初相识,缘自我给他写的第一封信,那封信竟然把他名字的三个字,写错了一对半。

当过兵的人都知道,部队是个特殊群体,用毛主席那句经典的话形容最为恰当：我们都是来自五湖四海，为了一个共同的革命目标，走到一起来了。

目标是相同的，但口音各有不同。就我刚入伍的那个部队的七连来说，就有来自河南、江苏、安徽、浙江、上海、山东等省市的兵，每个地区的兵口音特色都很鲜明，尽管领导要求大家都讲普通话，可普通话不是说讲就能讲的。为了说话大家都能听得懂，能看得出，无论文化高低，每人说话时都在往普通话上靠。有的靠得快些，有的靠得慢些，也有人做了很大努力怎么也靠不上去，所以就闹出了不少笑话，这笑话也在我的身上发生过。自我第一次写诗投稿不中，被《解放军文艺》退稿之后，连队有不少人知道我爱写诗，一次有位浙江老兵很认真地对我说："省军区文化处有个著名诗人，叫'刘光茎'，你要写诗最好和他联系一下，能得到他的指导，你的诗发表就没问题了。"

说实话，我以前真没听说过叫"刘光茎"的诗人，但我还是听了老兵的话，给大诗人写了一封信，信封上很认真地写着安徽省军区文化处"刘光茎"收。信的内容无外乎我爱好诗歌，不得要领，希望能得到老师的帮助和指导，云云。

信寄出去很久了，没有任何消息，过了一年多时间，正在巢湖农场养猪的我，突然接到我们炊事班班长送给我的通知，让我到安徽滁州参加安徽省军区举办的文学创作培训班。我接过通知一看，上面白纸黑字地写着：请通知你部七连战士张国领同志，于1981年4月16日到滁州军分区教导队报到，参加省军区文学创作培训班。

这让我喜出望外，甚至有点惊讶，虽然这时我已有二十多首诗在军内外报刊上发表,可作为最基层连队的一名饲养员,被省军区点名参加培训班,还真出乎我的意料。我只是个默默无闻的士兵,省军区怎么知道我的名字?这时候我早已把给"刘光茎"写信的事忘到了九霄云外。

按照通知要求,我准时赶到滁州。在报到处,有几位穿"四个兜"的领导正在兴高采烈地聊着什么。看到我的到来,其中一位个头不高,脸色黝黑,留着偏分头发型,年龄四十开外的领导,笑呵呵地问我是哪个部队的。我立正,标标准准地敬了个军礼,回答道:"报告首长,×部队×分队战士张国领前来报到。"

首长还了军礼后,伸出右手要与我握手,我赶紧伸出双手迎了上去。在握手的瞬间,首长说:"你知道我是谁吗?"还没等我回答,首长又说:"我就是你信中的'刘光茎'。"说完他先哈哈大笑起来,他一笑,他身后的几位领导也跟着大笑起来,好像他们的笑里藏着什么故事,这故事他们都知道,只有我被蒙在鼓里。

首长看我莫名其妙,笑着说:"你这次能来参加培训班,是你那封错误的信帮了你,你在信中把我名字的三个字写错了一对半。当时收到信,差一点把它退回原址,最后是我带着疑惑把信拆开的,看了信的内容才知道,你的信是写给我的,如果当时把信退回原址,今天的报到就没有你的名字了。"

听了首长的话,我非常不好意思,赶紧问道:"首长对不起,请问您的真名是?"

"省军区文化处处长,牛广进!"他一字一顿地说出了自己的名字,他不说则已,这一说"牛广进"三个字,用《水浒传》中常用的一句话,那真是"如雷贯耳"啊。我当兵之前当兵之后,都读过他的诗,只是不知道他在安徽省军区。我竟然把他名字的三个字都写错了,这都是地方方言惹的祸,现在想想老兵说的"刘光苼",肯定就是牛广进,但他那很严重的浙江黄岩口音,加上我这极差的语言辨别能力,于是一个天大的笑话就这样产生了。民间有个说法叫歪打正着,从此以后,牛广进在我的文学创作历程中,起了极其重要的作用。

1983 年 5 月,省军区再次举办文学创作班,我又被点名去参加。那是我最后一次参加省军区文化处举办的创作活动,因为那次培训班结束后我回到连队时,全连官兵都已换上了上黄下蓝的民警服,我们团由安徽省军区独立六团,改隶为中国人民武装警察部队安徽省总队第三支队,我们七连变成了七中队。

部队与省军区没有了隶属关系,但我与牛老师的师生关系越来越紧密,特别是我调到武警总队工作,住进"高干别墅"之后,我们就生活在同一座城市,我门外的 4 路公共汽车,正好这头是我的驻地亳州路,另一头就是省军区大门口,我拜访牛老师变得极为方便。

几年后,牛老师由省军区转业到地方工作,他新的工作单位是《安徽日报》,恰巧与武警总队一湖之隔,隔湖相望,汇报工作、思想,求教诗律、学问都甚是方便。

牛老师是个热心肠,有一例可做证明。他有一位学生,曾是著名的诗人,因为特殊的原因被判了刑,在服刑期间,牛老师多次去探望他,一应所需皆由他代办代送。我问他为啥别人躲之不及,他却主动上前帮助。他的回答令人动容:"他是我的学生,也是有才华的诗友,人谁都有走错路的时候,如果做错了事大家都躲着,他有可能会一错再错;这时候给他关心,让他感受真情的温暖,以后他就会回报社会以温情。"在牛老师的帮助下,那个学生因表现突出而被提前释放。牛老师主持《安徽日报》副刊的日子里,经常向我约稿,凡我送给他的诗或文章,都及时见诸报端,通过他的亲手改稿、当面指教和不断约稿,我的创作水平有了明显提高。

我调回河南之前,曾专门向牛老师辞别,他的目光里流露出令我至今难忘的不舍之情。但他还是对我说:"想回老家是人之常情,但无论走到哪里,都别忘了诗歌,别忘了你曾经写错过的三个字。"

我调北京后的第三年,牛老师随中国党报访问团访问朝鲜,回程时在北京停留几天,在我家中小住,我又有机会当面聆听老师的教诲。

去年我回合肥,想请老师出来小酌。这个愿望却没能实现,因为那天是正月十五,正赶上他阜阳老家的亲人们来合肥看望他,牛老师有点无奈地说:"小张啊,你看我老吗?"我说:"老师永远不老,因为诗人不老。"他笑笑说:"我也觉得我不老,可他们都把我当作老人来看望,如果我出去吃饭,他们会觉得我怠慢他们,所以下次等你回来咱再出去吃饭吧。"

牛老师是个典型的乐观派,为人豁达、大气,看待人性与社会满眼美好,至今还每天坚持诗歌创作,他的毛体书法也练得颇有成就。

为了记住牛老师,也为了鞭策我自己,那年在滁州学习时我买的一套《历代诗选》,当时我在扉页上写下了三个字——刘光茎。这套书至今还放在我的案头上,每当我看到这三个被我写错的字时,牛广进老师的音容笑貌就会浮现在我的眼前,我就会提醒自己,"老牛亦解韶光贵,不用扬鞭自奋蹄",我还有什么理由去挥霍时光呢?

我的军中领路人

一

人生之路,漫长又短暂。

人生之路,美妙又梦幻。

在这条充满不确定性因素的人生之路上一路走来,你会发现,有的人走着走着就走丢了,甚至找都找不回来;有的人走着走着就走忘了,甚至想都想不起来;有的人会始终和你在一起,虽不是形影不离,却时刻心灵相通。

我十八岁告别父母入伍从军,转眼四十年过去了,回望风雨坎坷军旅之路的时候,有一个人是绕不过去的,他就是周广庭。他是我最该写的人,我却始终没写,是因为他在我心中分量太重,重得我不敢轻易动笔去写他。

在部队,称呼一个人,一般是按他的职务,职务是什么,就称呼什么,这是条例规定的。几十年来,我对周广庭的称呼改过三次。第一次见他是1979年的7月上旬,那时他是中国人民解放军某部队政治处的新闻干事,我们都称呼他"周干事",这个称呼我叫了五年。这五年中,在我身上发生了诸多的第一次,这些第一次大都与他有关。因为他,我第一次离开连队到了团部,从他那里我第一次知道了什么是新闻,从他那里我第一次知道了什么是采访,从他那里我第一次获得了领导的表扬,我第一次打电话是向他汇报新闻线索,我在报纸上刊登的第一篇新闻稿件是他帮助写的,我第一次调进团报道组是他打的报告,我第一次探家是经他批准的,我第一次见女兵是见他的爱人,我第一次喝白酒是在他家里……这每个第一次,都是我人生的一次进步、一次提高、一次转变。

记得第一次参加他主办的新闻报道培训班,是我刚入伍半年的时候。我们连队在阜阳通用机械厂担负看押执勤任务,是距团部路程最远的连队,有很多战友从入伍到退伍,从来没有到过团部。我是入伍刚半年的新兵,党支部能选我去团部队参加学习班,并不是看重我的文化程度高,那时文化程度最高的就是高中生,我们同年入伍那批兵,大部分都是高中毕业;也不是因为我的字写得好看,我的字写得丑在连队是出了名的。选我去是出于两种考虑:一是我在跳木马训练中腿部受伤,暂时不能参加训练;二是我曾给《解放军文艺》投过一首诗,因为稿子被退了回来,连队干部知道我喜欢写东西。至于以后能否成为一名优秀报道员,将连队发生的好人好事报道出去,并不是最重要的。因为连队多少年了没有人写过稿子,更没有人发表过新闻,在他们心中,我去只是完成参加政治处培训的一项任务。

我乘火车赶到团部的第二天,我们各连来报到的准报道员,被一辆大卡车拉到蚌埠郊区黑虎山训练教导队,接受周广庭为期七天的新闻理论培训。

在开训的见面会上,他自我介绍说他是政治处的周干事,从那天开始,我和同学们都叫他周干事。学习班上,团政委讲过话,政治处主任讲过话,宣传股长也讲过话,但我把他们的讲话内容都忘记了,只有周广庭讲的话我记在了心里。因为他的话是我们新闻培训的核心内容,上课一周之后我们就要被分配到各连去采访,并写出五篇新闻稿件作为培训作业上交,他的话都是采访时要用上的。

我很认真地听课,可我的语言辨别能力较差,他的江苏口音又重,很多话听得似是而非;再加上我从农村到部队,压根儿没听说过采访写新闻。到连队采访时,指导员徐连璋坐在我对面,很郑重地对我说:"小张,我现在有时间,你要采访什么现在就可以问,我来回答你。"我憋了半天也没想到一句要问的话,徐指导员看我没有准备好,笑笑说:"看来你还没有掌握新闻线索,先在连队看看,有了线索我随时接受你的采访。"

在连队采访了七天,别人都交了五篇新闻稿,我却只交了五首诗歌。诗歌与新闻,一个虚一个实,一个事件人物,一个思想情感,完全是两股道上的车。总结大会上,就在我准备好挨批评的时候,我听到的却是真真实实的表扬。

周广庭在讲台上把我的诗歌逐首念了一遍,并进行了点评,然后给予了有理有据的表扬。这确实出乎我的预料,这确实让我不知是高兴还是惭愧。因为我确实没有完成任务,他对诗的点评又确实很到位。

当时我们团有位全军著名的诗人叫孙中明,他和周广庭在一个办公室办公,他们两个又是铁哥们儿,一个写诗,一个写新闻,互不交叉。我从没听说过周广庭写诗,但周广庭对诗的感觉是出奇地好。

带着几首诗的收获我回到了连队,连续几个月里没写出一篇新闻稿,这让我从来不敢主动给周广庭打电话。直到有一天连队出了一件事儿,我拿不准这件事儿该定性为好事儿还是坏事儿,于是我就给他打了我平生打的第一个电话。

那时候的电话机是黑色的,机身上光秃秃的,机面上没有拨号的键盘,机身一侧有一个摇动的把子。电话线的另一端直通团部电话班的交换机,我这边按着话筒用力摇,然后拿起来等总机说话,告诉他要团部哪个处哪个股哪个人的办公室。这个程序我是听说的,到了实际操作的时候还是胆怯。那天我没敢在连部打电话,而是来到监狱大门口的一号哨,当班的是我们的排长舒志松,我给他说明打电话的理由之后,他主动帮我"摇通"了电话。我接过话筒"喂"了好几声也没有听到里面有声音,正当我着急的时候,舒排长一把夺过我手中的电话说:"你把电话都拿倒了,怎么能听到?"他把话筒掉个方向又递到我手里,这时我听到了那熟悉的江苏口音。周干事知道我是要汇报新闻线索,专门准备了笔和纸,我把事情叙述了一遍,他全部记了下来,并把重点细节反复问了问,最后还不忘表扬我有新闻敏感性。

那是我人生中打的第一个电话,又是作为连队业余报道员打给写新闻的老师,心中的紧张都甭提了。虽然正处寒冷的冬季,等我打完电话放下话筒时,我胳膊肘上流出的汗水,渗过衬衣、绒衣、纯棉的军装,把放电话的水泥台给洇湿了一大片。

我汇报的线索是这样的:我们连队的母猪生了小猪崽,卖给了当地老百姓,半个月后,两个买小猪崽的老百姓找到连队,说他们买回去的小猪崽生病了,问问连队能不能把买猪的钱退给他们,这小猪崽他们不要了。接待老百姓的是司务长应新春,他当即表示可以退,并说如果你们见到在连队买过小猪的其他人,也转告一声,只要小猪生了病,可随时来退款。

线索是汇报上去了,能不能构成新闻我不知道,能不能见报我也不知道。就在我电话报告线索后不久,我们连队调防,我从阜阳调到合肥巢湖农场种稻子。

到农场后,我因不会种稻子被连长调到炊事班工作。一天上午,我正在锅台前炒菜,通信员郑木发跑到炊事班告诉我,说我写的新闻报道见报了,登在《安徽日报》第一版。炊事班的战友当即都向我表示祝贺,我的心中特别激动,想马上看到那张报纸,可我在烧菜,不能离开。一直等到饭菜弄好了,我才来到队部,看到了大家都已看过的那张报纸。

看着那篇有五百多字,加了方框和花边,标题为《退款记》的报道,我的心跳突然加快,感到脸发烧。这篇稿子署名是周广庭、张国领。可我知道,这稿子不是我写的,我没有付出任何劳动,只是打了一个电话而已。

就是这篇新闻稿奠定了我"连队小秀才"的基础,接下来无论是新闻稿创作还是诗歌创作都进入了一个"顺利期",包括《解放军文艺》在内的军内外报刊上,时常有我的作品发表。

1980年底，周广庭把我调进了政治处报道组。说是报道组，其实组员就我一人，他是我的直接领导。我调报道组之前，在农场当饲养员，喂几十头猪，白天一身泥一身水地打猪草、扫猪圈，晚上住在被蚊子、蛇、老鼠和癞蛤蟆群起而攻之的稻田平房里，看个书身上会被咬出大包小包。

调进报道组后，我的办公室兼宿舍是在团部办公大楼的最顶层，视野开阔，光线明亮，环境舒适安静，一切都有了大改变。每天被周广庭在生活、工作等方方面面关心着，全团的每个连队任我跑，唯一的压力是要出新闻。政治处下文规定，凡一年中在省级以上报刊刊发十篇新闻稿件的战士，报立个人三等功。我作为专职写新闻的战士，就有了得天独厚的条件，1981至1983年，我连续三次荣立个人三等功，还连续三年获得了春节探家的特殊待遇。

因为周广庭对我的关心，曾经有人问我和周广庭是什么关系，我说是新闻干事和报道员的关系，他们不信，说没见过干事这么关心一个兵的。可事实就是这样。我和他一不是老乡，二不是一个连队出来的，三没人牵线搭桥，他对我的关心，除了是新闻干事对报道员的关心，还是一名老兵对新兵的关心，一名干部对战士的关心，一名兄长对弟弟的关心，一名老师对学生的关心……

二

在六团报道组的日子里，与在连队时相比，我成了"自由人"，想去哪个连队采访说走就走，想去报社送稿说走就走。因为我的直接领导周干事完全信任我,我请假他都批准,当然我也不会违反规定。

我的中心任务是采写新闻,可我发表的新闻稿少之又少,我把主要精力都放在了诗歌创作上。我的这种"分心走神",周干事看得很清楚,因为我向诗人孙中明请教诗歌创作远比向他请教新闻写作的时候多,但他并没有制止我,还对我发表的诗歌给予及时表扬和高度评价,只是在有政治处领导提出新闻稿件这一问题时,他才很有策略地告诉我说:"我知道你热爱诗歌,但新闻也要经常搞一搞,让大家看到你在新闻方面也是有建树的。"他还语重心长地说,"基层部队没有专业搞创作的,要想在部队立足,首先要把新闻搞好。"他说这话时,我知道问题已经很严重了,赶紧集中精力写几篇新闻报道出来。

当时在六团机关有三大才子——孙中明、周广庭、孙大翔,孙中明是以诗著称;孙大翔是文化干事、全国排球裁判,各种乐器无所不通;周干事除了精通说、拉、弹、唱、打球、照相之外,写新闻、写材料,不但手快,而且基本上都是一遍成功,唯一的毛病是"四大脏"的名单里有他,这脏主要表现在他不经常擦皮鞋,经常把军装穿得脏兮兮的,当然这只能算是微瑕,瑕不掩瑜是也。最脏的要数大诗人孙中明,他常躺在被窝里吃烧鸡,啃过的鸡骨头就放在床上,吃完了把鸡骨头往一边一抓拉就睡觉,并且睡得很香。

我调到报道组之后,周干事就把他宿舍的钥匙给了我一把,给了我充分的信任。他无论写什么稿子,也不管我有没有参与,他都把我的名字挂在稿子上。那时没打印机,采访完了都是用手写,周干事字写得快而工整,有时时间急,写得潦草,就让我再誊写一遍,我誊过几次之后,他便不再让我为他誊写稿子,因为我很认真写的字,还没有他随意一写好看。

我们团部驻扎在蚌埠,安徽省的报社都在合肥,那时候大部分稿子是装在信封里,直接寄给编辑部。但这样的投稿方式,虽然也有命中的,但命中率不高。周干事采取的办法是,手中攒一批稿子之后,直接就到合肥的报社送稿件。我们团担负的主要任务是守卫铁路大桥,守桥部队有个优越性,铁路上每年都会给部队一部分公务乘车证,虽不保证上车之后有座位,但到站就能上车,所以机关干部出差不需要考虑乘车费用。

周干事送稿时,经常会把我带上,到了报社,见了编辑部的老师们,他就极力把我介绍给人家,还把我的诗写得怎么好、人怎么好夸赞一番,然后让他们以后对我写的稿子多多关照。周干事和那些编辑老师都很熟悉,所以他的介绍很起作用,有时我自己去送稿,他们对我这个小兵也格外照顾,我的文章见报的概率逐年增加。

周干事的爱人叫王叙兰,是解放军 105 医院的护师,住在合肥五里墩 105 医院分的连职房里。后来我才明白,周干事每次请假送稿子,为啥领导都爽快地批准,原来一半是为了团里的新闻工作,一半也是为了让他们夫妻多一些团聚的机会。每次跟周干事到合肥,他都把我带到他的家里去。记得第一次去他家,我看到房间墙壁上挂着他们俩穿军装的合影照,他爱人像电影里的明星一样漂亮,等王护师下班之后,我见到了真人,比照片更漂亮。战士见了干部按要求称职务,我就称她王护师。王护师见到我这个兵,不但不反感,还非常热情,那天她炒了一桌菜,夫妻两个陪我这个新兵喝酒,那是我第一次喝白酒,记得喝的是明光大曲,我也不知道自己能不能喝,能喝多少,他们一端杯我也跟着端,不一会儿工夫就喝得面红耳赤了。

吃过晚饭我准备出去找旅社住宿,不料他俩异口同声地让我住在他们家里。家里就一间房子,中间隔着一道墙,墙里面是他们的卧室,墙外面摆着一张单人床,算是客房。当时我就想,他们是把我看成自家人了,不然谁会让一个外人在自己家中住宿?

我工作在机关,干部多,战士少,八小时以外,全靠自我要求。平时,干部的勤杂事务大部分由战士跑腿儿代做,所以,干部对战士不像在连队那样严厉,反而是方方面面都很关照。机关干部发什么福利,战士是没有的,周干事都会想方设法为我也争取一份。

到机关的第一年春节前,还没到放假时间,有的人已经开始准备年货为探亲做打算了。我是新兵,不够探家条件,又是刚到机关,压根没敢写探家的申请。

一天周干事突然找到我,问我探过家没有。我说:"没有。"他说:"想不想回家看看?"我说:"当然想。"他说:"机关放假后没什么事,打个探家报告我给你批一下,准备探家去吧。"这事儿大大出乎我的意料!我这是遇到了关心部下的好领导。

1982年年中,我已是入伍第四年的老兵了,由于行政关系一直在连队,只是人长期在机关借调,入党的问题迟迟没有解决。我就找到周干事,要求回连队去解决入党问题,报道组如果还需要我,我入党之后再回来。我说的是实际情况,周干事当场答应,第三天我便打起背包回到了连队。这次回连队没有安排我重回炊事班,而是到省广播电台发射塔执勤点站哨执勤。

回连队那年的年底,我顺利加入了党组织。

也正是那年的年底,中央颁布了一个文件,宣布重新组建中国人民武装警察部队。我所在的某部队和省军区几个独立团一道,转隶为武警部队安徽省总队,我们团的新番号是武警总队第三支队。

总队组建时,周干事作为第一批组建人员,被调到武警总队政治部宣传处任新闻干事。周干事调走了,六团没有了,我调回团报道组的事就此搁浅。但与周干事的联系从没中断过,他一如既往地关心着我的成长和进步,特别是对我的新闻写作经常询问。

转眼到了1983年的夏天,这个夏天与往年似乎有很大不同,阴天多,雨天多,热度却丝毫不减,巢湖的水位天天见涨。进入7月之后,大雨连天地下,风推流急,一排排巨浪日夜不停地撞击着巢湖大堤,很快就出现了险情。最初是洪水导致水位超过了警戒线,后来是大堤有部分堤段出现坍塌,再后来靠部队驻守的一面大堤随时有决堤的危险。那时的部队战士,没有桌子也没有柜子,个人物品平时都装在一个手提包里,统一锁在一个库房内,房门一周打开一次。眼看大堤有决口的危险,什么时候决口,在哪里决口,会造成多大的损失,有没有人员伤亡,没有人知道。为了防止出现大的灾情时,不至于措手不及,连队给每个战士发了两根布条,让把自己的家庭地址、收件人和给亲人的留言都写清楚,万一出现什么意外,可以确保遗物到家,那架势就是在写遗言。

最坏的准备都做了,最好的打算也不能不争取。刚刚成立的武警安徽总队党委,从全总队范围内抽调兵力,参加巢湖大堤的抗洪抢险工作,总队机关的领导们也都全部上了大堤,扛沙袋、填塌方、堵漏洞、塞管涌。

总队专门在巢湖农场成立了抗洪抢险指挥部,为了鼓舞士气,上级首长要求指挥部每天出一期抗洪抢险简报。简报由谁来出?已是总队新闻干事的周广庭,向指挥部推荐了我。周干事被誉为"总队一支笔",他推荐的人,没人出来反对。再加上我的部队就在巢湖农场,地理环境熟悉,又是一名新闻老兵,符合工作要求。就这样我被从抗洪大军中抽出,成了"战地总编兼记者"。出简报的最大好处是脱离了危险、避开了艰苦的体力劳动,天天能和领导接触,这最后一条可能是周干事推荐我编辑简报的主要原因,因为和领导熟悉之后,他以后再调我到总队时,就顺理成章得多。

《抗洪简报》是油印的,每天印八十份,我的任务除了重大事项的采写,还要把各部队写的稿件汇总、编辑、排版,虽没有危险,但忙得也是团团转。

在抗洪抢险总结大会上,我受到了指挥部首长的表彰。巢湖大堤保住了,我们连队继续驻守在巢湖岸边种稻子,而我在抗洪战斗结束之后,被周干事调到武警总队宣传处当报道员,从此他引领着我走上了一条越来越宽广的道路……

三

1983年的武警安徽总队,和其他总队一样,也是正师级。

作为一名战士,从连队一下调到总队这个师级机关,在我们连队我还是头一个,所以,我的调动在连队引起了不小的反响。

　　作为一名战士,从种稻子的农场连队,突然调到师级机关,让我有很多的不适应。大机关的干部比我们连队的战士都多,从排职到师职,大官小官都有,办什么事都要和不熟悉的人打交道,而我又是最不善言辞的人,再加上我河南口音又比较重,交谈中常弄得相互尴尬。周干事知人善用,同时被他调到宣传处当报道员的,还有一位比我早两年入伍的老兵涂维龙,涂老兵口才好,凡是对外联络的事情,周干事都会安排涂维龙出面应对。

　　总队刚刚成立不久,新的办公楼没有建起,机关临时设在古城郢的平房里。我和涂维龙调到处里之后,没有专门宿舍,周干事就把机关分给他的一间单身宿舍让给我们两个住,他自己每天骑自行车十多公里,赶回他在五里墩105医院家属院的家中居住。

　　虽然是刚成立的总队,但领导对新闻报道非常重视,若有几天没有总队的新闻稿件在报纸上刊登,就会有领导亲自过问。这让周干事在承担巨大压力的同时,也特别受到领导的器重。大的活动、重要会议、领导重视的行动,都由周干事亲自采写稿件,同时他也把我和涂维龙两个人的日程安排得满满的。有时大的活动多,他跑不过来,也会让我俩去采访,但在采访之前,或写稿之前,他都会先了解我们写稿的想法,不妥之处他再给我们重新出思路,有时干脆他口述我们写,他口述的稿子不用改,送到报社就能刊登。

　　那时候房子少,司、政、后的办公室都很紧张,一个宣传处,总共十来个人,处长和干事们都挤在一间办公室里办公。我们两个报道员没有专门的办公桌,哪个位置闲着我们就临时用一下,好在干事们经常下部队出差,办公桌空闲的多。我们报道员也经常外出采访,一年至少有三分之一时间在基层部队蹲着,全省县级以上单位都留下过我们的足迹。当然也有大家都在家的时候,我们就请示周干事,问有什么要干的工作,没有的话便主动回宿舍写稿子,宿舍与办公区在同一个大院,中间只隔着一条马路,保证做到随叫随到。

当年的宣传处,可谓是人才济济,是各路才子比较集中的地方:第一任处长方士明,后来当了政治部主任;第二任处长黄磊,后来当了政治部副主任、上海保险公司副总;文化干事李忠武在文艺创作方面成就非凡,多部剧本、快书被拍成电影或搬上舞台;摄影干事朱斌,作品多次获南京军区的大奖;画家罗时金、程新德,最年轻的摄像干事薛文华等,在圈子内都大名鼎鼎。似乎有才的人都有一个共同的特点,就是自信气傲,众多才子在一起,难免有互不服气的时候,都是二十几岁、三十几岁的年龄,由于心气较盛,也曾发生过不愉快的事儿。干部的事情,我们两个报道员从不掺和。

在部队还有一个传统,军官不和士兵较劲,更不会和士兵过不去。可即使这样,不管谁和谁有了矛盾,事后他也要找到他们说清楚:"干部之间的矛盾,只限于两个人之间,与报道员无关。战士不容易,不能因为我们干部的矛盾,让他们的工作受影响。"这话使我一直很感动,也使当事的干部们很感动,大家都从中看出周干事对部下、对同事那种深厚的关爱和博大的胸怀。

由于周干事的处处呵护,不管是宣传处还是政治部的其他领导,对我都很关心。

  1983年底,我已是入伍满五年的老兵了,是地地道道的超期服役,面临着个人退伍或留队的实际问题。那时候有个解决老兵出路的途径,就是转志愿兵,转了之后可以在部队干十三年,十三年后转业到地方,政府安置工作。转与不转成了我思想斗争中的一个焦点,因为不甘心永远当个兵,不转又担心没机会提干。我把自己的想法给周干事汇报之后,他当时吸了好几口烟没有说话,我试探着说:"不行那就先转了?"他又深深吸了一口烟,笑笑说:"急什么?这都不是问题,志愿兵随时可以转,问题是转了之后很麻烦,以后再有提干的机会,老兵可以提,志愿兵就不能提了。不要急,一切都还有机会,我再考虑考虑。"本来想请他给拿个主意,他却啥主意也没拿,但从他的话语中我能听出,他不主张我和涂维龙马上转志愿兵。他是领导,看问题的角度不同,比我们站得高,看得远。既然他说志愿兵随时可以转,这等于是给我们吃了颗定心丸,我反而不急于转了,把主要精力都投入了工作之中,那年年底我又立了入伍之后的第三个三等功。

  周干事在工作上对我的关心,政治部的人都知道,但在生活上的关心,外人却很少知道。他们夫妻两个都非常热情好客,凡去他家的人,不分地位、不论身份,去的都是客,都要好吃好喝地招待。我们报道员去他家吃饭那是常事,我无论啥时候去他家,王护师的第一句话肯定是:"小张吃饭了没有?"有时我确实是吃过了,有时确实没有吃,只要我说没有吃,她就会马上给我做,在他家吃饭,成了我的"家常便饭"。有时外出回来没赶上食堂的饭点,就跑到他家要东西吃;有时食堂伙食不好,也会跑到他家来个小改善；更多的是，他家做了什么好吃的，他就主动叫我去他家吃。

人生什么最基础？应该首推吃饭，所以每次他们问我"吃饭了没有"的时候，我这心中就会涌起一股暖流。一个人在远离家乡和亲人的地方，如果不是最亲近的人，不是把你看作自家人一样的人，是不会问你"吃饭了没有"。这让我想起我的母亲，记得小时候每次从外面回到家里，她都会问我饿不饿。

周干事夫妻不光是对我好，对我们报道员都一样，对报道员的家人也充满了感情，知道哪个报道员的父母亲来队了，他们都会请到家里去，亲自下厨烧上一桌丰盛的饭菜，好好招待一顿。我娘在合肥住院期间，王护师天天给打针、换药，一次次看望，帮助弄药，像对待自己的母亲一样，特别是母亲出院之后她也一天几次到住处看望。从那之后我便不再称呼她"王护师"这一官称，而称她王大姐，因为那些日子她就像一位大姐姐在照顾着自己的母亲。

出路问题是我那两年考虑较多的问题，尽管大多是无用的考虑，但到了什么年龄考虑什么事儿，这也是人之常情。周干事一直让我耐心等待，因为他一直在为我和涂维龙努力着。直到1984年7月，期待的机会终于到来了，武警总部和北京军区、第二炮等三大兵种在北京联合举办一期新闻骨干培训班，为期一年，毕业后可提为军官。一是解决一部分新闻骨干的出路；二是解决武警部队成立时间短，要加大对外宣传力度，而新闻力量严重不足的问题。培训班共计八十名学员，其中武警二十名，二炮二十名，北京军区四十名。由于从我入伍的1978年开始，部队取消了直接从战士中提干的规定，有一大批优秀报道员因此提不了干，而部队又确实需要，都熬成了老兵，仅武警安徽总队就有一批从事新闻写作、兵龄在我前后不久的老兵。总部政治部通知，每个总队报一至两名年龄不超过二十五岁的优秀报道员。这个年龄规定，把已经二十七岁的老兵涂维龙排除在了名单之外，我作为新闻稿件见报最多、兵龄最长、从事新闻时间最久的优秀报道员，排在五名上报名单中的第一名，被党委报到了武警总部。全国武警部队只有二十个名额，一个省还不够一名，所以，经过全面衡量，给了安徽武警总队一个名额，这个幸运的事就落在了我的身上。

赴北京学习之前，周干事几次请我到他家吃饭，每次都是做一桌子菜，其中必有我最爱吃的糖醋排骨和红烧肉。出发那天，他又准备了一桌饭菜，把我叫到他家，记得喝的是古井贡酒，他和王大姐再次为我举杯庆贺。可面对他们，我却高兴不起来，虽说要想留在部队继续所热爱的新闻事业，就必须先过上学关，可想到要整整一年时间见不到他们，心中还是有一种难以名状的伤感。吃过饭后，周干事把我送到机关门口，看着我登上开往火车站的吉普车。

车子启动了，看着周干事和王大姐渐渐模糊的身影，那一瞬间，我的眼泪夺眶而出……

四

能到北京上学，心情本来是应该高兴的，可说实话，当时心中的压力与希望一样大。

那一年,我已是入伍第六年的老兵,有很多现实问题不能不去考虑。

到学校之后我很快发现,总共八十名学员中,按区队和班来排序,我是排在第一位,因为我已被任命为一区队一班班长;按年龄大小来排序,我排在第二位,队里最年轻的学员比我小五岁;按兵龄长短来排序,我也排在第二位。在这里年龄大和兵龄老都不是炫耀的资本,相反,是最后一次机会的代名词,所以我必须加倍珍惜。

上学的目的大家都很明白,是为了解决实际问题,就我带的一班来说,学习期间基本没有违纪违规的。不过,这些来自全国各地的学员,用他们自己的话说,"不是孙猴子,上不了花果山",一个个都是各个单位挑选出来的才子,个性明显,才气突出,互不隶属,身上都有一股牛气。

几个军种的兵集中在一起,虽没有明争,但也都在暗中较劲,比学习,比一日生活养成,比军事素质,也比内务卫生。

我每隔一段时间,就把在校的学习和生活情况,及时写信向周干事汇报,他回信说得最多的是鼓励我抓住难得的机遇,完成好学业,不要出什么问题。他知道我一个月的津贴只有十几元钱,家中又有不小的生活压力,每次信中都会问我缺不缺钱,缺的话他马上寄过来。

学校每天的课程都排得满满的,讲课的都是国内知名的大学教授和新闻工作者,很多课程我以前从没听到过。通过学习,我在新闻理论上得到了很大的提高。

六个月的紧张学习结束后,我们要被分到基层实习半年。毕业那天,几个军种分管宣传的领导都参加了我们的毕业典礼。典礼结束,武警有四名学员被《人民武警报》社的副社长赵廉夫点名到报社实习,我的名字也在其中。

到报社实习是每个学员的梦想,因为部队报纸是各大单位有形的比赛场,领导们都特别重视,所以报纸版面一直是部队新闻干事发稿竞争的重要阵地。

在学校学习我不是最突出的,为什么会挑选我到报社实习?我不明白其中的原因,在去报社的路上,我一直在想这个问题,突然想起我在一次写信中,曾对周干事流露过想去报社实习的想法……

在报社实习的日子,我遇到了几位好老师,像编副刊的老师曹宇翔、编辑青年专刊的老师李玉山等,他们不但指导我写稿子、编稿子,还不断地向我约稿子,经常催我写稿子。

李玉山老师主编的青年版上,有一个栏目叫《青春寄语》,在报社半年时间里,它几乎成了我的个人专栏,仅在这个栏目我就发稿三十多篇。曹宇翔老师编的文学副刊,每周发一期文学版,每期都发有我写的诗。现任中国作家协会副主席何建明,当时在武警廊坊学院任新闻干事,见我发表的稿子多,专门到北京为我写了一篇专访《起飞的丑小鸭》,刊在《人民武警报》上。

此时的周干事,已被总队党委破格提拔为政治部宣传处副处长,武警总队那一年有三名越级提拔的干部,他就是其中之一,可见他的成绩和能力在总队机关没有几个人能够企及。令我没想到的是,我在报纸上发的那些稿子,都被他收集了起来,然后专门给政治部领导进行汇报,领导及时看到了我学习期间所取得的成就,这为我后期提干做足了铺垫。

按要求实习期为半年时间,在我实习到第五个月的时候,周副处长到北京送稿子,这让我喜出望外。一年时间没见,又是在北京相逢,激动之情溢于言表。他告诉我,由于我实习期间成绩突出,得到了组织上的肯定,提干的命令党委会已提前研究通过了。他在给我说这件事的时候,他的表情比我还高兴。这对我无疑是个天大的喜讯,我心中悬着的一块石头终于落了地,我可以继续在他的指导下,为热爱的部队新闻事业做贡献了。

在得到这个喜讯的第二天,又得到了一个不幸的消息,我的母亲生病住院了。周副处长让我提前办理结束实习的手续,催我赶紧回老家看看。当初我是背着背包、带着行李等一堆生活用品来上学的,此时要回老家,我一时不知把这些东西怎么办,周副处长看出了我的难处,说:"交给我你就别管了,都给你带回总队去。"让领导代劳我心中很过意不去,可又没有别的办法,只好把大包小包都给他留下,我急匆匆回了河南。

从河南老家归队之后,我的任职命令已经下达,任命我为武警阜阳地区支队阜阳市中队排长。

从战士到军官,这是人生的一大转折,帮我实现这一大转折的人,是周副处长。对此,同样得到他关心、现任安徽总队政治部主任的董联星,有过一个形象的比喻,说"周处长是帮我们实现从穿草鞋到穿皮鞋转变的贵人"。那时候战士不发皮鞋,只有军官才发皮鞋,穿上了皮鞋就意味着身份发生了转变,不用再考虑退伍回老家种地的问题了。

按规定,下了命令就要马上到阜阳支队报到,但就在我准备起身去报到之际,接到领导通知,总队在三十铺举办一期支队军事主官训练班,要抽出部分人员参加保障工作,宣传处抽调一名宣传干事、一名理论干事。已不是宣传处正式工作人员的我,在周副处长的建议下,推迟到阜阳报到,作为宣传干事被派到训练班。军事训练班是总队上下都很重视的大活动,除了司、政、后领导,还有总队副总队长和副政委担任训练队队长和政委。周副处长告诉我说:"你刚提干,下基层是临时的,以后还是要回机关工作,训练期间别怕吃苦,给领导们留下个好印象,以后往机关调动时就好办了。"

我这边刚刚提干,还没有去报到,周副处长就在为我以后回机关做安排了。

三个月的军事主官集训结束时,已是1985年的年底了,我带上简单的行李到阜阳支队报到。在支队办了手续,阜阳市中队司务长蹬着一辆三轮车把我接到了市中队。

入伍六年,站过岗,种过稻子养过猪,后来一直是从事新闻报道。周副处长最了解我,让我看书学习还行,带兵训练我肯定是外行;当个新闻干事能够称职,要是当一名合格的排长,就勉为其难了。他经常打电话、写信,了解我在中队的工作情况,让我不论工作多忙,都不要忘了学习,说总队正需要新闻干事,等任职时间到了,就把我调机关去。他说的任职时间,是指当时总队有任职规定,排职不满三年不许调总队机关。他的这些提示对我很重要,一是让我心中的希望之火一直在燃烧;二是让我要为胜任更重的担子做准备;三是让我要稳住情绪,等待时机的到来。更重要的一点是,他始终在惦记关爱着我的成长。

我到中队任职的第四个月,也就是1986年的春天,《人民武警报》的曹宇翔老师到安徽采访,宣传处抽出一个陪同他的人并不难,但周副处长以我在报社学习过,和曹老师熟悉为由,专门向政治部首长汇报,把我从阜阳支队抽出来,陪曹老师采访。我知道这是周副处长为我下一步担任新闻干事预热。那次陪曹老师在安徽总队走访了七八个支队,我从老师身上学到了扎实的工作作风和采访官兵的技巧。

1986年,武警部队两用人才现场会在合肥召开,送走曹老师之后,周副处长并没有让我马上回支队,而是安排我继续留在总队,参与随后召开的现场会的报道工作。现场会是全国性的会议,《人民武警报》对会议的报道很重视,专门派资深记者许东辉到会采访。许东辉老师让我和他一道采访,并把写稿子的任务交给了我。我用三天时间写了一篇六千多字的通讯,《人民武警报》刊登时从一版转至三版,这算是我在《人民武警报》上发得最长的一篇新闻作品。

从总队回到支队时,已是1986年的年底了。支队政委李振安是我在老六团时的政治处副主任,他看我终究是要离开支队的,在支队研究干部的会议上提出,考虑到我这一年多来新闻工作做出的成就,建议由正排职提前晋升为副连职。按干部任命原则,支队只有建议权而没有决定权,报告报到总队政治部,政治部却迟迟没有批准。支队询问时,政治部主任很关心地说:"小张马上要调宣传处了,等调动时和提职一并批吧。"

我得到这个消息后马上找周副处长询问,他说调动报告已经打了,但审批要等待机会。周副处长说的机会是研究干部调动的机会,因为不可能为了一个人的调动开会研究,都是集中一批之后统一研究。

就在等待的期间,情况发生了变化,电视新闻站站长李忠武找到周副处长商量,说电视口上缺乏文字功底过硬的人,想调我到电视新闻站工作。电视新闻是宣传处工作的一部分,作为分管新闻宣传的副处长,他无话可说。重要的是我能早日回到总队机关,回到周副处长的身边,这是他的愿望,也是我的理想,至于具体干啥工作,已不是那么重要,因为干啥都是在他的领导之下。

就这样,我在任三年排长之职后,重新调回了宣传处,虽然任职的岗位不是总队新闻干事,而是一名电视记者,但这对我来说已不重要,重要的是我又可以天天在周副处长的领导关心下工作和生活了……

五

在武警安徽总队机关,周副处长有两件事最令人羡慕。第一件事是分房子。按部队规定,营职干部或者家属已办理随军手续的连职干部才能分到房子,可他在这两个条件都没达到的情况下,总队却给他分了一套楼房,这在住房紧张的时候,是被众人眼红的。

我住的柴扉老屋,是我不够分房资格硬住进去的,而他的楼房是总队党委根据他为总队做出的特殊贡献,经研究通过,总队首长特批的,所以别人再眼红都没办法。

第二件事是由正连职直接提为正营职,越级跳高式地提升。

这种罕见的提升方式,也是总队党委研究决定并全票通过的,首长的观点很明确:不能让能干的人吃亏。由此可见他在总队领导心目中的地位和作用,也由此可见他做出的贡献有多大。

他对我的关心,说小了是对我个人的关心,说大了是对总队新闻工作的关心。跟着周副处长干工作,心里之所以很踏实,是因为他把我想的很多事情都给我想到了,包括工作上的、生活上的、学习上的。

周副处长不但关心我,还关心总队上下的众多报道员。我到北京上学的第二年,老兵涂维龙进入总队第二期教导队培训班学习,一年后提干,那年他二十九岁,这个年龄提干,在安徽总队仅此一例。和他同期进入教导队学习的支队报道员还有金运明、吴应平。1986年进入武警部队郑州新闻教导队学习的有报道员董联星、汪建华;1986年进入合肥指挥学校学习的有报道员张佐培;1988年进入北京指挥学校新闻班学习的有报道员周远林、陈振东。这些上了学、提了干的报道员,都是安徽总队机关或支队报道组的报道员,他们的上学提干,无不与周副处长的努力有关。

那时候总部办教导队,分给各总队的都是一个名额,每次周副处长都要想方设法再通过各种关系从上面多要个代训名额,这样就能两个人同时参加学习。两个人去学习提干指标却只有一个,按有些人的说法,周副处长这是在自己给自己找麻烦,因为名正言顺地参加学习之后,毕了业不能提干,个人肯定会闹意见,可提干的指标就一个,怎么去平衡?周处长却说:"先上学再说,学了总比不学好,提干的事不着急,车到山前必有路。"

他说的必有路,后来我们才看出来是什么路,他所谓的路就是自己亲自一趟趟地去找领导为报道员说情。在领导面前一遍遍地说这个战士的水平有多高，对部队有多热爱，部队新闻工作多么需要他，等等。为了让报道员们提干，他说了多少好话、求了多少人情没有人知道，但他心中清楚。

领导常被他这种为战士求情甚至是为战士的进步而软缠硬磨的精神所感动，虽然这些人都经历了一番曲折，最后还是提干了。那些提干的报道员，现在有的已经走上了正师职领导岗位，有的已从支队政委、宣传处长岗位上转业到地方工作。令他感到遗憾的是，还有几个报道员因后来的政策规定，没能提干，转了志愿兵。

他当副处长四年，带过的报道员大部分提干了，个别转了志愿兵，转志愿兵的到地方之后，因为文字基础扎实，个人素质高，为人踏实肯干，相继被转为国家干部，在各自的岗位上都干得风生水起。这些人至今仍念念不忘周副处长当年的关心、爱护和帮助。

我1987年调入电视新闻站时，总队机关正在分房子，居住在"高干别墅"里的干部们，够资格分房子的营职干部都分到了新房，搬到合肥城隍庙小区去居住了，其中就有新闻站的陈自长干事。陈干事住的房子（就是后来我的柴扉老屋）腾出来后，站里要把钥匙移交给宣传处，然后统一上交司令部。周副处长知道后说："别人都还没有交钥匙，你们急什么？你们站里不是还有人没房住吗？"一句话点醒梦中人，李忠武站长一听这话，马上对我说："张国领赶紧写信让你家属来队，不能让房子空着，先住上再说。不然钥匙交了之后想再要回来就难了。"听了他的话，我连谢谢都没有来得及说一声,就开始写信,写完信没有放到收发室,而是直接跑到邮局送到了邮递员的手里。就这样,我成了柴扉小院的主人。

住在柴扉小院的最大好处,是和周副处长住在一个大院里,有事可以随时请教。当然,与我住在金寨路的机关单身宿舍时相比,到周副处长家吃饭更方便了。家属来队后,第一周他们就两次请我及家人吃饭。我的家是刚"搬来"的,家中什么条件都不具备,生活用品用具啥的更是不齐全,这些不等我开口,他和王大姐就主动送给我,大到吃饭桌,小到饭碗菜碟。

电视新闻站的工作以拍摄、编辑、播出为主,虽然都是为了把安徽总队的事迹宣传出去,但工作性质与新闻干事有了很大的不同,再加上电视新闻站刚成立就受到领导的特别重视,所以看起来是个小单位,却是相对独立的,经常直接听命于政治部主任。周副处长名义上是分管我们,实际上很少直接来管。办公室与办公室之间只隔一个楼道,他却不再像我在报道组时那样给我分派工作,我也只能在下班之后到他家里,把心中的想法和工作中遇到的问题向他汇报。

转眼到了1988年,武警部队第一次授衔工作开始了。我当时是副连职,按职位我授不了上尉衔,但因为我的兵龄长,最后勉强被授予上尉警衔。周副处长看到我戴上了上尉警衔,说了两个字:"不错。"话虽不多,但笑得特别灿烂。

令我没想到的是,授衔工作结束不久,总部一纸命令把他借调去了总部政治部宣传部。对此,周围的人有各种议论,我觉得只说明一条,就是大家对周副处长非常关心、关注。不管别人怎么说，他是被总部借调去的，如果没有能力和良好的人品，总部不可能借调他。既然是借调，我想总有一天他还是要回到总队来的。可没想到过了一年没回来，过了两年还没回来。这两年里，我在机关楼道见不到他，在宣传处办公室也见不到他，到他家中还是见不到他，虽有电话经常联系，可这种见不到的日子里，心中就有一种很强的不踏实感。

1989年9月，我考入北京电影学院，首先想到的是又可以经常和周副处长见面了。因为北京电影学院就坐落在北三环的蓟门桥小月河畔，武警总部也刚从西单迁至西三环路苏州桥附近，中间就隔着北三环上的一段路。哪知到学校以后才发现，我这想法是幼稚的，因为我们是两年班，学业紧，学习任务特别重，再加上周副处长在武警总部机关的工作也是忙得不可开交，学习两年，加起来和他见面也不过十来次。

我从电影学院毕业回到总队后，遇到的第一件事就是周副处长回合肥搬家，因为他已正式调入武警总部。至此他已在总部借调工作了四年，这四年他都经历了怎样的历练，我无法知晓，只知道这四年里他仍旧时刻关心着我的工作学习和思想变化。这期间，当我向他提出有个不错的机会可以转业到地方工作时，他劝我说："不要着急，地方任何时候都可以去，但转业到地方后想再回到部队就难了，一切都还有机会。"当我向他提出想调回河南总队工作时，他也劝我不要着急，说回河南虽然离老家近了，可毕竟是个新单位，一切都要从头再来，再等等。他说的"有机会"，我不知道指的是什么机会，我也没有问过是什么机会，但我知道周副处长让我等的机会肯定对我来说是最好的机会。

没等到他调回总队,却等到他真的要调走了,当时我的心中五味杂陈。周副处长调到总部工作,那是高升,是受到重用,我应该为他祝贺,为他祝福,为他高兴,可不知为什么我就是高兴不起来,这说明我是个多么自私的人。那些天我一直处在失落、忧伤、忐忑和迷惘中,我知道我干的所有工作,都是为武警部队干的,但我取得的所有成绩,都是因为周副处长的鞭策、鼓励和教导才取得的。在我心中,组织上的所有关心,都是周副处长对我的关心,他就代表着组织。那时候我在基层,我只知道谁对我好我就感谢谁,周副处长是我的直接领导,我的工作都是在他领导下做的,我的进步也是他给一手操办的,我把他看成是我的领路人,现在我的领路人却要走了;我一直以他为榜样,现在我的榜样要走了;我一直以他为标杆,现在我的标杆要走了;我一直以他为旗帜,现在我的旗帜要走了。所以有个问题我必须要考虑,那就是我以后怎么办?周副处长一直教导我要带着感情工作,从后来的工作中我也深深体会到,如果失去了感情,那你的工作就是苍白的、无力的、没有灵魂的,也是没有方向的。

虽然周副处长离开总队已长达四年,可现在他真的要调走了,我心里还是极不适应,敬酒之际我曾问他:"您走了,我以后怎么办?"他仍是笑笑说:"急什么?肯定有机会。"

送走周副处长,我的工作还要继续,但劲头明显不足了。半年后我遇到了一个调往武警河南总队的机会,忙打电话向周副处长汇报,他听了之后,说:"我觉得你不要急,不过你要真想回河南,那就回,反正都是武警部队,到哪都是做贡献。"

1993年底,我正式调入河南总队工作,按照对口上岗的原则,仍被安排在总队电视新闻工作站当一名记者。

调回河南总队两年后,周副处长一直让我等待的机会,终于来了……

六

1996年5月28日上午,我正在河南信阳武警支队紧张拍摄一部电视纪录片,突然接到总队打来的电话,让我给总部宣传部记者组的周记者回电话。周记者就是周副处长,虽然他调到宣传部记者组当了专职记者,但我仍没改掉他在安徽时我对他的老称谓。我从信阳支队把电话打到了总部,周副处长接到电话就对我说:"国领(从认识那天起,他一直称我的名字,而没有叫过我小张),有个事跟你商量,总部要出一本刊物,上面已经批复,刊名叫《中国武警》,想请你来当编辑。时间比较紧,你考虑一下,我等你回话。同意了马上发借调令。"

我听了这个消息就想到了他常说的"机会",对于我来说,这就是一个很好的机会,但这个机会来得有点突然,我压抑着内心的激动连忙回答道:"谢谢周副处长,太好了,下一步能调去吗?"这个话我是不该问的,可我还是随口就问了出来。

"这个现在不好说,只要来了就有机会。"

"好,那我把手头上的事弄完就买票。"

我说的"把手头的事情弄完",其实不是什么事情,而是要回家跟妻子、女儿商量一下,因为即使只是借调,也是远离郑州的,她们刚从安徽搬到郑州,各方面还不太熟悉,我长时间不在家,她们心中会不踏实。

在家庭会议上,我想去北京的想法遭到了全面抵制,妻子不同意,说:"刚到郑州,分了房子,安排了工作,你又要折腾,北京有什么好的?"

女儿也接着妈妈的话说:"我们班的同学我刚认识全,是不是又要换学校了?再换就影响我的学习了。"

意见高度对立,我想缓缓再说服她们,不料妻子背着我把老父亲从老家叫来做我的工作。

父亲一来就站在了她们两人的立场上,说:"咱是小山村出来的,现在来到省会城市,这是以前做梦都不敢想的,各方面都安置好了,你就别瞎折腾了。"

面对父亲,我的态度必须有所缓和,我说:"现在是周副处长说了,让我去帮帮忙,别人说的我能回绝,他是我的恩人,没有他就没有我的今天,他说的话无论如何我都不能回绝。再说了,我也就是去看看北京到底好不好,看上它了咱就去,看不上它,我还回郑州来,您儿子也不是啥地方都喜欢的人啊。"

在我的耐心说服下,全家人同意让我到北京看看情况。其实妻子知道我想到北京,主要是想到周副处长的身边去,这一借调,十有八九是要正式调走的。

家人的心情我理解,我的心情他们也理解,周副处长的心情我们都理解,跟着他工作十五年,何时想过离开啊。

1996年6月6日,我怀着急切的心情从郑州乘火车赶到北京,找周副处长报到。

到北京之后才知道,和我同时报到的还有两个人——交通部队的肖春华、新疆军区的郭木。杂志社的领导班子命令已经宣布,社长兼总编李训舟,副总编兼编辑部主任周广庭,副总编戴顺清、陈淀国。这几位领导除了陈淀国是著名的散文作家,其他的都是记者组的资深记者。有了正式命令,我无论叫得多么顺口,都不能再叫周副处长了,从此我便改口称周副处长为周总,这也是二十多年来我对他不变的称呼。

在领导层中,周总最年轻,社里除了编辑部的工作,其他一应杂务也都由他负责处理。我们来报到之前,周总已在皇家公园颐和园东门外的六郎庄为我们租好了住房。那是一个单独的农家小院,一排三间房子,我们一人一间。在我们三个人中,来自交通部队的肖春华是老新闻人,作品无数;来自新疆军区的郭木,毕业于解放军艺术学院作家班,发表中短篇小说若干,相比之下,我的水平是较弱的。我们报到的第二天编辑部召开会议,明确当前的重中之重是组织试刊号的稿子,为了刊物能一炮打响,决定把武警部队最具代表性的窗口单位的事迹,指派给记者去采写。我们三个被分头派往北京国旗护卫队、上海南京路上十中队(好八连驻地)等部队采访,我被安排到天安门采写国旗护卫队。

明着讲是写稿,暗中有对我们考察之意,因为按编制最终能留到杂志社的只有一人。临出发之前,就国旗护卫队的采访问题,周总给我面授机宜,他告诉我采访天安门国旗护卫队的重点,是要把握住改革开放近二十年来,随着国家在世界上的地位的提升,国旗在人们心目中的地位和形象的提高。通过对国旗的认知变化,看人民对国家的情感加深,从国旗护卫队护卫国旗形式的几次改进,看人民爱国热情的不断高涨。写出国旗护卫队的官兵们,在国旗下感受到的国家的飞速发展和人民群众对祖国的自豪感。

说得很笼统,但意思我领会了。报到的第四天我来到国旗护卫队住了下来。住下之后我就感觉到这个采访对象选错了,官兵的事迹都很感人、形象都很可敬,但他们太忙,没有时间接受我采访,有一例可以做证,他们虽然驻在故宫的大门口,可百分之九十的战士服役三年没有进过故宫。还有个关键的问题,1996年全国掀起国旗热,每天来护卫队采访的有各大电视台、报社、广播电台的记者,还有慰问的群众团体,络绎不绝,哪个记者都比我的名头大,加上《中国武警》杂志是个还没有问世的刊物,我又不是刊物的正式记者,想找他们谈谈,他们都说没时间,无奈我就每天早上跟着护卫队看他们升国旗,晚上跟着他们看降旗,他们训练我就在操场边上观察,看哪个战士有空了就见缝插针问几句。

在护卫队采访七天,回到住处写了七天稿子,一篇一万五千字的报告文学《生命的旗帜》写完之后,我把稿子交给周总,然后向他请假,说家中有事需要回去处理,就回郑州了。

我说有事,其实是心中没底,因为很多大家都写过国旗护卫队,我一个名不见经传的作者,怕写得不好让周总为难。我回家就是等他们集体审稿后的意见,如果说稿子行,我就再回北京;如果说稿子不行,我就不再回来了。我不能因为我的无能让周总不好说话。

我回家第三天的下午,接到了周总的电话,他的声音依旧平静而柔和,只听他说:"国领,家里没事就回来吧,这里还有很多事情需要你做。你的稿子我们几个都看了,李总编给予了很高的评价,说他见过很多写国旗护卫队的稿子,没有见过哪篇稿子超过你这篇的,角度新,立意高,有深度,文字优美,具有较高的文学价值。"

我本来在家就没什么事,只是为了听他们对稿子的评判,既然对我的稿子是满意的,说明对我的水平肯定了,于是我第二天就又回到了北京。

到北京后我接受了一项新的任务。赴上海采访南京路上十中队的作家郭木,采写的稿子在总编那里没有通过。这个中队的位置特殊,倍受重视,这篇稿子是要作为头题文章刊发的。周总让我与郭作家一道再赴上海采访。

到了南京路上,我们依旧和官兵们吃住在一起,盛夏的上海又闷热又潮湿,但十中队的官兵仍发扬"南京路上好八连"的优良传统,房间没有空调,只有一个吊扇。我俩在中队住了一星期,写出了两万字的报告文学《牢记江总书记的嘱托》。

两篇主打稿子有了着落,大家都松了一口气。约的稿子也陆续到齐,我们在周总的带领下,投入紧张的编辑之中。编辑部只有一间面积十五平方米的办公室,周总和我们挤在一起办公,他和我们一起加班加点。我们谁都没有办过刊物,起码的程序都不知道,他就找来一大堆各种杂志,然后找出编排最好的让我们学习。到排版时,干脆订了一本 64 页的空白稿纸(杂志是 64 个页码),写上栏目名、页码、每页多少字,往栏目里填稿子。为这些事有时一干就是半夜。他怎么指挥我们就怎么做,有时他们领导之间也会意见不统一,争得面红耳赤,发生争论是常有的,但都是为了办好杂志。

记得有天夜里,电话铃突然响了,睡得迷迷糊糊的我赶紧起来接电话,原来是周总打来的,他说,《一线写真》栏目中有篇文章第二段的提法还要再斟酌,他觉得原稿不合适,让我也一起想想怎么改。

我放下电话,看看手表,是凌晨两点四十分,周总这时打电话说稿子的事,说明他在这之前一直在工作,在看稿子。他的敬业精神一直是我最佩服的,常常为了一句话、一个字而反复推敲,以实际行动为我们做出榜样。

第一期试刊号出版后,他终于累成胃出血,住进了医院。

我曾劝过周总,不要太累,不要太认真。他说现在是摸索时期,要尽快地总结出一套经验,以后办刊就能轻松些。

1996年底,我正式调入杂志社当编辑,我调进杂志社的第三年,李总编和戴副总编、陈副总编都退休了。周总调到了《人民武警报》一版当主编,离开了他一手创办的刊物《中国武警》。我留下来坚持到今天。

虽然周总早早调离了杂志社,他却时常关心着刊物,经常给我提出些新的意见和建议,说明他对这本倾注了大量心血的刊物,依旧充满了感情。

现在已退休六年的周总,享受着正军职的待遇,子孝孙乖,他和王大姐过着幸福安宁的生活。我有幸和他住在一个大院,楼房相邻,可以时常聆听他的教诲。

人生不过一百年,在我从军四十年的生涯中,一直在周总的带领下稳步前进,如果说世上有幸运存在的话,我觉得我就是那个最幸运的人。

白石桥路42号

白石桥路42号作为印象北京的符号,在我心中已装了三十二年。

1984年8月20日,我和战友涂维龙到齐齐哈尔参加武警总部举办的第一届文学创作班,从合肥乘火车在北京中转,转车需在北京停留五个小时。我们俩都是第一次到北京,怎么利用这5个小时?想法几乎是不约而同的:先去天安门,再去白石桥路42号。由此可见,在我们心中,白石桥路42号和天安门一样神圣、重要。

看天安门的目的只有一个,看一眼,照张相,证明我来到了北京;而看白石桥路42号则是来北京的重点。

白石桥路42号到底有何诱惑让我瞻仰它的心情如此迫切?这不能不从我的工作说起。1984年我已是一名入伍第六年的老兵,那时的战士服役期是三年,三年之后若没有被提为干部,那就属于超期服役。超期服役就意味着随时有可能退伍离开部队。我热爱部队,不仅是因为在部队锻炼六年思想进步觉悟提高,早已适应了部队团结紧张、严肃活泼的战斗生活,更重要的是如果退伍返乡,一切都会恢复到入伍前的状况。而要继续留下来,白石桥路42号就起着相当大的作用。

它的作用是刚刚显现出来的,1983年之前我还不知道北京有个白石桥路42号。1982年底,我所在的安徽省军区独立团转隶为刚刚组建的武警部队,时任安徽总队三支队七中队巢湖农场炊事员兼饲养员兼业余报道员的我,采写的新闻稿件和创作的诗歌,有了一个新的投稿地——北京白石桥路42号。42号里有一张武警部队成立之后诞生的报纸《人民武警报》,那是基层报道员竞相投稿的阵地,我记得很清楚,我寄往北京白石桥路42号的第一篇稿件是一首诗,题目叫《花种》。

令我难忘的是,这一篇手写稿件寄出不久,就在《人民武警报》第四版的《卫士》副刊上刊登了出来。这首诗的发表,在巢湖农场部队引起了不小的轰动。这也极大地提升了我创作的热情和投稿的信心,白天参加正常的炊事班工作,做完饭再挑泔水、打猪草,把四十六头猪喂饱了,晚上坐在蚊虫乱飞的灯光下写稿子。由于发的第一篇稿件是诗歌,我也就更多地把注意力放在了诗歌的创作上。写了改,改了再抄一遍,然后装进信封,在信封上工工整整地写上"北京白石桥路42号《人民武警报》编辑部收",郑重地交到中队通信员手里。那些日子写给白石桥路42号的稿件,远远超过了我写给父母和女朋友的信。这些稿件都被《卫士》副刊登了出来。一时间我成了我们中队和支队的名人,并受到总队宣传处新闻干事周广庭的关注,第二年我被调到了武警安徽总队宣传处当报道员。

从连队饲养员到总队报道员，我的命运迎来了一次大转折。而这次大转折与白石桥路42号里的《人民武警报》有着密不可分的关系。

直到此时，我仍未与《卫士》副刊的编辑曹宇翔见过面，甚至没给他写过信。

我匆忙赶到白石桥路42号《人民武警报》编辑部，见到的第一个编辑老师叫李玉山，他非常热情，又搬凳子又倒水的，弄得我受宠若惊，赶紧把带的两篇新闻稿递到他手里，他一看稿子上署着我的名字，问了一句："你就是张国领？"然后边翻看稿子边说，"今天的报纸上还发你一首诗呢。"说着把手中的报样递给我看，我拿起报样，看到了我的诗《我推转石磨》。直到这时，我仍没有敢问哪位是曹宇翔老师。

几天以后我们创作班上来了一位授课的老师，他正是《人民武警报》的副刊编辑曹宇翔。他讲的是诗歌创作，并在讲课时提到了我，先是表扬我的诗歌写得很棒，接着说给我发了那么多诗，我到了报社竟然不理他，还说以后不再给我发诗了。我知道他说的是句玩笑话，从那以后我们正式相识，每周一期的《人民武警报》的《卫士》副刊上，经常发有我的诗歌。

第二次走进白石桥路42号是在1985年3月底，那时我在通县参加北京军区新闻干部教导队半年学习刚结束，武警报社领导到教导队挑选去报社实习的学员，选定的四个人中就有我。到报社实习是报道员的共同愿望，看到我们四人被报社领导选中，大家都很羡慕，我到了报社之后才知道，我入选是因曹宇翔老师点的名。

进入白石桥路 42 号那一天,我的心情特别激动,这是我多么向往的地方啊,现在可以在这里学习半年,虽然住在每天三块五毛钱的大慧寺小区地下室招待所里,但白天是坐在宽敞明亮的大办公室里,进出的都是白石桥路 42 号的大门。

在我们基层新闻工作者心目中,报社编辑部是神圣的。但报社的条件与它的地位并不相称,在白石桥路 42 号院里,有两栋楼房,《人民武警报》只占其中一栋楼的两层。我实习是在政工科,科里五六个人挤坐在一个大房间里办公,那些可都是大名鼎鼎的人物啊,顾仁君、陈学武、李玉山、曹宇翔、张建明等,他们学问高深、品格高尚,对我们这些来自最基层的报道员,可以说是呵护有加。教我做人,教我写文章,有什么采写的机会都派我去锻炼,在生活上更是无微不至地关心。

曹宇翔老师那时就已是全国有名的诗人,一有空就给我讲诗的写作技巧,编辑来稿时遇到的好诗和存在的普遍问题,他都主动和我谈谈他的看法,借机提高我的写作水平。从《人民武警报》创刊到 1993 年这十年中,我在《卫士》副刊上发表诗歌散文近百篇。我的第一本诗集《绿色的诱惑》中的诗章,都是曾在《卫士》副刊刊发过的。我对面坐着的是李玉山老师,他负责编辑的版面上有个《青春寄语》栏目,我一去他就主动向我约稿,教我怎样给栏目写稿,在后来的一年多时间里,我几乎成了他的专栏作者。这些作品后来都被我收进散文集《男兵女兵》一书中。

在白石桥路 42 号的半年时间里,我和编辑老师们结下了深厚的情谊,特别是大诗人曹宇翔,把我当兄弟一样看待,后来我每次来京,他住的那一间十平方米的单身宿舍就成了我的落脚点。

离开白石桥路42号后，我实现了人生的第一大愿望，被提拔为正排职警官，主要负责安徽总队的新闻报道，这样一来，与白石桥42号的联系也更加频繁。这样的联系持续了四年，直到1989年《人民武警报》的社址迁到了西三环北路一号，我与它的邮路和心路才被迫停止。但我对它的感情确切地说是感恩之情并没有就此切断。1996年夏天，因工作需要，已从安徽总队调到河南总队两年多的我，从郑州又调入北京西三环北路一号。这里距白石桥路42号只有两站路程，距离近了，我常到那个保持着原貌的老院子里走一走，看一看。值得庆幸的是，报社虽然搬出了42号，这里却有了我的另一个牵挂——之后迁来的军队文学期刊《解放军文艺》，这是部队诗人和作家的大舞台，它把我对白石桥路42号的情系得更紧了。

由于在我的政治生命和文学生命中起到重要作用，看来今生忘掉白石桥路42号已是不可能了，尽管它早已改为"中关村南大街28号"。

冲锋在一线

都说安徽雨多,其实多的不是雨,是雨中的险情。

贯穿安徽全境域的有淮河、长江,还有无数条支流、分流。大雨大险,小雨小险,那些年几乎年年都有险情。

修大堤不是军队战士的事,但有了灾情险情,战士就责无旁贷,必须要冲在前面,因为战士是人民的子弟兵,不能眼看着人民受灾受难而不管不顾,抢险救灾本来就是人民子弟兵的本分。所以,在安徽的那些年,救灾抢险是常事,特别是到了夏天,汛期还没到,我们就得做好所有的应急准备和措施。

总队机关是安徽武警的最高指挥机关,顾名思义,指挥机关是指挥的。常常跟随指挥机关行动的电视记者站,虽然也是总队机关的一部分,但我们不仅没有指挥功能,反而每次都要冲到第一线,抢险救灾更不例外。众所周知,电视是靠画面说话的,不冲在一线、不冲在最前面就拍不到第一手资料,不是第一手资料就不真实感人,观众也不会相信。

有没有大雨,气象台都可以预报,哪里有险情,却没人能够预报。只能是险情出现以后,人们再去抢险救灾。

每年汛期,我们都要枕戈待旦,做到二十四小时随时待命,只要指挥部一声令下,就要即刻出发,奔赴抢险一线,并且要做到招之即来,来之能拍,拍之可播。

印象比较深的,就有1991年8月的金寨抢险。

金寨县是革命老区,距离合肥一百五十公里,我万万没想到,自己是以那样的方式、在那样的情况下扛着摄像机、背着装备,到达仰慕已久的革命老区金寨县的。接到命令是下午时分,我们只有十分钟准备时间,然后便急匆匆地出发了。

当时天地白茫茫一片,不知是风助雨势,还是雨催风威,雨水像沉重的云团,在空中被狂风搅裹成无规则的旋涡,重重摔打在军用卡车的绿色篷布上,发出隆隆的撞击声。

长长的车队在狭窄的天地间火速地前进着,远远望去,像一条通往天国的黑色隧道,不停顿地向着远方延伸。

沿途的公路并不平坦,凡是低洼的地方,早已被洪水淹没,水深一米多。为了不让排气管进水熄火耽搁时间,经验丰富的驾驶员将排气管口用塑料布包上,强行涉水通过。

绿色的帆布篷大卡车庄严凝重,三百多名官兵面色严峻,除了雄壮的歌声和对讲机里急促的对话,听不到一丝嬉闹和欢笑。

越过洪水的路障,跨过塌方的阻碍,车队艰难地前进着。金寨,这个在中国历史上写下过灿烂篇章的地方,这个令中国革命永远骄傲的辉煌名字,为新中国的诞生,它养育了无数擎起中华大厦的栋梁之材,捧起它的任何一块泥土,都能听到历史的回声,拨开它的每一片草丛,都能看到代代奉献的烙印。

这个诞生过一百多位将军的圣地,曾令无数少年向往,令多少军人崇敬。它像巍巍的大别山一样,有讲不完的悲壮故事,有写不完的神奇传说,有唱不完的英雄赞歌。如今,它却沉陷在洪灾暴雨中,等待着军人的营救,无数双急切、无助的眼睛,渴望着子弟兵身影的出现。

大雨想用肆虐的疯狂,阻挡我们车轮的前进,有时也施以塌方、泥泞。进入山区后,透过挡风玻璃已无法看清崎岖的路面,驾驶员只好忍着雨鞭的猛烈抽打,把头伸出窗外,辨认着雨雾迷蒙中的道路。

我们谁也无法弄清,此时的金寨县城是否还安然存在。出发前告急的电文称,县城因梅山水库泄洪,已被大水吞没,变成了一片汪洋大海。

此时,上到大校,下到列兵,心情都像注了铅似的沉重,一百多公里路程,大家都恨不能插上一双钢铁羽翼,立刻飞抵灾区,喝退洪魔的侵袭。

我和陈站长坐在法国雪铁龙505加长轿车里,走在开道车的后面,有时也会绕到前面,但我们所乘车子的后备厢盖始终都是打开的,摄像机处于随时可以拍摄的状态,遇到特殊路况或特殊地形,我们会冲在车队的前方进行拍摄。

前方的路和金寨的险情,我们无法弄清,所以,在路上,陈站长总是给我交代一些注意事项,比如遇到危险时,作为一名摄像记者,要像战士爱护自己的枪那样爱护摄像机,因为机器一旦进水或摔坏,就无法完成上级交代的任务,军人完不成任务的责任,领导要承担,但首要的是自己承担;比如遇到生命危险时,如果不丢掉摄像机能够保命,就要人和机器一起保,如果不丢掉机器生命难保,那保护生命是第一位的;比如吃饭和休息,灾区如战场,平时的规律和规矩,因为现场混乱而被打破,谁都顾不上谁,所以不能客气或不好意思,该吃的不等别人让,该休息的,不能讲究场所和环境,只有保持良好的体力和精力,才能完成肩负的使命……最后一条,领导听的不是你没完成任务的理由,而是你交出的战绩,没有战绩的战士,没有人会原谅宽容。

金寨县地处大别山腹地,和无数个为中国革命做出卓越贡献的老区一样,它的经济并不发达。20 世纪 50 年代,国家在这里修筑了一座储量为七亿立方米的梅山水库。它既可以发电也可以灌溉,对振兴金寨的工农业生产起到了重要作用。据通报,这次泄洪是在库容量超过警戒线最高限度的情况下,经专家论证,由省防指下达命令的。本来它可以在水位到达警戒线时泄洪,但当时正处淮河洪峰期,为了顾全大局,金寨人民又一次做出了牺牲。

部队一路风雨兼程,提前一个小时到达梅山镇的大龚岭,从这里凭高远望,半个县城被淹没在大水之中,梅山水库的泄洪闸提到了极限,流量超过 3000 立方米每秒。

奔泻而下的洪峰遮天蔽日,犹如白色的野马群,于悬崖处腾空嘶鸣,飞溅的水雾像翻卷的长鬃,恣意飞扬,又像千堆白雪弥漫在梅山的峡谷之间。如果它不是将灾难带给金寨,一定会成为文人墨客感叹的壮丽景色。

群众看到几百名武警战士神兵天降似的出现在眼前,顿时响起一片胜利的欢呼声。担任这次抢险救灾总指挥的副总队长范德孝,听取了当地领导的灾情介绍后,迅速将部队组成几支突击队,立即投入抢救被洪水围困的群众的战斗中。

此时夜幕降临,奔腾的洪流声隆隆作响、慑人心魄,在深水中泡了六个小时的战士们,不顾山区的寒冷和周身疲惫,还在小巷里搜寻,还在危房里呼唤。

而在县城第一中学的教室,校长带领学生垒起一个简易的炭炉,七十岁的老奶奶提来了一壶开水,个体旅社的主人抱来了草席和棉被……夜深了,为了不发生意外,战士们在指挥部的几次命令下,才从一线撤了下来,草草吃了晚饭,在教室里休息。

我和陈站长没有休息的地方,也没有人再想到还有我们的存在。在部队吃饭的时候,他不知从哪弄来了一塑料盆的大包子,还有一袋榨菜。我却顾不得吃,因为摄像机电池已经用完,必须先找地方充电,不把它喂饱,我们吃得再饱也是白搭。

由于大水造成大片断电,最后是在县委大院里找到了两个有电的插座。我匆匆吃了两个大包子,就坐在车上睡觉。车上躺不下身、伸不开腿,关上车门太闷,打开车门蚊虫成群,就这样折腾了一夜,大家几乎都没有睡着。

第二天一大早,女县长来到部队驻地,说她接到报告,乡下有一农户被困在家中,急需救助。部队派出一艘冲锋舟和几名战士,由一名班长带队,在女县长的引领下向农户家开去。

站长知道后,提出要去跟踪拍摄,于是我们也上了同一艘冲锋舟。

那户上了年纪的人家,只有夫妻两人,房子被水淹没,他们是乘坐大浴盆才躲到了一个土岗上,情况十分危急。

在救援的过程中,为了近距离拍摄,我和站长坐在木盆里,他负责扶我,我负责扛机器。好在没有大浪,否则一个浪打过来,人和机器都将翻下水去。

在金寨战斗了四天四夜,战士和工人、学生、农民一起在这里与洪水展开了一场争夺生存希望的搏斗。救人、运粮、抢修生命线,战士以赤子之心,奉献着对老区人民的忠诚,群众用慈母之爱,像当年支援中国革命那样,表达着对子弟兵的无私关怀,他们把同一个愿望,浇铸成铜墙铁壁,浇铸成钢铁大堤。

在他们面前,风雨退却了,洪水野马般地声嘶力竭,只剩下苟延残喘的气息。

告别金寨时,群众自发地放起了鞭炮,敲响了锣鼓,男女老少排列在大街上为我们送行。他们挥手、流泪、祝福,那场面使我不禁想起电影画面中,老区人民支援部队打仗的情景。

对于安徽来说,1991年的水灾是大范围的,金寨只是一个点,全省各地都出现了不同程度的灾情,抢险救灾成了官兵们的主要任务。我们记者站人员少,我和站长一个组,薛记者带一个组,做不到哪里有险就出现在哪里,但主要的战场上都有我们的身影。在一个多月的抗洪抢险宣传中,全站在中央电视台《新闻联播》中播出新闻十二条,其他新闻节目中播出二十多条,安徽电视台几乎天天有我们拍摄的新闻或专题片。那年年底,我们拍摄的专题新闻片,有三条获得全国奖,五条获得省级奖,是历年发稿最多的一年……

车子在天安门前熄火了

还是1991年,还是那场大洪水,虽然已经过去多天,但全国人民对安徽的赈灾活动还在继续。

安徽省委听说武警总队文艺演出队正在北京参加文艺调演,提出由武警总队演出队在北京演出一场文艺节目,代表安徽省委,答谢首都人民和子弟兵对安徽的爱心救援。

武警总队演出队,严格说是一个不在编的文艺团队,人员大部分是来自基层的官兵,平时都是到基层为部队官兵演出,第一次要代表安徽省演出,并且是在首都北京,面对首都人民,这是何等的荣耀,这又是何等的压力。

为了见证奇迹的发生,总队首长首先想到了派武警记者站全程录像,于是通知我们立即赶赴北京。站里不敢怠慢,迅速研究决定,由陈站长带着我,赴京执行这一艰巨任务。

现在我们在电视直播节目现场看到的摄像机,小巧玲珑,摄录一体,一只手抓起来提着就能走。但20世纪90年代初的电视摄像机并不是这样,不但体积大,还拖挂一个十多公斤的录像背包机,机子本身不自带灯光,另外还要配置一个 1300 瓦的碘钨灯,灯线就有几公斤重。大录像带二十分钟就录一盘,外出要带好几箱,所以说,当时电视行当一出门,成堆的设备用车拉。领导让我们进京执行任务,我们要把能想到的全装车上。

　　当时总队给我们记者站配的车是政治部最好的,法国雪铁龙 505 加长轿车适合我们装更多设备。

　　从接到命令到出发,共有两天的时间准备,我们把所有将会遇到的困难都想了又想,最后终于觉得万事俱备,只欠出发了。由于答谢演出的任务光荣而艰巨,首长都很重视,总队长亲赴北京督战。为了在京来往方便,政治部主任新配的"桑塔纳",由一名秘书带车,和我们共同进京。

　　因为是长途跋涉,天不亮陈站长就把我叫起来出发了。安徽境内的公路我们是经常跑的,路况熟悉,一路顺利。刚踏上山东境内的道路不久,眼看雾越来越重,心想着别出啥事了,谁知刚这样想就发生了一件意想不到的事故。

　　一直跟在我们"雪铁龙"后面的"桑塔纳",不知是走了神还是瞌睡虫来了,抑或是大雾的原因,只听咣的一声,在"雪铁龙"的大屁股上来了一次玩命的"热吻",追尾了。由于"亲吻"过度,车子"前脸全破了相"。

　　这可是政治部主任刚配的新车啊,和他部下的车相撞,方式极为讽刺,损失极为惨重。当时我们下车看着那惨相,秘书没说话,站长没说话,我也没说话,两个驾驶员更是面面相觑,不敢言语,真是无言的场面。这是新车,这是主任的车,这是要到北京去执行任务的车,现在还没到北京却被撞了,并且是自己撞自己车上的,能说什么呢?

站长和秘书私下协商了一会儿,让我们继续上路,仍是原来的队形,"雪铁龙"在前,"桑塔纳"在后,只是开到枣庄市时下了公路,因为路边有一个模模糊糊的牌子,上面写着"汽车修理厂"。

我们是在那里等着把车子修旧如新之后开走的,后来这件事就像从来没有发生过一样,烂在了肚子里。

追尾是个小小的插曲,但好像预示着接下来的路途不会顺利。

进入北京天已黄昏,转眼就黑了下来,这黑是时间上的黑,因为北京城灯火通明,比合肥的白天还要亮。

进入北京之后,在合肥开车随意惯了的驾驶员,好像一下找不到了北。每到一个路口,都要被警察拦下来罚款,由于这里是首都,警察说什么都不敢反驳,罚款的理由都是违反了首都的交规,比如在十字路等红灯时,熄灯了要罚,熄火了要罚,转向没打方向灯要罚,不该停的停车了要罚,总之是步步惊心、步步挨罚。

最后罚得我们站长实在是受不了了,因为这些罚没的钱都要他来出,后来干脆一被警察拦下,他就出面诉苦,说是灾区来的,来感谢首都人民的,身上没带钱等等,一副可怜巴巴相。没想到这一招儿还真管用,只要说是安徽灾区来的,警察便提醒几句就放行,不再罚钱,不再为难我们。

行车倒是不罚款了,第二天车子却又出了小状况,有时熄火之后打不着,必须要推车。车上坐着站长和我们两个,驾驶员是把方向盘的,我一个人推不动,只要一熄火,站长就示意我下去推车,我先下车,他后下车,然后转到车后方,开始推车。

熄火的地方大都是在车辆拥堵或红绿灯的地方,我们推车时后面就堵着一串车,他们必须等我们把车子发动着才能通过。有时没办法,我们就把车子往路边上推,这样推离主路,就为别的车让开了道。看着我们两个没穿军装的军人,推着一辆军车,在马路上艰难前行,后面的车仿佛很理解我们的心情,不鸣笛,不说难听话,就在后面默默地跟着,从这一点我可以判断,北京人宽容大度、有素质、有水平、有文化。

就这样走走推推了一天,该办的事办完了,我们就找了一个修车厂去修车,不料修车师傅一看说没啥毛病,就是需要钣金。

既然是小毛病,又修好了,大家都觉得问题解决了。第二天上午我们开车去海军大礼堂看场地,因为演出队晚上要在这里为首都人民演出,我们必须提前熟悉场地,以便选角度、定位置、架机器。

走进大礼堂,灯光、场景都已布置完毕,演出队正在做最后一次彩排,总队长程志学也在现场做场外指导,那气氛就像战场上发起冲锋一样,紧张而有序。谁都知道这场演出的重要性,所以演员们演得极其认真。我是个没有文艺细胞的人,对这台节目不敢评价,只是觉得那些舞台上的动作过于夸张,甚至有些变形。特别是演到官兵冲破巨浪固大堤的场面时,在人墙上前进的演员还掉了下来,看来谁的心里都不轻松。

从大礼堂回住处的路上,要路过天安门广场,那时的广场周围还没有围栏杆,行人可以随意出入。车子行至天安门前时,遇到了红绿灯,小李自然踩下了刹车,可等绿色信号灯亮起时,车子打不着火的老毛病又犯了。

长安大街上车多,不能堵的时间长,站长对我说:"走,下车,先推到一边去。"

我们下车之后,看看就广场那里人少些,就让小李把方向盘往广场打,我们俩在车后撅着屁股推,可是快推到纪念碑前了还没有发动着,我和站长已很卖力气了,为啥打不着呢?正纳闷儿呢,交警过来了,他问我们是怎么回事,站长说车子熄火了,交警让小李打打火给他听听,然后把车盖子打开,他像很内行的样子,几个地方扳扳看看,最后断定是零件脏了,他问我们谁身上带了钱,站长一听以为又要罚款,赶紧说:"同志,我们是安徽灾区来的。"

交警不耐烦地说:"不是罚钱,是一毛钱的纸币。"

站长恍然大悟,忙从口袋里摸出一毛钱递给交警。交警把钱叠成四折,放在零件上,来回地磨,边磨边吹气,直到把零件擦得很亮了,他才让小李再打火,可打了几次还是没有打着。

这时交警也没有办法了,说:"来,我帮你们推,打着之后去修理厂吧。"

说完我们三个在广场里推着白色"雪铁龙"奔跑起来,刚跑几步车就打着了,我们对交警千恩万谢之后,离开了广场。

在车上,我看着雄伟的天安门和挺拔的英雄纪念碑,心生感慨,心想能在天安门广场上推车,也算牛了一把。

但此时站长的心情和我完全不同,他对我说:"国领啊,没想到我们把人都丢到天安门了。"

后来我调到北京之后,每次开车从天安门广场路过,看到戒备森严的广场,我都会想起那次在广场推车的事情。

晚上就是"实战"了,不能因为车子熄火误了正事,我们一离开广场就直奔汽修厂,修完车子没有顾上吃饭,就拉上设备朝大礼堂开去,站长说吃饭事小,完不成任务事大,必须吸取教训,不能关键时刻掉链子。

我始终扛着沉重的摄像机在拍摄,注意力全在寻像器里,那天晚上的演出成不成功跟我已没有关系,我只管把需要的画面全拍下来,因为我们不但要在中央电视台播出,而且回去还要制成完整的录像带,供领导和部队观看。

这边演出一结束,我们就马不停蹄地赶到中央电视台,想把这条消息在《晚间新闻》里播出来,新闻值班室里,有位赵老师很认真地看着素材,突然我发现他把手伸到背后,嘴上说着一个字"烟",我和站长都不吸烟,身上没有带烟,又不能问他的烟放在哪里,那场面尴尬至极,他看没有烟放到他手里,说了一句很不客气的话:"带子放这里,你们回去吧。"站长问道:"这新闻今晚能播出来吗?"赵老师更不客气了:"不能播你们送来干啥?"他这一说,我们都不敢再说什么,道了谢就返回住地。

当晚10点整,我们拍的答谢首都人民赈灾演出的消息在《晚间新闻》头条播出,第二天的《午间新闻》又进行了重播。虽然总队领导的画面没有安排上,但演出队的画面都上了,说明演出取得了圆满成功。

返回安徽的途中,站长对这次顺利完成拍摄、播出任务很满意,我说要是咱们把在天安门广场推车的画面拍摄下来,那就更有纪念意义了。

我所经历的大阅兵

1992年是武警部队重新组建十周年,也是安徽总队成立十周年。部队庆祝十周年最好的方式是组织一次大阅兵,一是可以向社会展示部队建设的成果,二是让人民群众看到这支新组建的武警部队的崭新形象。

武警总队组织大阅兵,在省里也是一件大事儿,准备工作提几个月前就开始了。领导给我们记者站提出的要求是,全程录像,现场直播。

全程录像没问题,因为这项工作我们自己就可以解决,但现场直播牵扯着方方面面的事情,不是哪个人能做主的。我们提出要和省电视台进行协商,总队领导说你们尽快协商,需要总队出面的,及时汇报,人力、财力都全力支持。

当时我们记者站正和省台合办一个栏目叫《人民卫士》,编导是大名鼎鼎的方可。他听说总队阅兵的宣传方案后,立即找台长进行汇报。电视台领导听了汇报后,对此很重视,专门召开会议研究,最后同意调一台转播车和四台摄像机现场录像。为了做到全方位录像不留遗憾,我们还协调了炮兵学院、交警总队、省军区等单位共十六台摄像机,阵容可谓强大。

武警总队在合肥还没有大的校阅场,记得那次阅兵是在炮兵学院的训练场进行的。总队邀请了全省各行各业的代表到现场观摩,武警部队时任司令员周玉书、安徽省时任省长傅锡寿等领导都参加了阅兵式。

作为一名年轻的电视记者,陈自长站长交给我的任务是流动拍摄,也就是抓拍一些阅兵花絮和主机拍不到的点滴细节。因为别的机子都是和转播车相连、总导演统一调度的固定机位,用战争术语叫阵地战,我这则是小股部队进行的游击战。流动摄像机的最大好处是想拍啥就拍啥,不受总导演的调遣和约束,但原则是不能胡乱拍,一切都要围绕阅兵这个主旋律,拍摄与阅兵相关的主题。

我扛着二十来斤重的摄像机,后面跟着为我指定的驾驶员小戈,他除了开车还有一项很重要的任务,就是替我背着十几斤重的录像机,始终像一个影子一样,跟在我身后,我走到哪他跟到哪。

5月30日那天,风和日丽,万里无云,是一个难得的好天气。一切都像设计好的一样,受阅部队、嘉宾、领导、群众,都陆续来到现场各就各位,场面之大是我当兵十四年来首次在现场见到,心情难免有些紧张。好在我是个小人物,没有人注意到我的一举一动,倒是我的摄像机对准谁拍摄的时候,被拍摄的人立即就会紧张起来,有的正在哈哈大笑呢,顿时就变得一脸严肃,有的正随意坐在位置上,看到我的机子对准了他,也马上坐得端端正正,看来他们都想在画面里保留下自己最完美的形象。主席台上的领导们都一副司空见惯的样子,在众多摄像机镜头前,始终保持着专注肃穆的神情。

阅兵开始之前,我已把主席台上、观礼台上、周围群众,我认为该拍的都拍到了。按照规定的时间,十点钟阅兵准时开始,我看时间差不多了,便开始向操场上移动,因为礼兵到位后,第一个程序就是总队长程志学向武警部队司令员报告:阅兵式正式开始。

我再次把电池检查了一遍,换了一盘新的录像带,务必要保证重要的画面不断线、不漏拍、不出故障。

十点整,一辆崭新的绿色敞篷吉普车从场外驶入,以平稳的速度驶入检阅台前三十米处,在事先画好的区域内稳稳停下,平时总显得精瘦的总队长程志学,此时穿着一身合体的橄榄绿警服,双手戴着洁白的手套,目光炯炯,气宇轩昂。只见他行了一个标准的军礼,用洪亮的声音报告道:"报告司令员同志,中国人民武装警察部队安徽省总队成立十周年阅兵式,准备完毕,请您检阅。"

我觉得总队长今天特别帅气,所以我的机位选在吉普车的左前方,我一腿跪在地上,采用仰拍的角度,把这一珍贵时刻记录了下来。当然记录这一刻的不光是我一个,周围还有一台台摄像机、一架架照相机,但我敢肯定,我的角度别人拍不出来,因为他们大部分都集中在正面拍摄,总队长是比较瘦削的人,从正面拍摄出来的画面,人就没有风度、没有威严,更显不出一名指挥千军万马的指挥官的气势。

这个向司令员报告的细节,只是几秒钟的时间就过去了,接下来是阅兵式、分列式。我按照上级给我的分工,继续抓拍着在场各种人员的面部表情和不同反应,因为拍摄轰轰烈烈的大场面不是我的任务。

场地阅兵之后,为了弘扬军威、壮大声势、扩大影响,参加阅兵的部队又按照事先做好的安排,转移到合肥第一大街长江路上,再次以分列式的方式行进,接受全体合肥市民的检阅。

几辆摄像车上,是各路扛着摄像机的记者。我乘的是游动车,车上只有我一个人。大街两旁挤满了群众,有挥手致意的,有大声叫好的,他们丰富的表情、不同的动作,给我提供了更大的拍摄空间。

当我把一盘用完的磁带退出,准备更换新磁带的时候,突然发现固定在摄像机上面的防风话筒,开关还停留在关闭的状态上。看到这里,我的脑袋嗡的一声大了许多,天哪!这说明我从阅兵开始拍到现在,所有的画面都是无声的,包括那些高声叫好的人,拍巴掌鼓掌的,在我手下也只变成了一个个张嘴挥手的动作。我迅速在脑子里搜索着问题出在哪里,上场前我明明是做了充分的准备,为什么还是出现了如此严重的失误?智者千虑,必有一失。我谈不上是智者,但出现了这一失误,我无论如何都不能原谅自己。

但此时不容我多想,只有"亡羊补牢",赶紧把话筒打开,因为阅兵还没有结束,我的任务还没有完成,因一个失误而导致出现另一个失误,那我就是一错再错、错上加错、错不可恕了。即便如此,后来的拍摄过程中,我脑子里始终挥不去失误的沉重阴影。

那是最忙碌的一天,电视台的一帮编导、记者,兄弟单位来帮忙的同人们,扛着、背着、挎着、提着各种设备,加上需晚上在省电视台播出前的录像剪辑,大家忙得连喝水、吃饭的空儿都没有。好在总编导方可老师调度有方,转播车上现场剪辑的片子已基本成形,需要做的是在必要的地方插入我拍的一些花絮画面。

听说要调我拍的录像带,我就开始想象着自己挨批评的场景,我该用什么理由来解释呢?就在我紧张等待、思虑的时候,意想不到的转机来了,编导说他需要的只是画面效果,并不需要声音,主旋律是贯穿始终的阅兵曲调,这让我大大松了一口气。

片子剪辑完成后,要请总队审查通过才能播出。这是总队长第一次组织大阅兵,他本人很兴奋,提出要亲自审查。领导看得很专心,尤其他在吉普车上报告的画面,他反复看了两遍,全部审完之后,他半天没有表态,最后站起身来说:"我看这样播出是不合适的,你们再看看。"说罢就走了。

这是不满意的表现,可没提出任何意见。问题出在哪里?大家琢磨来琢磨去,不得要领。细心的方老师注意到了刚才领导反复看过的画面,就是他开始向司令报告的画面,然后把片子重新倒回到那个画面上。用的是正面拍摄角度,本来就瘦削的人物显得更加瘦小,于是大家就推定问题出在这里。

编导就从众多录像带中寻找领导报告时的画面,找来找去大同小异。这时站长就想到了我在下面拍的镜头,说把我拍的镜头找出来看看。他这一说,我立即想到我那没有开话筒的失误,心想,这下挨一顿批评是定局了。但方老师找到画面一看,果然与别的机位拍的不同,他很高兴,似乎根本就没有注意到我拍的是默片。

得到众人的一致认可后,他就选用我拍的那个画面替换了原先的画面,同样一个人,因拍摄角度不同,再看程总的图像时,就完全不同了,总指挥的威仪顿时生辉,颇显大将风范。

重新编完,请总队长再审,这一遍顺利通过了,他还代表总队党委,对参与拍摄、编辑的人员表示了感谢。

当天晚上,安徽电视台重现了总队大阅兵那威武雄壮的画面。这次阅兵的记忆,也成为一段我难忘的历史。

澡堂子里的宴席

几十年来,我在大大小小的饭店吃过各种宴席,但到澡堂子里赴宴,却是平生唯一一次,故而记忆犹新。

那次宴席,董联星做东。

董联星是我的战友,他比我晚入伍四年,在安徽省军区独立五团,我在独立六团;后来改隶武警部队后,我被调到总队报道组,他在支队报道组。虽然是晚四年的新兵,但他发的稿子很多,名气很大,起初我只是在报纸上熟悉他的名字,一直没有机会相见。

终于有机会和董联星见面了,却不是在安徽,而是在北京。

当时我从北京通县新闻教导队毕业后,到《人民武警报》实习,按报社的要求,实习期为半年时间。就在实习快要结束时,一天,我的老领导、安徽总队宣传处的周广庭副处长到报社送稿,当时跟在周副处长身后的,还有一个穿西服的小个子。周副处长向我介绍说:"这是你走后从二支队调到总队报道组的报道员小董——董联星。"

听说是董联星,又是和我一个报道组的,我心中感到分外亲切。小伙子真精神,个头不高,皮肤黝黑,身材匀称,健壮结实,留着板寸头,富有军人的阳刚之气,一说话就笑眯眯的,话语里带着浓浓的皖南口音。

在北京我们只接触了半天时间,由于母亲生病,我急于回河南,他们到北京的第二天,我就回河南老家了,我所有的行李都是由周副处长和董联星帮我带回安徽的。

我从河南探亲回到安徽后,就赴阜阳市中队任职了,与董联星的接触很有限。1996年,武警总部在河南郑州举办一期新闻教导队培训班,参加学习的都是从各总队选拔出来的优秀报道员。安徽总队报道组当时有董联星和汪建华两名报道员,在周副处长的多方协调下,都去参加了学习。总部要求每个总队一名报道员参加,同一总队去两名学员参加学习,这在当时属于特例,除了河南总队是承办方有一定的优惠政策,安徽是参加人员最多的。还令我没想到的是,安徽总队来两名学员也就罢了,在教导队负责日常管理工作的代理"队长",竟也出自安徽总队报道组,他就是和我同期的老报道员涂维龙。此时的涂维龙已从安徽总队军事教导队毕业,还在实习期,但由于他的名气大,成就突出,被总部记者组借调,派到郑州做新闻教导队的管理工作,这也是总队负责新闻工作的副处长周广庭惜才爱才计划中很得意的一笔。

周副处长有个原则,凡调进总队报道组的报道员,他想尽办法给你创造争取提干的机会,但一旦提干之后,一律下到基层再锤炼。他的指导思想很明确,一是丰富你的经历履历,更多更深入地了解部队基层官兵;二是尽早下去提高能力后,才能尽早回到机关，把新闻写作的能量都发挥出来，为部队建设贡献自己的才能。

我提干之后到阜阳市中队任排长，涂维龙提干后回三支队任排长，金运明提干后到四支队任排长，董联星提干后到徽州支队任排长，汪建华提干后也是到四支队任排长……

就在我从阜阳支队调回总队记者站、住进柴扉小院的第三年，董联星也从徽州支队调回总队宣传处工作，任正连职教育干事。分给他的单身宿舍，是古城郢大院原总队演出队边上的一间平房。这房子和我的柴扉小院中间只隔着一方池塘，所以相互来往非常方便，我的小院老屋经常得到他的光顾，那时虽然没有觉得蓬荜生辉，但他们一家三口那洪亮的话语、爽朗的笑声，倒常使我那几十年屋龄的老屋焕发出蓬勃生机。那时他会不时地流露出对我那柴扉小院的羡慕。

我那两间房子和他那一间房子相比，也确实是值得羡慕的，何况还有一个生机盎然的小院落。他那不到二十平方米的一间平房，一家三口人居住，紧张和拥挤可想而知。但这都挡不住董联星的热情、大方、好客，调到总队之后，严格说是成为近邻之后，他非要请我们全家人吃顿饭，当我要推辞时，他就用他在河南上学时学到的几句河南话怼我，怼过几次之后，我便不好再拒绝了。

那时候没有到饭店吃饭的习惯，不是街上没饭店，是在家里吃饭才叫请客吃饭，到饭店既花了钱，又没有家庭的气氛，所以，凡好朋友，都是请到家中喝酒。董联星住的是一间房子，一家三口吃饭可以勉强凑合，加上我一家就相当紧张了。等我到他家中才发现，他不是在自己宿舍里设宴，而是在他的房子之后、演出队的澡堂里摆了一张桌子,说请我一家人要正式、隆重,不能放在狭窄的地方,否则那就不像"国宴"了,董联星的用心让我一家人很是感动。

演出队有男有女,澡堂子是男女轮流使用,刚走进这宽敞的"大厅",就闻到比较复杂比较冲的味道,但很快我就被董联星两口子高超的厨艺吸引了,饭菜和美酒的香味弥漫在大厅里,欢快的话语和爽朗的笑声充盈在大厅里,早忘了自己是身处男女混用过的澡堂子里。一桌子的各种美味,不但花样多,都还做工精细,色香味俱佳,一看就让我们这来自北方的两口子既眼馋又汗颜,我号称是三级厨师,可那讲究程度我是达不到的。鸡鸭鱼自不用提,至今记得那道火腿汤,一勺入口,满嘴鲜香,吃得妻子直夸他们夫妻俩好手艺。

我和董联星成为几十年的好战友、好朋友,除了脾气相投,还有一个很重要的原因——我们都是周副处长的学生,我们都得到了周副处长太多的关爱。记得周副处长调北京之前,请我和联星到他家喝酒,那天我们都喝多了,之所以喝多,是心中对老师调走的不舍。就是在那天晚上,董联星送我回家,一脚踹烂了我柴扉小院的篱笆门,硬把我拉进了屋里。我们共同的老师被调走之后,我和他来往得更加密切,我那被他一脚踹破的柴扉,也留在了他的记忆里。

1993年冬,我接到了调回河南的命令,因当时在河南总队还没有房子,我的家无法搬走,我就将妻子和女儿留在合肥自己去报到了。直到1994年初夏,在我离开安徽这半年多时间里,我的家人经常得到董联星和他妻子王国香的关照。

搬家那天,他们都赶来帮忙、送行。我像我的前任一样,没有把柴扉小院的钥匙交给处领导,而是自作主张交到了董联星的手里,我觉得这房子虽然老旧,但比他那一间房子宽敞些。还有我家养的那几只老母鸡,也移交给了董联星喂养,至于后来下没下蛋我就不清楚了,只听说我搬走后不久,有人就以董联星职位低,不符合住柴扉小院为由,把情况反映到领导那里,让他从小院又搬了出去。

我不知道前几年已调回安徽总队任政治部主任的董联星后来有没有去过那个柴扉小院,如果去过,可曾想起那些陈年往事?

人间事,常有惊喜。就在我调到武警总部工作的第二年,已是安徽总队宣传处副处长的董联星,也被调到了武警总部干部部。后来我们又和我们的军中领路人周广庭一同搬进了远大路小区,两家人由安徽时的一湖之隔,变成了现在的同一个大院。

人们都说年轻是美丽的,因为青春绚丽的色彩会把单调的生活渲染得五彩缤纷、耀眼夺目,即使有些许暗淡的东西存在,也会被奋斗的激情湮没,或被紧张的节奏给忽略了。其实,每个人年轻的背后,都有坎坷道路上努力跋涉的经历,都有艰难境遇中奋斗的辛苦。有个俗语,叫"一俊遮百丑",意思就是最后的成功会让人忘记当初的苦难,我觉得不是忘记了苦难,而是跨过来之后,对那些苦难都不在意了。所有的苦难都是一时的苦难,随着时间的流逝,苦难也会变成一道风景去激励后来者。

现在随便走进一家饭店,餐厅装饰得都比那次董联星设宴的澡堂子豪华,但不是进了豪华的包间就有豪华的心情,因为聚餐吃的不仅仅是饭菜,更重要的是情分。三十多年过去了,我之所以念念不忘澡堂子里的宴席,是因为那饭菜里有兄弟的真情在。

穿着军装进京赶考

对于我来说，1989年是个极特别的年份，因为这一年我曾两次进京。

第一次进京是4月份，我接到通知到北京电影学院参加入学考试。说实话，我是比较畏惧考试的人，因为从小学上到高中，都不是凭考试升的学，那时候不用考试，尽管平时也有考试，但在升学的时候，只讲成分，不看成绩。家庭成分好的，是贫下中农和工人干部家庭的，可以直接升学。

不用考试上学的人，最大的特点是见考试就晕。我高中毕业那年正赶上国家恢复高考，也装模作样地和同学们一道参加了高考，结果是名落孙山。

对于农村孩子来说，没考上学等于堵死了一条走出农村的路，剩下的一条路就是参军入伍。在当了一年牛把式之后，我报名参军。到部队之后才知道我是多么幸运，1978年12月入伍，正赶上改革开放的开局之年。

我踏着大变革的鼓点来到军营，赶上了部队的一系列改革。

正是从我入伍的那一年开始,部队取消了自从我军组建以来一直实行的从战士中直接提干的用人方式,变直接提干为军校培养干部,要提干必须要经过上军校,要上军校先要考试。

在部队我曾经考过试,但没有通过。后来考入北京军区新闻干部教导队,但那次考的并不是文化课,而是新闻业务,入学只解决了提干问题,没有解决学历问题,在全国上下都唯学历选拔任用人才的时候,作为一名电视工作者,没学历就等于没了发展前途。

像我这样的情况,在全部队有一大批,怎么办？上级有关部门经过调查研究,开始考虑解决这一现实存在的问题。1988年,他们听说北京电影学院要招收一个大专班,就主动上门与校方协商,让一批武警部队电视工作者参加考试。

按照学院的入学要求,我们提前一年下发了复习资料,让各总队符合条件的人员复习,准备考试,我被列入符合条件的人员名单。

对于复习我是专心的,但并没有抱多大希望,因为自己的基础自己最清楚,之所以报名考试也就是想通过这种方式提高一下自己的文化和业务水平。还有一个原因是复习期间,单位一般性的工作可以不做,算是照顾复习考生。领导并非希望我们都能考上,都考上了工作就要停止了。但他们也不希望一个都考不上,如果出现无人通过的尴尬局面,领导面子上过不去,说明他们用的全是庸才,部下全是庸才,领导自然也高明不到哪儿去。

从通知复习到赴京赶考,加起来复习时间长达半年之久,如果是学习成绩好的人,这半年时间足以胸有成竹,而我依旧不存幻想,这就叫人贵有自知之明。表面上我仍表现得认真复习,积极迎考,不能让别人看出来我没有自信。当然通过这半年多的复习,确实使我有了不小的收获,特别是在电视的理论上,自我感觉有了很大的提高,以前不懂的或不甚明了的东西,通过对书本上理论知识的系统阅读,大都弄明白了。

世界上有一种心情是很复杂的,这就是明知考不上,还要去考试。我是考生之意不在考,在于赴京走一遭。在我心中,走一趟北京城,比读多少书都有获得感,只要往天安门前的广场上一站,你所见、所闻、所思、所想,都会在心灵上打下深深的烙印。

考试如约而至,1989年4月,我兴冲冲地从安徽坐了十八个小时的火车赶到北京,刚走出北京站的门口,就有一股冷风袭来,令我不由得打了一个寒战,赶紧把风衣拉了拉以遮挡突来的寒风侵袭。

随着熙熙攘攘的人流,我被推出了广场。北京站的人,永远都是如大堤决口的流水,在这里仿佛所有的人都是被推挤着、裹卷着往前行走的。

我找了近一个小时,才找到开往西单的公交车,然后从西单转乘22路公交车到位于北太平庄的北京电影制片厂,电影学院在电影制片厂的隔壁,通知上写得清楚,参加考试的外地考生,一律在电影制片厂招待所住宿。

到达北影招待所才知道,来考试的有将近两百人,来自全国各地的都有,能看出来一部分像我一样是军人,一部分人的装束明显是地方的业内人士。

言谈之中大家都神情轻松,并不像参加高考时的考生那样紧张,不知是都成竹在胸还是像我一样并不抱什么希望。我们都是成人,都是从事影视工作多年的业内人员,也许比学生更能掩饰内心的激烈动荡吧,所以表面上看都波澜不惊。

第二天一早,考生们都来到电影学院的考场之外,等待入场考试。这里是我曾经来过的大学校园,对这里的环境我并不陌生,不同的是前次是来游玩,今次是来考试。游玩不带任务,充满好奇,浑身轻松,看哪里都面带笑容;而考试是有任务的,是有压力的,未来的命运是由这里做出决定的,这就使眼中的一切变得严肃而不由得敬畏起来。

考试的过程和所有考试的过程一样,准考证、警官证和考者要当场验证入场,监考老师面无表情,在考前宣读考场纪律和注意事项。试卷拿到手后我先写上姓名,而后正式进入考试时间。三个半天考完了所有科目,不管对与错,我把卷子都写满了,我想,即使我答得不对,改卷老师看在我没有偷懒的分上,也会少扣几分吧。

说实话,我还是真心想上电影学院的,倒不是因为这所亚洲最大的电影高等学府里出过众多明星大腕儿,要来沾沾他们的名气,而是我走出农村之后就一直生活在军营里,后来阴差阳错干上了电视这一行,我的老师就是我的领导和同事,他们都是在部队靠着老兵带新兵自学成才,如果只应付部队的宣传,也能对付,但要把工作做得在行业内出类拔萃,就必须要经过专业院校的专业训练。

一回到合肥我就投入正常的工作之中,干活儿的劲头比以前更足了,总想把复习期间没干的活儿都给补回来,明知考不上还要去复习,有以复习的名义来偷懒的嫌疑。

接下来的几个月里,因知道考不上,我本没去考虑出成绩的事儿。7月的一天,我正在写我的纪录片脚本,站长突然对我说:"张国领,祝贺你,你被电影学院录取了。"

我头也没抬地说:"站长,可不兴开这种玩笑,我压力太大。"

"开什么玩笑?是真的!你看,通知书都来了。"说着他手里便举着刚收到的录取通知书给我看。

我一看是电影学院的大信封,赶紧从站长手里夺过来,怀着激动的心情把信封拆开,果然是录取通知书,反复读着那几行文字,我觉得真像做梦一样。然后我抱着站长的肩膀晃了几晃,连声说"谢谢站长"。

那天晚上我喝了两杯"古井贡",那是我家存放的最好的酒。放下酒杯我来到我的柴扉小院,手举录取通知书,面对遥远的北方喊了一声:"爹、娘,儿也考上大学了。"

考上大学,虽不是转变我命运的考试,但在我考学的历史上,这是第一次考中,并且是北京电影学院。我觉得值得为自己喝彩、祝贺。

第二辑　悠悠亲情

别墅无奈毒虫何

能顺利住进"高干别墅",我自己都没想到,这也让不少没有房子的同事很是羡慕,因为自古以来,人生吃饭、住房、穿衣,这三样最重要,这些都是人人日常生活必需的,缺一不可。

人在有房子住的时候,不会觉得住房的重要性,而那些没有房子住的人,心中那种焦虑、烦躁和不安,是有房子的人无法想象的。

幸运的是,我刚调到总队就有了住房,并且还是"高干别墅"。

羡慕我的人都是没住进"高干别墅"的人,但他们并不知道,这建于 20 世纪五六十年代的老房子里,有不为人知的、非常可怕的一面,以致我离开别墅二十多年后的今天,回想起来浑身还会起一层鸡皮疙瘩。

那栋在红土地上矗立了半个多世纪的建筑物,它的历史有多悠久,经历过多少主人,发生过多少故事,我一概无从知晓。

但我清楚地知道并令我心惊肉跳的是,它的每一条墙缝里都隐藏着许许多多的生命。这些生命与人的生命不同,有着生生不息、让人惊悸的活力。

　　冬天还好些,它们蛰伏在阴暗墙缝中、地底下,悄无声息,但每年开春,只要过了二十四节气中的惊蛰,这些可怕的小生命就开始渐次苏醒、繁衍生息,在这老屋里横行活跃、四处行动了。房间里就像是它们的乐园,无论白天还是晚上,它们到处行动,并且畅通无阻,经常弄得大人小孩惊恐万状。

　　这些小生命都是有名有姓的,有空中攀缘的黑蜘蛛,有地上爬动的红蜈蚣,有列队前进的白蚂蚁,有吸附在墙壁角落里的花衣蛾,有上下乱窜的老鼠。房门外的不速之客就更多了,有小刺猬,有蛇,有癞蛤蟆,有黄鼠狼,有小龙虾……我还亲手抓到过从水坑里爬出来的大甲鱼。

　　夏天这里是蜈蚣的天下,这些蜈蚣是别墅里的老住户了,它们吃得肥、长得壮,长的足有四寸以上,短的不到两厘米,有的全身乌黑、黑里透亮,有的全身泛红,腿是金黄色的。

　　它们在墙上爬、缝里钻,还常到床上与我和妻子为伍,如果它们安静地睡下也就算了,每当我们睡着的时候,它们就在我们的身上四处漫游,有时一晚上能从床上驱赶下去七八十条。

　　对于这些不速之客,我一般不伤害它们的性命,因为它们也是生命啊,只是和人的生命不同而已。这些小虫子好像也是有灵性的,你若不侵害它们,它们也就与你平安相处;你若侵犯了它们,它们便会毫不迟疑地发起攻击。

　　一天晚上女儿进她屋里睡觉,进门时手扶了一下门框,不料门框上有一条大蜈蚣正在"纳凉",它把女儿的无意触及当成了对它的伤害,极迅速地在女儿手指上咬了一口,害得我们赶忙把女儿背到医院打针。从那以后我们在房间里干什么都小心翼翼,生怕再触犯了这些"老住户"。

有天妻子下班从路上捡到一只小猫咪,回到家里给它弄点吃的它就赖着不走了。我一看正好可以养在家里捉老鼠,就把它养了起来。不要说,猫的到来,开始对老鼠确有震慑作用。但过了一段时间,老鼠们又偷偷摸摸出洞了。

起初猫见到老鼠会扑上去的,后来我发现,它见了老鼠不但不扑了,还和老鼠在同一个场所出现,各干各的事情,谁也不干涉谁。又过了一段时间,小猫咪不见了,我不知道是不是我们上班走了之后,它受到了老鼠们的欺凌或是严厉警告,被吓跑了。

有一年,妻子在菜地里种了几十棵玉米,南方的夏天雨水多,又热又湿的气候最适合玉米生长,眼看着那玉米棵一天一个样。到了秋天,叶子泛黄,玉米穗像个小棒槌似的鼓了起来,秋风一吹叶子就沙沙作响,在老家时我是种过玉米的,对这种响声我们都习以为常了。但有天夜里,平时的响声却出现了变化,因为外面没有一丝风,玉米棵间又传出了沙沙的响声,不同的是叶子的响声很有节奏,是小偷吧? 不可能,因为这大院儿里有钱人多得是,不可能有人有眼无珠去偷一个穷光蛋。但声音是明显的,我开始扒在窗口往外看,什么也没看到,我咳嗽了几声,那声音没了,过一会儿又出现了,这让我很快断定不是贼,肯定是什么动物在作怪。

我左手拿了把手电筒,右手拿了根木棍就冲了出去,在手电筒的照射下,响声很快露出了真相,原来是一个大刺猬带着几只小刺猬正啃玉米呢。我赶紧让妻子拿来养鸡用的竹筐子,我一个个把它们逮住放了进去。不想刺猬这种看起来张牙舞爪的东西，你一旦去抓它的时候，它就把头缩到了肚子下，整个变成了带刺的圆球球。

在我和家人的精心喂养下，它们一家人生活得很愉快，但后来我还是把它们放走了，因为竹筐子里的天地毕竟太小，那肯定不是它们希望生存的地方。

抓到甲鱼纯粹是个意外。那是个周日的中午，我刚吃完午饭准备眯瞪一会儿，妻子突然叫道："快过来，你看那是啥东西。"我出来一看，妻子养的一群鸡突然从菜地的另一头跑了过来，好像受了什么惊吓。我过去看了一眼，吃惊不小，原来是一只大甲鱼，那个头，有两三斤重。

这是野生甲鱼，我知道的市场价应在每斤八十元以上。我当时想，从来没听说这池塘里有甲鱼，会不会是谁家买的甲鱼跑出来了？但看它来的方向又不像，唯一的可能就是院外池塘里爬上来的野甲鱼，不知被什么好奇心驱使，自己爬上了岸。

面对这个意外的收获，我却不敢用手去抓它，于是找来一把铁锹，费了很大劲儿才把它弄到筐子里。那天一家人美美地吃了一顿红烧甲鱼，那也是我第一次吃甲鱼，并且是自己亲手抓的，特别过瘾。

爬满金银花的篱笆墙

常言说,不怕贼偷,就怕贼惦记。

自有了与女邻居的菜地之争之后,我就在院子周围扎起了篱笆墙。扎篱笆用的是别人拆旧房扔下来的细木棍,还有地方上一个朋友从工厂帮我弄来的废铁皮。

篱笆不高,也不是很牢固的那一种,因为这只是篱笆墙,只能防君子,不能阻小人。扎篱笆墙工程量最大的是扎篱笆门,因为篱笆用绳子、铁丝扎一扎就行了,而门是进出的关键所在,不但要像一扇门,还要牢固。

我找来四根粗大一点的木头,先钉成一个正方形的框子,再在框内用撑子钉出一个十字形的内撑,再在这内撑上钉上小木条儿,然后在小木条儿上横着钉几根粗一点的竹篾。为了钉好这个柴门,我找遍了大院内的角角落落,为翻找到几根合适的木棍,手指头上被扎得好几处鲜血直流。

扎好篱笆时正值早春,已经到了种菜的好时节。看着这稀疏的篱笆墙,我觉得它是那样单薄,我想,篱笆上有较大的缝隙,如果我种点能拖秧子的藤状植物，到了夏天，这些小苗苗就会拖起长长的藤条，把篱笆的空隙全给遮掩起来，那么两年三年之后，就能形成厚厚的藤墙。

篱笆墙是围绕着我的小院子的，在篱笆墙的下面种植物，不但要是藤状的植物，还要具有一定的观赏价值。想来想去，我就想到了金银花，老家也叫忍冬。它既能蔓延开花，又有较高的药用价值。

于是我就找来一把金银花的种子，沿着篱笆墙撒了下去。

令我没想到的是，第二年春天，这些仅长了一年的细藤蔓，就开出了许多或黄或白的细长喇叭形花朵，美丽优雅。

有花就有芳香，有芳香就有蜂儿蝶儿飞来，一时间把我的小院烘托得挺热闹，不但充满了春天的气息，还有了蓬勃昂扬的生机，不但给小院带来了满园春色，也给我们一家人带来愉悦的心情。

第三年的时候，到了春天，金银花已开满了篱笆的上上下下、前前后后。金银花有药用价值，这是大家都知道的，看到我这里有一簇簇的金银花绽放，就有人想要一些金银花熬茶喝，说是可以清热解毒。

再后来有人来到篱笆墙的外面，由采摘叶子变为采摘花朵，说是开水泡了喝喝能治病。不管说干什么用的，只要说了，我们都会满足他，有的不打招呼从墙外就采摘了，我们也不生气，因为毕竟我们当初种金银花只是为了丰富篱笆墙，并没有想着别的用途，现在既然无意中的举动能够满足相识和不相识的人们的需要，本身就是一件大好事，何乐而不为呢？

人有时是很奇怪的,你越是不想让人家干的事,人家越是想干;你越是对别人的行为不加约束,行为人自己反而约束起自己来。

来采花的人,开始有悄悄采的,看我们不制止,他们每次采之前都先打个招呼。因为这金银花,反而让我认识了不少以前不认识的人。早先在书中看到过花为媒,那些日子体会到的是花中缘,是芬芳的花朵让我家有了越来越多的好人缘。

花,有开的时候,自然也有败的时候。花瓣过早地凋谢了,绿叶却像一名忠于职守的战士,不因花落而气馁,一直坚守在自己的岗位上,到了深秋时节才极不情愿地落去。

我以前只知道蜜蜂会采蜜,有了金银花之后我才发现马蜂也会采蜜,每天围绕着花朵的,不但有蜜蜂、蝴蝶,还有土蜂,还有马蜂。马蜂没有蜜蜂勤奋,它在花朵上徜徉的时间少,在花丛间乱飞的时间多,并且它还比较懒,经常采完蜜之后不是飞回自己的巢里去,而是因地制宜在花架下建起了蜂巢。

它的这一爱好给我和家人带来了不少麻烦,因为豆角的秧子经常是满篱笆地拖,结的豆角也就和金银花的藤交缠在一起,摘豆角的时候,稍不留神就碰到了马蜂窝。

我是不经意地碰到,可马蜂不认为我是不经意的,它每次都认定我是在有意给它捣乱,或是有意侵犯它的领地。马蜂窝被触动的瞬间,就有马蜂倾巢而出,围着我乱飞,像战争中的飞机到处狂轰滥炸,只要让它追上了,少不了要被它身上锋利的锥子给扎上一针。那锥子可不是实心的,而是空心的,藏有剧毒,一旦人被蜇一下,马上就会肿起一个包,周遭由红变紫,疼痛从一点传遍全身。

为了不被蜇，我还学会了躲避马蜂的战术。每当马蜂追来时，人是不能跑的，因为两条腿跑永远没有翅膀飞得快，最有效的办法是就地趴下，把头和脸埋于两臂之间，屏住呼吸，不要乱动。马蜂的视力不好，它一般不贴地飞，这样过十来分钟，就能躲过它的"追杀"了。

2003年春天的一天，是我离开合肥市整十年的日子，我再次来到曾留下我无数梦想与快乐的古城郢，我想再采一些金银花带回北京，将它沏成茶全家每人喝一杯，从这或黄或白的花里，再品一品篱笆小院艰苦奋斗的岁月，让妻子回味一下她离开老家后，用汗水和着泪水开创的梦想家园。

当我兴冲冲地跑到我的柴扉小院所在地时，看到的已不是往日的别墅了，代之而起的是一栋栋小楼，楼前是宽广的马路，原来那片脏乱差的大杂院，成了一个花红草绿的园林式小区。我住过的别墅哪去了？和我一起战斗过的战友告诉我，它们几年前就已被拆除了，还有门外那棵高大的梧桐树，也没了踪影。

我站在别墅的遗址上，回忆着往日的酸甜苦辣，心中突然有了一种说不出的怀念，发生在柴扉里的那些旧事，对于别人也许是不值一提的，但对于我和我的妻子，它们却是需要终生铭记的，因为后来的一切幸福与快乐，全是从那扇柴扉里开始的。

飞来的厨房

如果我告诉你,说我的厨房是偷来的,恐怕不会有人相信,厨房是座房子而不是房子里的锅碗瓢盆,你怎么偷?难不成把房子搬走?

别不信,我这还就是搬来了一座房子,不过不是整体搬迁,而是先从一个个零部件搬起,比如砖头,比如沙子,比如水泥,比如房梁,比如基瓦……然后分装组合,最后就建成了一个整体厨房。

那是搬进"高干别墅"半年之后,"强占"的住房基本稳定了下来,不再担心能不能住的问题了。于是,我心中就开始不满足于住在这一间半房子里过小日子了。

因为我虽住上了"高干别墅",我的父母、我的岳父岳母都在农村,我也要让他们来住一住这"高干别墅",套用一句广告词:一人住不算住,大家住才是真的住。

可这一间半房子除了用作厨房的半间,就只剩下一间卧室了,多一个人的住处都不好安排,要想实现父母和我们同住,必须重建厨房,将那半间房子腾出来,放进一张床铺。

为此我和妻子多次召开家庭常务会议,进行专题研讨、论证,最后得出的结论是,在屋门之外建一间厨房。

不过这样就要忍痛割爱,将并不宽敞的菜园子割出一块来。我们也曾将菜地与住房做了反复比较,压缩菜地、扩大住房成了最终的共识。

大的原则确定之后,我的主要任务是落实具体工作。没想到落实的第一项工作就卡壳了,这便是经费。

我们工作中常说只要抓住牛鼻子,什么问题都好解决。现在经费就成了牛鼻子,我却没有抓住。

那时一个月收入只有八十八元钱,除了一家三口的正常生活所需,还要抽出一部分钱给我病了多年的母亲治病。家里赶一次集买半斤肉,要保证吃一周,可见这牛鼻子是多么难抓。

一天晚上我正为落实不了家庭常委会的决定而犯愁,家里来了一位年轻的客人。他叫张佐培,是刚刚从军校毕业的排长,个子不高,双眼皮,两眼炯炯有神,说话快言快语,干事雷厉风行,且有胆有识,当战士时我们就是新闻战线上的战友。

他看我眉宇之间似有隐忧,问道:"怎么回事?"

我说:"没事呀。"

"你那眼睛里都带出来了,还说没事,说出来看看我能不能帮你。"

他的真诚让我感动,于是就把做的宏伟设想告诉了他。哪知他听完很轻松地说:"什么牛鼻子?没那么复杂,我想法给你备料,你自己找人建房可以吧?"

"你从哪备料?"

"刚才我来的路上正好路过演出队的大院,看到门口堆了一堆你所需要的东西。那些料他们也用不完,我带人借用一点就够你用了,留着它们也是浪费。这事儿你就别再操心了,只管等着建你的'御膳房'吧。"

果然,第二天月上柳梢头时分,几名战士推着板车把一车车沙子、砖头、木头杠子和水泥,大张旗鼓地都给我拉了过来。一个晚上就拉够了我的建房所需。最后张佐培问我够不够,说不够的话明晚接着拉,反正都是工地上的,多点少点看不出来。

望着张佐培,我知道这东西是夜幕下的来路,可不但没有阻止他,我还对他的帮助充满了感激。

第二天我找到在医院负责施工的一位老乡,把我建厨房的想法跟他谈了,请他帮忙,他说只要我有料,人工从他那里出,保质保量。我说料都准备好了,只等工人。他也是个急性子,当即决定第二天上午开工。

第二天果然来了六个工人师傅,什么都不问,来就在我画好的地方挖将起来,一间厨房,干了一天半,齐活儿。

看着突然耸立在院子里的厨房,我像做梦一样,心中感慨万千。

五天前还在纠结、三天前还在担心的厨房,竟然真真实实地盖好了,真像凭空飞来的一样。

给我帮了大忙的兄弟们,我想答谢他们吃顿饭,可一个都不肯赏脸,我也只好作罢,只能把这情记在心里,这一记就是几十年,并且还将铭记下去。

几十年过去了,张佐培也早已转业到地方工作,我几乎每年都要回合肥一趟,每次都必须要见见佐培兄弟,当然每次见他都会说到他胆大心细、深夜带领他的"敢死队"为我偷运厨房建筑材料的惊险经历。

住房紧张的时候能多出一平方米就显得天宽地阔,我的厨房面积说出来会让很多人大吃一惊,足足 7.26 平方米,是大半间房子的面积。将厨房从别墅套房里搬进新建的专用厨房的时候,我才第一次有了真正住别墅的感觉。

接下来我把腾出的半间房子重新进行了粉刷,将盖厨房没用完的木头打成了一张床,放进了房间里,一切收拾完毕,我和妻子就商量把父母亲接到合肥住一段时间。

双方父母一起来肯定住不开,妻子很大度地说,让我父母先来。于是我就怀着从没有过的心情给父母亲写了一封信,邀请他们到合肥小住,并把有了住房和厨房的事也一并进行了汇报。

父母最了解儿子的心情,收到信不久就一起从河南来到了合肥。他们的到来使这个家一下有了三代亲情融和的气氛,家的味道更足了,女儿显示出了前所未有的活泼,逗得二老天天合不拢嘴。

利用周末时间我们一起逛逍遥津公园、包河公园、环城公园、明教寺、巢湖湖心岛,逛四牌楼、三孝口等商业区,由于他们是第一次到省会级的大城市,我们就把合肥好玩的地方一个不落地逛了一遍。

其实玩是次要的,主要是感受城市与乡村的不同,以前的儿子与现在的儿子的不同,他们来与不来我和妻子女儿心情的不同。

虽然父母也看出来城市的高楼大厦千万间，属于自己儿子的只有这区区的一间半还是建于 20 世纪五六十年代的破平房，但他们显示出的高兴心情深深地感染着我，仿佛在告诉我：真不错，自小在农村长大，现在在省会级的大城市里有了立身之地。

而在这柴门老屋住的时间最长的老人是我的岳父岳母。他们来了一段时间之后我调河南工作的报告得到批准，因为新单位也没房子，不能马上搬家，他们就一直在合肥陪着他们的女儿和外孙女又住了半年，一直等我在郑州分了房子才一同搬回河南。

听说在我举家搬走之后，那间"飞来的厨房"被定为违章建筑，很快被拆除了。听到这消息，我心里升起一种莫名的伤感，因为那毕竟是我今生所建的第一座房子啊。

"飞来的厨房"是违章建筑，那么我住的别墅也是强行占据的，如果我没有调离合肥，是否又该无所可居了呢？我把这话说给妻子听的时候，她却说出了另一番高见：别人住那是违章的，你住那是合法的，这叫傻人自有傻福。

听了妻子的话我傻傻地一笑，以证明妻子永远是正确的。

电褥子·电炉子

我至今说不清合肥市算是地处我们国家的南方还是北方。

说它是南方却有北方的寒冷、北方的春绿秋黄、北方的冬日荒凉；说它是北方，却有南方的闷热和潮湿、南方的人文气象、南方的精致玲珑。

在"高干别墅"居住多年，我一直为弄不清身处何地而苦恼。不光是我弄不清，很多合肥人也弄不清，他们说河南人是北方人我没意见，他们说淮南人淮北人也是北方人，这是从他们所处的地理位置来讲的。可到了冬天，你应该有一些南方的特点来给自己的定位加以佐证啊，可是没有。

冬天的合肥和淮南淮北是一样的温度。用他们自己的话说，是"冷得跟熊样"。

合肥人以南方人自居，而它所具有的所谓的南方特点，正是我始终不习惯的。比如春夏之交的梅雨季，现在想想就打寒战。在一个多月的时间里，人始终浸泡在含水量极高的空气中，那空气似乎你随便抓一把就能攥出水来。

这样的日子,无论是白天还是夜晚,都能够确保你的被子是潮湿的,你的衣服是潮湿的,你的头发是潮湿的,你的家具是潮湿的,你的墙壁是潮湿的,你的地板是潮湿的。你会感到天和地都处在潮湿之中,用潮乎乎、湿乎乎、黏糊糊来形容,应是恰如其分。

刚到合肥的时候,初遇梅雨季,我总是按照北方人的习惯,每天及时地把被褥拿到院子里,搭在绳子上晒一晒、晾一晾,可让我意外的是,晒过的被褥和没晒过的被褥一样潮湿。

后来我就问我的同事,为什么晒过的被褥还是潮湿的呢?他们的回答堪称经典:"你让太阳给你晒,太阳自己还想找地方晒一晒呢。"

虽然是一句调侃的话,但足以说明合肥人对合肥梅雨季节的无奈。

夏天再无奈,还是比冬天好过得多,最难过的是冬天。

进入冬天之后,那种湿冷、阴冷、内冷和暗冷,能浸到人的骨头里。因为合肥雨水多,即使到了冬季,泥土也有足够的水分来助推寒冷的淫威。不但室外冷,室内也没有一丝暖气,有时白天的室外气温比室内还多了那么一点点人情味。

早上起床穿上羽绒服,到晚上睡觉时才能脱下来,一天之中室内室外都要穿着。晚上睡觉盖两床厚被子,身上感到"压力山大",被窝里却依旧冰凉如初。晚上最怕起夜,不是憋得实在没办法,决不愿离开被窝。奇怪的是,天越冷起夜的次数越多,每起来一次都会把自己痛恨好几天。

那是 20 世纪 80 年代末,工资低,物价高,空调属于高科技产品,买得起的人是极少数,有空调也大都是制冷不制热的单用型。

像我这样只能看得起黑白电视的初级军官,费了九牛二虎之力才买了一个吊扇,那是对付难熬的夏天的,没想到冬天同样难熬。

当时流行一种可以在晚上睡觉时对付寒冷的神器,叫电褥子,也是新出的高科技产品,通上电之后二十分钟就能感到热度。把它铺在褥子下面,睡觉之前开通电源,等睡觉时已经把床铺烤热了。电褥子的价格和一个吊扇价格相当,为了改变冬天睡觉像受冻刑的现状,我和妻子多次商量,最后还是决定买一床。

电褥子买回来后,我把它翻来覆去地看了半天,发现那就是两层床单裹了几根电线。不看不知道,一看就吓出了一身冷汗,先不说它的价格,光这几根电线就够让人担心的了,因为电褥子是要铺在床上的啊,万一打了折,造成短路怎么办?万一漏电了怎么办?不论发生哪一种情况,都是与人的身体直接接触的,危险不言而喻。

怎么办?铺还是不铺?

最后妻子说既然他们敢卖就应该没问题,咱是刚买的,别人早就用了,要出问题也早出过了。我一听觉得有理,于是牙一咬就铺上了。当天晚上果然被窝里暖暖的,可算睡了个踏实觉。

电褥子顾名思义是要用电的,可"高干别墅"是20世纪五六十年代的建筑,除了房子严重老化,水路严重老化,电路也严重老化,加上原来由首长一家人住变成我们四家人住,所住人员早已超出了房子的建造负荷。人多了各种用度急剧增加,夏天用水紧张,冬天用电紧张,刚买来电褥子的第三天晚上就停电了,崭新的电褥子立马成了摆设。但透过窗户看到对面的房子里电灯依然亮着,说明停电原因是在我们这栋别墅内部。

第二天一大早,住在西边房的一位秘书估计也是冻急了眼,气势汹汹地在外面大嚷大叫,问谁家烧电炉子把电闸给烧爆了。我想这电褥子能用多少电,至于把电闸给烧掉了?后来是住东边房的首长司机告诉我,他说的不是电褥子,而是电炉子。秘书是浙江人,从他嘴里说出的电炉子与电褥子实在难以区别开来,我还以为是我这电褥子惹了祸。

电工来查线路,发现除了我家没用电炉子,别的三家全在用,包括那个"褥""炉"说不清的秘书,原来他是在贼喊捉贼。

再好的电路也架不住多个电炉子烧,可他们烧电炉子有错吗?没有。天这么冷,没有别的取暖办法,烧个电炉子取取暖是起码的人情道义,况且电是免费的,又省钱又能取暖的事只有傻子才不做。

而我正是那个傻子。

不是我不懂走捷径,而是我顾及走捷径就要冒险,冒险的事可以一时心存侥幸,却不会事事侥幸过关。我是个烧电褥子都怀疑不安全的人,从来没想过烧电炉子取暖。因为我居住的"高干别墅"实在是太老了,怎经得起一点火星的袭扰?可我这样想的时候,同在柴庐下的同僚们却在以身家性命作赌注,把电炉子烧得旺旺的……

那床电褥子是在随我调到郑州之后才被扔掉的,郑州是正宗的北方,房间里都装有暖气,热得进屋必须穿秋衣……

自从住进有暖气的房子,我知道,今生再不用提心吊胆地过冬天了。

母鸡下蛋咯咯哒

前两年看电视剧《潜伏》，发现有个情节特别真实，就是余则成的太太翠萍被接到城里之后，没有工作，她看到保密局的院子里有一块空地，就自己动手垒了一个鸡窝，养了几只鸡，每天从鸡窝里收鸡蛋的表情那真是喜笑颜开。

翠萍养鸡不是因为生活拮据，而是劳动人民的本色使然，勤劳惯了闲不住。靠劳动付出得来的收获，吃起来心安理得。我之所以记住这个情节，是因为我的生活中也有过类似的情节，不过我那是为了弥补日常中的无肉之炊。

记得那是住进"高干别墅"不久，妻子看一家人靠我一个人的工资吃饭实在是紧张，就大力开荒拓土，种菜种粮。可这些只能是解决了素食，而最贵的还是肉食。由于女儿正长身体，不能不动荤，可肉食是要靠钱买的。为了省钱，春天时节，她见街上有卖小鸡的，就去和人家拉家常，卖小鸡的也是农村人，两人很有共同语言，拉着拉着把感情还就拉近了，两天以后人家免费送给妻子六只小鸡。妻子如获至宝，回家之后专门买来小米精心喂养。

小家伙儿一天天见长,从开始的毛茸茸长到后来的毛蓬蓬,等初夏的时候像一层层脱棉衣一样,胎毛从头部开始往后脱,脱去胎毛的地方都长出了新毛,这可能就是传说中的蜕变吧。

　　胎毛完全脱光的时候,一把抓的小鸡就有了一捧大,这时就完全出落得像一个小姑娘,走路、吃食、静卧或是站立都有了几分模样,看人的眼光不像鸡雏儿时的无所畏惧,见到吃的你争我抢,都开始有了羞涩和胆怯。当你给它抓一把鸡食撒在地上时,它不会马上扑上去争抢,而是很优雅地站在那里,昂起头,目光上偏45度看着你,等你离开的时候它才会不顾一切地冲上去,这时候人若再次出现,它们像有预感似的又会立即停下来,装作吃不吃都无所谓的样子。

　　随着小鸡渐渐长大,第一个麻烦是种的小青菜开始倒霉,一片小菜芽一会儿工夫全被小鸡啄光,把妻子心疼得牙根痒痒。她拿小鸡没办法,就命令我必须采取断然措施,既要保障鸡们安然无恙,又要保证院子里种的菜毫发无损。

　　鸡不听妻子的可以,我是不敢不听的。一个周末,我跑到市场上去买小竹竿,想在篱笆院里为鸡再扎一道篱笆院,相当于设立一个隔离区,或者叫院中院。可自行车骑漏气了也没有找到卖竹竿的。

　　危急时刻我就想到了在电缆厂工作的朋友耿军辉,直接骑到了他厂里,说明来意之后他很爽快,说这是小事儿,他们这里有一种作为废料处理的长方形铁皮,一米多长,并排竖起来正好做鸡舍,美观又易连接。他还找了一辆车子,把铁皮和铁丝一起装上车拉到我家里。

第二辑　悠悠亲情 | 143

人们常说有了朋友路好走,我跑了几个市场没找到的材料,朋友一会儿就给搞定了,使我非常感动也非常高兴。

回去之后,在妻子规划好的地上揳上几根木桩,架起一圈栅栏,把铁皮一块块固定在了栅栏上。我在做这些的时候,小鸡们依旧在院子里跑着觅食,有时还用它们那标准的45°角目光好奇地看我一眼,似乎对即将到来的对它们自由的限制毫不在乎。

妻子对表扬人历来吝啬,我建起的鸡舍虽然她依旧没有提出表扬,但我能看出她非常满意。

下一步要采取的措施就是把小鸡的权力关进笼子里,我拿起一把扫帚就准备将小鸡往里赶,妻子眼一瞪,说:"你以为它们是你的兵,喊个口令就进去了?"

说着她抓了一把米,在鸡笼门口撒了一些,接着又在鸡笼里面撒了一些,然后手往后一摆,示意我后撤。她也走到了离鸡笼较远的地方。

我透过窗户看到小鸡们一个个鱼贯而行,跑到了鸡笼门口吃将起来。但那些小米是妻子有意少撒的,它们吃完之后完全忘记了一句俗语:天上永远不会掉馅饼,哪天天上掉了馅饼,那不是梦境就是陷阱。

它们很自然地发现笼子里面还有小米,巨大的诱惑使它们蹦蹦跳跳就奔小米而去,设伏成功的妻子悄悄上前把笼子的门关了起来。

小鸡迷惑不解地看着这个小天地,那一刻我真不知道它们内心是啥感受。

六只鸡就是六条生命,每天下班后我都会站在鸡笼外面看看它们,想发现一些更有趣的事情,可始终没有,它们就是吃喝拉撒睡,并没有过高的追求。

忽一日,我见妻子弄了一堆木条条,说是要给鸡钉一个下蛋的窝儿,因为快下蛋了。这让我很惊讶,当年养的小鸡也会下蛋吗? 鸡快下蛋了她是怎么知道的? 疑问是有了,答案却始终没有。

奇怪的是,正如妻子所言,入冬的时候,有一只鸡下了一个蛋。这蛋是上午下的,我是晚上下班后才看到的,蛋上还有几丝血迹,可见鸡这蛋下得也不那么一帆风顺。

鸡下蛋了。这再次印证了付出就有收获这一颠扑不破的真理。

一只鸡下蛋了,其他五只鸡好像做了什么错事似的就有了紧迫感,大概又过了一个月,全开了窝,不过不是每天都能收五个蛋,它们实行的是轮番作业制,有的上午下,有的下午下,凡是下午下的第二天就会轮休一天,而上午下的第二天下午接着工作,我们的餐桌上始终保持有新鲜的鸡蛋吃。

鸡子下蛋勤,妻子做鸡蛋的花样也时有翻新,煮着吃、煎着吃、蒸着吃、炖着吃、炒着吃,有时候也做成蛋饺、蛋卷、鸡蛋汤,厨艺明显有了长进,我不失时机地表扬一番,效果更加明显。

有了鸡蛋吃,并且是完全放心的土鸡蛋,家中买肉的次数明显减少。记得我小时候,娘在重大节日时给我们弟妹改善生活的主要方式就是煮个荷包蛋,或炒鸡蛋。现在有了鸡蛋,有没有肉吃便不再是我们孜孜追求的了。

我每天都是早上上班,晚上下班,很少看到母鸡下蛋的过程,更听不到母鸡下蛋后自我表扬般的咯咯哒的叫声。只有周末在家时,一天能听到几次那悦耳的"咯哒,咯哒,咯咯哒"的歌唱,每次听到这歌声我就会迅速地从屋里冲出来,跑到鸡窝跟前收鸡蛋。有时鸡还在窝里没出来呢,我就在门口等着了。鸡也知道不是因为我收鸡蛋太着急,而是它自己太急着报告战果。

每次拿到还带着鸡的体温的鸡蛋时,一种说不出的喜悦就会在我脸上绽放。古城郢虽是部队的一个大杂院,居住着各色人等,但作为都市里的村庄,还是没人养家禽家畜的,可自妻子养鸡成功之后,院子里很快就有人效仿。开始都是在院子里悄悄养,后来在小路上也能看到公鸡母鸡嬉闹的场面。

几年之后我要搬家了,为我家小康生活立下过汗马功劳的几只鸡,是随我们搬走还是不搬走,成了我和妻子多次讨论的话题,可怎么讨论也无法达成协议,因为妻子坚持要搬走,我是坚决不搬,结果是她胜利了,我成功了。因为在我同意把鸡也搬回河南老家时,搬家的车上再也没有能放下鸡笼的地方了。

即使再怎么争论,我们都没人提议把鸡杀掉,做收蛋杀鸡的事儿,我们都没这个习惯。

最后是把这几只鸡留给了接替我们住进"高干别墅"的同事董联星,听说几只鸡换主人后并没有改换勤劳的本性,每天下蛋之后照样叫得咯哒、咯哒、咯咯哒……

因书想橱

人的理想是随着生活环境的改变而改变的。

从祖宗们留下的俗语中,就能分辨出人生急需事物的种类和顺序,像吃、住、行,吃是排在前面的;像吃喝拉撒,吃也是排在前面的;千里去做官,为的吃和穿,吃还是排在前面的。由此可见,自古以来,在人们的意识里,吃是多么重要。

有些人出了一趟国,回来到处宣传外国多么文明,多么干净,多么有秩序。我凡听到这类言语从不敢苟同,也绝不去附和,因为作为中国人,不顾自己的国情去盲目崇拜他国,本身就是不明智的表现。古人云:仓廪实而知礼节。如果一个人整天在为他的生计而奔波,所谓的文明、讲究、秩序和礼貌,在他面前都不值一提。

人在饿肚子的时候,最大的理想是温饱。

人在解决了温饱之后,他的理想才能上升为精神的需求。

这是我在古城郚柴门老屋那所谓的"高干别墅"里生活两年后得出的结论。

开始是为了生计而奋斗,但生计也并不像想象的那么紧张,只是我家与别的人家比较起来困难一些,困难的原因是我提干时间短,家庭条件差,一直过单身生活,没有什么积蓄,突然组成家庭,一时显得捉襟见肘。

一段时间的调整适应之后,生活就得到了很大的改善。我不再为生计操心了,于是就将注意力回归精神需求上来。

我入伍之后就喜欢写写画画,这些都离不开看书学习。因为我当时的最高学历是神垕高中毕业,肚子里有几滴墨水自己最清楚,若不大量看书学习,从书本中汲取营养,根本无法胜任所担负的工作。

当兵之后有限的津贴我都用来买了书,平时装在纸箱子里,虽调动了几个地方,跨越几百公里,可我都没有舍得把书扔掉。

自有了家庭之后,自由散漫的毛病逐渐暴露出来。需要什么书的时候,我就从纸箱子里翻出来,看完了,就随手往床头、窗台、凳子上,甚至是地上一放,有些书是看完了还要再看的,有些书是看了就不再看的,但拿出来了,就常常忘记放进纸箱子里去。

久而久之,纸箱子里的书越来越少,房间里的书越来越多。到后来在房间里走路、干事情经常就会碰到书,踩到书的声音、碰掉书的声音、踢到书的声音时有发生。

妻子对我的书一直采取容忍的态度,因为她知道她和女儿能到合肥来住,是我依靠这些书的帮忙才得以实现的。但她的容忍也是有限度的,终于有一天忍不住了,说要和我摊开来谈谈,问我:"你的书是有用没用了?如果是没用了可以通过三种途径处理:一是还把它装进纸箱子里去;二是作为垃圾卖掉;三是如果当垃圾卖掉嫌可惜,我可以晚上拿到路边上摆摊,降价销售。"我说:"为啥?"她说:"不为啥,书已经成为家庭里的障碍了。"

看着妻子我无话可说,我知道她是忍无可忍了才说出这样的狠话,看来我再不采取果断措施,就有可能影响到家庭和睦。

可采取什么措施呢? 书装进纸箱也同样碍事,因为纸箱没地儿放,关键是我需要的时候还要再找出来,扒来扒去才能找出需要的那一本。不装进纸箱我又没有书橱,无处可放。

想到了没有书橱,就是想到了书橱。对,我要弄一个书橱,使书们也有个安身的地方,免得用时到处找,不用时到处扔,让书觉得我是个多么薄情寡义的人。

必须强调一点,买书橱是不现实的,因为一个书橱至少要二十五元钱,那会占去我一月工资的四分之一,造成其他开支大大压缩。

可不掏钱买到哪里去找书橱呢? 开始我就想到了窗台,如果将窗台用砖支起三层木板,就能摆三层书。问题是房间只有一个窗子,让书占据窗台,阳光的通路就被堵死了,房间里总是不能缺少阳光的。

这一奇思妙想被我否定,但这一创意在我的脑海中形成。按照这个思路,在靠墙壁的地方,用砖支起几层木板不是可以放更多的书吗? 想到这里,我手一扬在空中打了个响指,为自己的聪明叫了一声好。

有了好点子就要付诸行动,我的脑海里一时间装满了木板子。可到哪去找木板呢? 想着想着我就想起了董长安——我的老乡,我的同年兵,他那时是在武警总队后勤仓库当志愿兵的,我想他一定有办法。

真是想长安长安就到,当天晚上长安兄正好到我家串门,我把需要几块板子的事跟他说了,他现场办公,当时就量了需要板子的长度和宽度,说回去帮我找,没想到他这一找很快就找到了。于是,在几摞砖头的支撑下,一个简易书架做成了,一米二长的三块长条板,按书的最大高度被砖头隔成三层,虽然不太美观,却实用。这使屋子里被乱扔的书一下子可以贴墙而立,有了归属。

正当我为我的创造性思维暗自得意时,从河南老家来了两个人,他们是到合肥来卖钧瓷的。

他们来之前从郑州火车站发了二十几箱钧瓷,收件人是我。他们也没有事先问问我有没有地方堆放这些箱子,就发了过来。我没办法,只好找车找人去合肥火车站把东西拉回来。

拉回来的第三天,他们人也赶到了合肥。我是他们在合肥唯一认识的人,自然吃住都在我家里。

白天俩人弄个自制的滑轮车,拉两箱钧瓷到街上去卖,卖不掉的晚上再拉回家里来。

我和妻子都知道老家人赚个钱不容易,就尽我们的最大努力热情接待。

没想到他们到了我家中第一个看不上眼的就是我的"书橱"。

他们不看上面摆的什么书,却看着书橱,对我说:"你在部队也是当官的,怎么能用一个这样的书橱呢?这也太寒酸了吧!我们没看到就算了,既然看到了,就不能让你再用它,等我俩把这二十多箱货卖完了,给你买一个正经八百的书橱,也不埋没了你的这些书。"

我说这书橱不重要,重要的是你们赶快把货处理掉,因为家里放这么多箱子实在是不方便也不安全。再说那么小的房子,突然增添了两个大男人住,又是在炎热的夏天……

他们每天照样拉着箱子出去卖货,我照常上班,妻子在家为我们做饭。这样的日子持续了二十多天,每天他们拉滑轮车出门时,钢轮与地面摩擦发出吱吱啦啦的响声,能传很远。没几天,院子里住的人都知道我家有两个卖东西的。

二十多天后,他们的钧瓷终于卖完了,带着我妻子给他们准备的路上吃的干粮回了河南。卖货那些天里,他们再没有评价过我的书橱,当然也再没提到过买书橱的事情,我不知道他们是不是看出了我压根就没指望他们买书橱,或者是真买了我也不会拒绝。

书橱仍是我的一块心病。

物质是经济基础,精神是上层建筑。

我觉得我是有书之人,应该有一个书橱。

对于这一点,妻子和我的意见截然不同,她总说那书放哪里都能看,何必非要有个书橱呢?站的角度不同,对问题的看法当然不同,不过有一点是一致的,我们都知道,买书橱就要花钱。在当时的情况下,毕竟书比书橱更重要,只要有书看,书橱永远不是当务之急。

我还是想有个书橱,这要求并不过分,至于何时能实现这个愿望我不敢肯定。只要一天不买书橱,这个心结就无法解开,我在心中反复提醒自己,必须要明白这一点。

不散的年味儿

现在每当过年的时候,总会听到有人抱怨这年过得越来越没年味儿了。

那么到底什么是年味儿呢?这很难有个标准,每个人心中的年味儿应该是不同的,不是年味儿不同,而是所在的地域不同、历经的年代不同、身处的社会背景不同、生长的家庭环境不同。

我小时候就特别盼过年,现在想来盼的是什么呢?是穿新衣、放鞭炮、吃美食、得压岁钱,跟着大人到处去拜年。还有初一初二这两天是不用帮大人劳动的,可以放心大胆地玩两天。

现在的美好生活中,这些儿时盼望的东西,都成了日常必备。鸡鸭鱼肉天天有,鞭炮禁放,新衣可着劲儿穿,零花钱没断过,微信短信随时可以联系沟通,还盼望什么呢?对年的期盼少了,自然觉得年就失去了原有的味道。

其实,人在意什么?正是那件事里有他的期盼,有了期盼的事情就有无限的吸引力,一旦期盼没了或淡了,事情本身的魅力也就不再了。

现在想来,年味儿是渐渐变淡的。

记得住进"高干别墅"之后,在合肥过的第一个年,是我自己写的对联,初衷是为了省下买对联的钱。

对联是结合我个人的实际写成的,没想到写出了特色,引来不少人围观,这也激发了我写对联的兴趣,后来连续几年的春节,都不再买对联。

鞭炮是过年的标配,所以无论在哪过年都少不了。尽管每年春节之前领导都要求各单位要搞好节日安全教育,尽量少放鞭炮,那年我还是买了一堆鞭炮。一般燃放鞭炮都是年三十晚上到大年初五,可我孩提时代的习性没改,将成挂的鞭炮都拆下来弄散了,装在口袋里,时不时地掏出一颗点燃,往空中一扔,啪的一声响,一是烘托节日的气氛,二是让别人知道我也是有鞭炮放的人。

年二十八的晚上,吃过晚饭我照例从整挂鞭炮上拆下几颗准备点燃,不料就在拆的过程中,左手拿着的香烟碰到了鞭炮的药捻子上。要拆的没拆掉,没拆的从中间炸开了花。接着就是噼里啪啦火光四溅,烟雾很快在整个房间里弥漫,浓浓的火药味向四周迅速扩散开来,将我笼罩在烟雾中。这时候接水灭火是来不及了,吓得我提起身边的暖水瓶就往"活蹦乱跳"的鞭炮上浇。响声很快被压制下去,不过不是我浇水的原因,是一挂鞭炮炸完了。

好一会儿我才回过神儿来,等我回过神儿来才明白,浓浓的年味儿里原来还隐藏着浓浓的火药味儿啊。

"高干别墅"是20世纪五六十年代盖的瓦房,由于我的童心、失误和大意,差一点酿成重大火灾,一身冷汗过了很久才退去。

这件事在离开合肥之前始终是我要保守的最高机密,否则同住"高干别墅"的单身女人、领导司机和秘书都会找领导告上一状,那我挨一顿批评或做一次检讨是跑不掉的,因为这件事直接威胁到了别人的人身安全。

合肥过年的习俗与我老家河南过年是有一些区别的,我老家大年初一全家团聚,从初二开始走亲戚拜年,合肥却是从大年初一就开始相互拜年了;我老家拜年带的礼物都是果子和甘蔗,合肥无论去谁家都带大蛋糕,初一到初五,大街上都是提着蛋糕到处走的人,有的除蛋糕之外还带两瓶酒或烘糕、切糕之类的。

蛋糕被你家拿来又被我家送去,却很少有人吃,当时合肥人很形象地把这种拜年称作蛋糕大游行。有细心人还做过一个试验,在自家买的蛋糕上做了一个记号,初一送出去之后,不到初五,这个蛋糕就又回到了他的家中。弄得一家人哭笑不得。

20世纪80年代末,很少有私家车,出门都骑自行车,礼物被夹在后座上,可蛋糕和酒瓶都是圆的,自行车上不好固定,所以时常看到骑车人走着走着蛋糕就从车上掉下来的尴尬场面。

现在的饭店过年也照常营业,家里来了客人大都去饭店吃饭,既省事又不贵,花钱买的是档次和清静。那时还没有去饭店请客吃饭的习惯,这一部分原因是在饭店吃饭少了家的味道和气氛;另一部分原因是刚刚走进温饱的时代,钱还是紧张,所以来了客人都在家中烧饭。

我在合肥没有亲戚,除地方上有几个朋友,就是部队比较要好的战友。战友之间过节不需要地方上那种提着蛋糕大串联的俗气。

我们节前就商量好,春节期间从谁开始轮流坐庄,就是一家一家轮流相聚,顺序排好了时间上就不会冲突,万一谁哪天有事不能到场,其他人照常进行。

不过不拿蛋糕也不会空着手去吃饭,毕竟是过年,拿什么?我们是喝酒人,就形成了一个不成文的规矩,无论去谁家,自行车筐里都带四瓶酒。

当时比较流行的酒都是安徽产的,什么高炉大曲、明光大曲、醉三秋。好一点的有口子窖、古井贡酒等。放假几天几乎天天相聚,无论到谁家都是热热闹闹喝一场,海阔天空吹一通,你长我短论一遍,说多了说少了没人在意,说错了说对了没人计较,天天都异常尽兴。完事了不管喝多喝少,醉与不醉,骑上自行车就回家,当然从自行车上摔下的事也时常发生。

过节前估计有多少人来家里吃饭大致心中是有数的,采购年货时,需要买什么、买多少,能做到八九不离十,为了防止有意外的人员到来,一般都会多备一些。

可轮到我做东那天,出现了意外。地方上的两个朋友知道我是第一年在合肥安家,他们分别带着他们的朋友到我家拜年,两天两拨人,把家中的大部分食材都耗去了。

第三天战友们相聚的时候,凑一桌丰盛的饭菜已是捉襟见肘。街上卖东西的都回家过年了,商店还没有开业。家中现存最多的副食只有排骨,我和妻子就商议把排骨全煮了,装进一个大盆里,我家餐桌是借别人的,桌子不大,盆子往桌中间一摆,周围就只够摆下几个小碟子,虽然菜的品种看起来不多,排骨也算是好东西,管吃饱没问题。到时我还可以用河南老家的方式敬酒,酒喝多了谁还会在意菜的好坏呢?

为了多上一道菜,妻子积极地想点子,最后想到了把排骨肉剔下一部分剁成馅儿,装进掏空了的苹果里,放在蒸笼上蒸。

这是一次大胆的创新发明,估计菜谱里找不到这道菜。蒸上之后我对这道菜充满了期待,因为在别人家中都没吃到过,一定会让客人有新鲜感。哪知结果不但没有出彩,这道菜还变成了食之无肉弃之可惜的鸡肋。

蒸熟之后的红苹果变成了褐黑色的烂苹果,关键是苹果里面的馅儿出奇地难吃,谁尝谁皱眉头。创新发明一下子变成了砸牌子工程,看来随意尝试不在谱的东西,让我付出了惨痛的代价。

不过那天的一盆排骨基本被消灭干净,大家都很满意,临走时都一再表示感谢。

过了两天我去地方上一朋友家拜年,他家境优渥。中午吃饭时,他妈妈除了炒菜,还专门炖了排骨汤,吃饭时先给我盛了一碗排骨。我接过碗才发现,一碗清清的汤水里,只有一节两寸长的排骨,外加两片青菜叶儿。汤的味道倒是非常鲜美,可那毕竟是汤水啊。看着那一节排骨我实在不忍心把它吃下去,因为它显得那么精致、贵重、豪华、玉骨临水、卓尔不群……

端着那碗排骨,我突然想起我炖的那一盆排骨来,如果熬成这样的汤,不知能熬出多少碗呢!

年,每年都过。那种提着蛋糕走亲戚的过年,骑着自行车带着酒挨家轮流吃喝的过年,自离开合肥之后就没再经历过。

工作调动到北京之后,隔壁邻居、对门邻居都不相互串门,好像人与人之间都要时刻提防着什么,大城市的人情原来是如此冷漠。

现在大家都在抱怨年味儿丢失的时候,我觉得丢失的不是年味儿,而是人间最珍贵的人情味儿。

人情味儿丢失了,无论活得多么风光,人生还有什么意义呢?!人与人之间如果只剩下利害关系,转身之间也就没什么值得回想、念叨的了。

女儿为爸去战斗

那天一下班我就发现女儿的脸上有一道瘀痕。

小孩子磕一下碰一下很正常,我本没有在意。妻子看我对女儿的伤问都没问一句,带着怨气说:"孩子脸上的伤你没看到?"我说:"看到了。"她说:"你也不问问为啥受伤?"我说:"不管为啥,又不严重,一点划伤有什么大惊小怪的?"妻子一听就火了,说:"这都是为你受的伤,你却不管不问?"

听说是为我受的伤我就觉得奇怪,我下班刚进屋,这一整天根本就不在家,七岁的女儿何以为了我而受伤呢?

于是我就把女儿拉到面前问个究竟。哪知这一问,女儿顿时怒从心中起,气向胆边生,怒气冲冲地对我说:"都是文玉她们,说你不帅,说她们爸爸是最帅的,我说不过她们,就和她们打架了。"

然后女儿看着我,像是问我又像是问自己地说:"你说她们的爸爸帅吗?黑得像煤球儿,瘦得像猴子,脸上长的还有黑痣,说话像外国人,那是帅吗?他们哪一点比你帅了?"

我一听就笑了起来,原来女儿是为了给我这个帅爸爸打抱不平啊。

我就问她:"你说爸爸帅怎么就打起来了?"

"她们三个人呢,都说你不帅,我一个人能讲过她们吗?最后就只好打架了。"女儿倒是没有一点受委屈的样子,更像是一个捍卫自己领地的将军。

"那最后是什么结果呀?"我有意逗逗她。

"什么结果还用问吗?她们都受伤了,我也受伤了,不过她们以后再也不敢说你不帅了。"

"那以后要是还有人说我不帅呢?"

"那我就不愿意,明明是你最帅嘛,为啥说你不帅?"女儿理直气壮。

听了女儿的一番豪言,我蹲下身去就在她的小脸蛋儿上亲了一下,瞬间在我心中跳出了三个"没想到":一是没想到女儿小小年纪已经会维护爸爸的形象了;二是没想到我原来在女儿心目中是最帅的,以前可是从来没有听她说过啊;三是没想到女儿为了我的名誉竟不惜与三个孩子发生一场肉搏战,并且是在一对三的弱势情况下毫不畏惧,真不愧是军人的女儿。

这三个"没想到"让我心中感到很欣慰,从此对女儿多了几分溺爱,对自己在女儿面前的形象多了几分注意,因为女儿把我看作最帅的爸爸,我怎能给她心中的帅爸爸降低标准呢?

女儿与之战斗的几个孩子也是军人家的孩子,她们的父母我都认识,这几个小孩儿也常到我家找女儿玩耍。她们年龄相仿,都是刚上一年级,有时来家里我会询问她们的爸爸在干啥,孩子都用"不知道"来回答我,这显然是不愿与我这个大人交流,我就觉得现在的孩子对父母并不关心。

可是通过为争自己爸爸最帅而打架这件事,我发现在孩子心中,父母都是最好的,都是无所不能的,都是强大无比的。这也难怪,因为在他们来到世上之后,接触最早的、最多的,对他们最好的,都是父母。小孩子心中也有一杆秤,爱憎分明,在他们纯洁的心中,无论爸爸是不是天下第一,也是心目中的天下第一。

记得我上初中时,一次大队里召开"批林批孔"大会,父亲作为党员干部上台发言,我在台下听着从父亲口中说出的字字句句,觉得比别的发言人说得都铿锵有力。

那天回家我还悄悄地把父亲的发言稿抄下来,等老师布置作文时,还从父亲的发言稿里借用了不少精彩语句。那篇作文得到了老师的表扬,还被作为范文在课堂上朗读,从那之后我对父亲也就更加崇拜了。后来我才知道,父亲二十岁那年才进小学读书,由于年龄大、个子比老师还高,不能从一年级读起,就直接上了五年级。

上了两年学又回村里劳动的父亲,把这两年学的文化,全都用于工作劳动中,不但原来学到的得到了巩固,还在实践中补充了不少新的文化知识。

天下孩子们的眼里,都是母亲最美、父亲最帅,这是每个孩子的共同审美取向,我的女儿也不例外。从那之后我就不敢在女儿面前表现得懦弱、心神不定或手足无措,总之,我不想让她看到我不好的一面。

可好形象不是靠一时装出来的,而是在日常生活中养成的。在女儿面前我看书时都尽量姿势端正,态度认真,看完之后总要抽时间把书中的精彩部分绘声绘色地讲给女儿听,让她觉得书中原来有这么好的故事、这么好玩的人物。

时间久了,我就发现女儿看书时也格外认真,姿势也很端正,也常把她看到的故事说给我听。特别是写作文的时候,坐在小方凳上,把作业本铺开,小手拿着铅笔,手掌托着下颌,做苦思冥想状,继而开始埋头书写。这时候谁要是打扰了她,她会很不高兴地大声说:"没看到我在写作吗?打断了思路往哪找去?"这是她和妈妈打扰我写东西时,我常说的一句话,又被她用在了我们身上。

写完了作文,女儿会拉着我的胳膊做出很困惑的样子说:"爸爸,你说为啥我写作文的时候,那些句子就会像河水一样,不停地顺着我的笔尖往下流呢?想停都停不下来,不是我突然结束都不知要写多少页呢。"

这种情况下,我都会告诉她:"这都是平时认真读书的结果。书读多了那些书里的文字就会在脑海里融化,然后存在那里,什么时候要写什么文章,它都能变出你需要的句子顺着笔尖流出来,流到本子上就变成了一篇作文。"

女儿这时会很认真地告诉我,说他们班里谁谁谁写作文,字写得特别少,挨了老师的批评。说她以后要多读书,让词语在她脑海里存得多多的,写作文就不会受老师批评了。

那时我经常有诗歌或文章在报刊上发表,每次我都拿回家中给女儿看,大部分内容她并不明白,但她知道作者的名字是我,是她的爸爸写的文章。所以每次得到我的鼓励,女儿就特别开心,因为她知道我是个"有名字"的爸爸。

女儿从上小学开始，就独立自主，不让我接送。每当我提出要送她时，她都说自己能行。有的家长怕开家长会，因为孩子学习不好要受老师批评，而我开家长会受到的都是表扬，我还多次作为优秀学生家长代表介绍经验呢。

有人说孩子的最好老师是家长，我却不认同，因为很多知识是靠老师去传授，家长要做的，就是把一个良好的形象树立起来，让孩子始终觉得父母身上有优点可以效仿。

我调离合肥时，女儿也要一起回河南。分别那天，她的班主任老师带着十几个学生到合肥火车站为她送行，同学们个个哭得跟泪人似的，他们才是小学二年级的孩子啊。这些挥泪送别的学生中，就有那次因为和女儿争爸爸最帅而发生争吵、打架的三个同学……

女儿初到合肥时年龄很小，离开合肥时年龄也不大，但合肥却给她留下了美好的印象。参加工作后，一次她到合肥出差，还专门去古城郢寻找我们曾经住过的地方，去她读过书的亳州路小学寻找儿时的记忆。回来后我问她找到了没有，她说："没有。不过也没关系，起码我知道是在找什么。"

女儿这句话使我的心灵为之一震，是啊，人一生要找的东西不可能都找得到，但你首先要知道你为什么在寻找，你寻找的是什么。

非黑即白的岁月

一天晚上和老父亲聊天,听他说到20世纪80年代末期,在老家神垕镇的河清煤矿上承包工程,因为工程干得好,年底矿上总结时曾奖励他一台黑白电视机。矿上规定,如果不要电视机,可以折合成七百元钱。在钱还很值钱的年代,他最后选择的是不要现金要电视,因为那时农村有电视机的人家很少,获奖得一台电视机比自己掏钱买一台电视机听起来更有自豪感。父亲说那台电视机在全村都是为数不多的家电之一,曾引来不少羡慕的目光。

父亲说到黑白电视机时,我的脑海里也跳出一台黑白电视机来,那是合肥产的黄山牌电视,具体价格我记不得了,应该也是七百元左右。

记得买那台电视机是我住进"高干别墅"的第二年,别人家里都有电视了,我还天天抱着一台收录机在听,大大落伍于时代。我倒不是与街坊邻居比阔气,我是一名电视记者,每天拍的电视新闻都在省台、市台播出,我自己却看不到自己拍的画面。那时还买不起彩电,就咬咬牙买了一台合肥产的黄山牌黑白电视机。

别看是一台黑白电视机,它也是家中唯一的一台电器(当然,电褥子除外)。

黑白电视机有几大特点:第一,没有五颜六色的炫彩,不会让人看起来眼花缭乱,就像中国的大熊猫,非黑即白,最多有个过度的灰色。第二,不需要遥控器,纯属手工机械操作,电视机的右下方有三个旋钮;一个是电源开关,兼顾大小声音的调整,一个是选台开关,拧一格一个台;一个是明暗度对比调整开关。

如果需要调整哪个开关,坐着不动是办不到的,必须要站起来,走上前去,用手去拧动。有段时间妻子说我不锻炼身体,我就狡辩说:"晚上看电视,看一会儿就要站起来调整开关、寻找信号,一个节目看完要站起来二三十次,每次起身都要走到电视机跟前,调好了再走过来坐下,这种活动量足以赶上跑五公里了。"

每个旋钮开关上都没有变频数字,全是按刻度线有级调频,拧起来能听到咔咔的响声。拧动时凡能听到响声的,说明电视机质量优良;若没有声音,那电视机就十有八九出了问题,离送电器维修铺已经不远了。那时修电视的技术人员少,不但修理费比较高,修理时间还比较长,有时有点小毛病,一两个月都不一定能修好。

第三,电视机自带"V"字形的固定天线,这天线可以伸缩,根据需要360°旋转方向。电视信号好不好全靠这两根天线的指向,今天调整的方向看着电视很清楚,明天再打开看时,可能就不清楚了。关了电视以后信号怎么会跑呢?这是个不好回答的问题。黑白电视机好像特别容易受外来信号的干扰,如果天上飞过一架飞机，或者是自己房间或隔壁房间开着收音机、录音机，甚至是给录音机里的电池充电，对它的清晰度都有影响。

最典型的影响是屏幕上出现一排排移动的竖条状纹路或雪花点，不停地从屏幕的左边滑到右边。如果干扰源不断，它那受干扰的现象就一直持续，这时还会出现呜呜啦啦的响声。看一般的电视节目也就算了，如果看好看节目的关键时候，把人急不死也气个半死。这时候采取的办法只能是关掉电源或关掉自己房间的干扰源。隔壁是别人的家庭，他可以干扰你的电视机，你却不能关掉人家的充电器，只能不断地调整天线。左转转，右转转，上拉拉，下按按，把个天线折腾得够呛。

看电视没有专用的电视机柜，家里买的组合柜中间，有一个预留的电视机放置格，正好放下一台十八英寸的电视机。可电视机的天线是固定的，所以往柜子上一放，左面右面上面下面后面都限制了天线的转动，只能朝向前方，这样就经常不能看到高质量的画面。

为了扭转这一局面，时常要把电视机搬下来放到地上，这样不仅是天线的朝向可做任意方向的调整，而且在天线调整不管用的情况下还可以将电视机朝不同方向转动。

黑白电视机经常会出现一种怪现象，就是特别"黏人"，信号不好时，人往它跟前一站，信号立马就好了，或是人用手捏着天线的顶端，信号也就好了，只要人一离开，信号立时中断。可人要捏着天线就距离电视机太近，没法看节目，而捏天线的活儿不是人干的，累得胳膊酸手麻，所以谁都不愿干，好在这只是偶然出现的状况。

第四,收台少,我不知道那时有没有卫星电视,反正我住的"高干别墅"里没有闭路天线。黑白电视机收不到卫视台,只能收到中央台的个别频道、安徽台和合肥台,省台、市台都只有一个频道,所以看起电视节目来选择余地很小。

我买黑白电视机的时候,国产和进口彩色电视机都已经有卖的了。那些年进口电视机都是日产松下、索尼、三洋等牌子的,进口机子价格昂贵,一台十四英寸的松下电视机卖到一千一百元。关键是不但价高,还是异常紧俏的商品,市场上根本买不到。我们单位的文化站,不知从什么渠道进到了日本电视机,一时间文化站成了一个最热门的单位,每天都有不少人云集在他们门口,等待交钱提货。

文化站的站长是个年轻漂亮的女同志,本身就是个受人关注的人物,现在又有了紧俏货源,更显得身价倍增。因为只有拿着她批的条子去财务,人家才肯收下钱款,有了财务开的收据,你才能进入排队提取电视机的程序。

文化站是政治部的下属单位,所以谁要胆子够大、关系够硬,找到政治部主任也是能批条子买电视机的。不过他批的条子不是每次都管用,因为如果女站长说没货了,那主任的条子也就白批了。至于是不是真的没货,主任是领导,从来不问那么具体。

我作为政治部的一员,找主任批一台电视机他肯定不会拒绝签字,可我从来没有找过他。

去年夏天,已是七十多岁的老主任到北京来,我请他吃饭时还说到那时候我没找他批过条子。他问我为啥不找他批条子,我说没钱买电视,有了条子也没用啊。他说有人把他批的条子拿到外面卖钱,两百元一张批条都抢着要。我说我脑子笨,没想到这一层,即使想到了,那也是提心吊胆的事啊,哪敢干?

他听了笑笑说:"那也是,那时候你比较老实。"听他说这话,好像我现在不老实了似的,哈哈!

什么是老实?什么是灵活?仁者见仁,智者见智,各有各的见解吧。电视机生意红火了一阵子之后,文化站有三个人因为经济问题被关进了看守所,这里面就包括那位又年轻又漂亮当然也很有经济头脑的女站长,主任为此也是受了牵连的。

我没钱买彩色电视机,所以只能看黑白电视机。有朋友到家里来,看我看的仍是黑白电视机,就问我为啥不换彩色的。我就告诉他,美国科学家的最新研究成果表明,看彩色电视对眼睛的损害远远超过电焊的闪光,对人体的损害远远超过 X 光机对人体的辐射,对记忆力的损害远远超过做一次化疗。

这几个"远远超过"听得他们都目瞪口呆,然后问我是真的假的。我说:"美国人都将彩色电视机换成黑白的了,你说是真的假的?"

我的话有多少被他们相信,我不知道,反正我是一本正经地在说,因为我没钱买彩色电视机,就必须给自己找一个看黑白电视的合情合理的理由,并且这理由肯定与金钱无关。

那台黑白电视机看了五年之后我调回河南了,搬家时虽然非常麻烦,但我还是毅然决定把它带到郑州,后来它一直身居家庭核心位置。

被妻子埋怨说我看它比看她还多的黑白电视机,跟我七年之后无疾而终,被一台二十五英寸的彩色电视机所取代。如果它有记忆,一定也会记起住在"高干别墅"里,一家人常常以它为"中心"的辉煌岁月。

搅着转的电扇

储物间,这是我经过再三选择之后,对那间袖珍小屋的叫法儿。

这样叫犹如把梳妆台叫为化妆间、把书架叫为书房、把衣帽钩叫为衣帽间、把菜园子叫为后花园、把蓄水池叫为游泳池、把储菜坑叫为酒窖一样,不但能显示出房子主人的高雅、品位、阔绰,乍一听还能让人觉得我住的真是庄园或别墅。

至于高干们居住时,这间小屋里放的是什么、做何用途,他们对这间小屋怎么称呼,我并不知道。归我使用之后,开始是用来堆杂物的,因为它实在太小了,找不出其他用途。

随着女儿一天天长大,为了使她从小养成独立自主、自力更生的习惯,我们准备让她单独居住。于是我就想到了这个储物间。

我找来尺子量了一下,长度一米七,宽度一米五,正好可以放一张小床。于是我和妻子商量,将那间储物间收拾一下,打扫干净了,让女儿搬进去住。

房间不大,有门有窗。窗子很小,是朝西面的,只有下午才能照射进来一点点阳光。无论多少,有一点阳光就好,人们不都说"给一点阳光就灿烂"吗?对于能灿烂的人来说,有这一点阳光完全够了,我相信女儿就是这样的孩子。

计划好了便着手准备。可找了几个家具店,卖的床有大有小,唯独没有一米七的床,看来要想让床的尺寸和这房间的长度匹配上,还必须我自己动手。让女儿单独居住不就是要锻炼她自力更生的能力吗?那就先从我的自力更生做起。

于是,我找来一把手工锯,又找来几块木板,用尺子量好了,支在院子里就干了起来。截好长度,再量宽度,不量不知道,这一量犹如是谁给我准备好的板子,三块木板拼起来的宽度刚刚好是一米。我把木板排列好,横着钉了三根撑子,使三块木板转眼间就结成一个坚实完整、团结牢靠的战斗集体。

床头是不需用木头钉的,那样既费时费力又占空间。我早想好了,像我在巢湖农场种稻子时采取的方式一样,到外面搬来砖头,在房间两端靠墙的位置按设计的高度垒成矮墙,床板往上面一架,既结实又牢固。至于好不好看,反正也没人看,再说这床单、褥子往上一铺,谁想看也是看不到的。

铺上一米宽的床板,床前还剩下半米宽的距离,走路、转身都宽敞有余,唯一美中不足的是放不下写字台。好在这时女儿还没有到写字的年龄,放了桌子也是摆设。

做这一切是大人的想法,女儿并不领情。床铺摆好了,她却不愿往里住,说她害怕那个小屋。

我就把她领到小屋里,问她怕什么,让她指给我看。她指着床铺上方一个方方的洞口说那里好黑。我平时还真没注意过这个洞口,既然它成了女儿心中的障碍,我就在床上放个凳子,当着女儿的面上去察看,然后告诉她,这个洞口的上面是房顶,除此之外啥也没有。因为当初人们看到房顶露着不太美观,也为了使屋子的空间更加紧凑,就在屋顶下方又搭了一层,这一层用河南老家的话说叫浮棚,用城里人的话说叫吊顶。他们在这里留下一个口,一是为了方便和利用浮棚上面的空间,可以放些不常用的东西;二是房顶或房棚哪地方出了问题,可从这里上去维修。

女儿问我会出什么问题,我说比方说时间久了会漏雨什么的。她马上就问里面会不会住着好多老鼠,里面会不会藏着小偷,里面会不会跑出来大灰狼。在我一再强调不会的情况下,她仍坚持一个人不到小屋里睡,除非爸爸妈妈陪着睡。我就问怎么做她才肯睡进小屋里,她说要睡就把那个洞口堵上。

把洞口堵上并不是难事,从上面盖一块木板即可。

就在盖好木板之后,我又有了一个新的主意。洞口在房顶正中间,木板盖上后正好利用它装一台吊扇,因为屋子太小,到了夏天小屋里肯定是又闷又热,在天热之前把吊扇装上,省得到时再来折腾。

我的想法得到了全家人的一致赞同,就这样一台吊扇很快被买了回来,装了上去。

女儿一看,不但她害怕的黑洞口被堵上了,还在那个位置装上了一台吊扇,就很愉快地住进了她的"闺房"。

时光荏苒,很快冬天就被春天取代。

时光如梭,很快春天也要成为过去。

合肥的天气热得早,温度也上升得快,春夏之交已是骄阳似火,又湿又闷又热的空气转眼袭来,那台吊扇自然就派上了用场。

这是家里唯一的一台电扇,天热之后我们一家人经常会挤在这个小小的空间里,把吊扇打开,享受习习凉风带来的惬意。

女儿看大人都把她这小屋子当成了风水宝地,也就真把它作为自己的房间来居住了。有时她会用主人对客人的口气说:"你们回自己的房间去吧,我该休息了。"

主人下了逐客令,我们就要乖乖地服从,因为这规矩是我们定下的。

现在家里每个房间都装了空调,却经常一个夏天都不曾打开,年龄大了,对热已不是那么敏感,怕吹了冷风得空调病。那时候只有一个吊扇,有时还舍不得开,怕费电。但对女儿不能说因为怕费电而不开电扇,只能告诉她开一会儿就关掉,因为吹时间长了容易得风扇病。

女儿疑惑不解,问啥是风扇病。我就告诉她,大街上那些嘴歪眼斜的人都是电风扇吹多了。可女儿不管,照吹不误。

合肥的夏天特别长,开始我并不知道什么原因,一年四季,一季度三个月,为什么夏天就特别长呢?原来合肥的夏天是太阳最强势的时候,它不但将春天的后半部分提前截取了,还将本属于秋天的时间也给强行霸占,它把自己拉长了,就把春天和秋天挤得特别短暂。

天凉之后我告诉女儿,不能再开吊扇了,因为它已劳动了一个夏天,需要休息,否则累出了毛病,明年它就不愿干活儿了。

都说君子一言,驷马难追。我大概属于君子一类的人,就说了一句哄小孩儿的玩笑话,谁知到了第二年夏天,真应验了。

再开吊扇时,本来一按开关就旋转的吊扇,却"趴窝儿"不动了。是长时间不用生锈了,还是出了什么其他问题?连开几次开关,依旧没有动静,但隐约能够听到吊扇的电机发出嗡嗡的低吟声,显然不是没电的原因。

我把电源关掉,然后找来一根木棍,搭在吊扇的扇叶上,用力搅动了几下,想用这种方法给它热热身,虽然费了点劲,但扇叶果然转动了。这时我再把电源打开,用木棍搅动扇叶,电扇很轻松就转了起来,并进入了与去年完全相同的运作状态。

等转了几分钟之后我关了电源,吊扇也随之渐渐静止。我想经过一次开通它应该恢复常态了,可再次按下开关时,它仍旧纹丝不动,我再用木棍搅它,它才又旋转起来。

没想到,电扇也会使小性子。

电扇电扇,应该是有电就转啊。这倒好,我家的吊扇需要用棍搅着才能转。

不过这也增加了我的乐趣,每次开电扇就像要举行什么重大仪式似的,我都会很郑重地打开电源,拿起棍子,拨着电扇叶子,向顺时针的方向搅动,直到扇叶完全自己转起来……

那几年的夏天,天天都会听到女儿给我下达"战斗命令":"爸爸,去把电扇搅开。"

她把"开电扇"直接说成了"搅电扇",这一字之差,突显了我在家庭中不可替代的"顶梁柱"作用。

在女儿心中我的形象一直很高大,不知是不是从搅电扇时树立起来的?如果是,还真要感谢那台不搅不转的电风扇呢……

河南人·安徽人

在安徽当兵十五年,其中十年是在合肥市,可我不会说一句合肥话,至今仍是一口纯正的河南腔,无论走到哪里,别人一听我说话就知道我是河南人,浓浓的河南口音成了我的一张天然名片。这样的好处就是不用装腔作势,不用拿腔撇调,更不用鹦鹉学舌,因为我只会一种方言——河南话。

合肥是省会城市,讲普通话的大有人在,但大部分人说的话都和我一样透着浓重的地方口音。记得1991年安徽发生洪灾,北京和全国其他各地一样参与了赈灾活动,为了感谢北京人民对安徽灾区的无私援助,省委一名副书记带着武警总队演出队到北京答谢演出。

演出前这名副书记致答谢词,一张口,那似普非普又有着浓浓安徽味儿的口音,引来台下观众的一阵哄笑声。这一点可以印证,安徽话与河南话相比,虽不说更难听,起码是好不到哪去。

河南人说河南话天经地义,我始终不学安徽话是我打心底里没想成为一个安徽人。刚入伍时部队实行的是战士三年义务兵服役制,如果转了志愿兵,服役十三年后转业到地方安置,原则是哪里来的回哪里去。

最初我想,如果服役三年就退伍,没必要去学安徽话。没想到服役三年后又超期服役了三年,就是这三年中命运出现了转机,上了军校提了干。

这就意味着我要在安徽工作更长的时间。学不学几句合肥话以装门面?想了半天我还是放弃了,因为我是河南人,何必因工作在外而忘了祖宗呢?于是继续说着我的河南话,心想对方要是想听懂你的话,怎么说他都能听得懂;如果他压根没想听懂,你说得再清楚他仍旧不明白。毛主席他老人家在北京工作了近三十年,不也一直说湖南话吗?

其实骨子里我还是河南人。

提干的第二年,武警部队在安徽合肥召开了一次两用人才现场会,各省武警总队的领导都参加了会议,河南与会的是总队政委蔡松龄。我作为会议上的工作人员,见到河南老乡尤其亲切。几天的相处中他知道我有意调回河南工作,就主动找到安徽总队的孙庆友政委,说河南总队同意接受张国领同志调回河南的请求,只要安徽同意放人。领导们见面,也许是随口说说,也许是没话找话,但是即使是随口一说,孙政委就要有个态度。当时孙政委说,都是在武警部队,在哪都是为部队工作,想离家近些也是人之常情,只要他本人有这意愿,我们支持。

本来孙政委并不认识我一个小排长,可听了蔡政委的话就把我放在了心上,会议结束后,他主动向政治部了解我的情况,然后明确指示,这样的人才怎么能放走?留着我们还要重用呢!突然之间我好像就成了人才,领导一句话,我回河南的美好愿望变成了失望。

主要领导说话了,谁还敢放我走呢?于是我也就安心工作,回家对妻子说,看来我们命中要做安徽人了。

说是这样说,调回河南的想法却始终萦绕在心头。

几年之后,我的老领导李忠武转业到安徽省交警总队当副总队长,有一次见面,说起他们办了一份报纸叫《交通安全报》,他知道我擅长的是文字,问我想不想去当编辑。我一听当然想去,因为在部队工作始终面临着再就业的问题,趁早转业到地方也就稳定了下来。

那天回到家,我很兴奋地把这一消息告诉了妻子。谁知她听了以后并没像我那样高兴,只淡淡地说:"转业在这里也可以,不过以后我们全家就真成安徽人了。如果河南能调,还是回河南吧,咱是河南人。"

我一看这态度,说明她不想就此成为安徽人。可河南那边我实在不好意思再开口,因为那次蔡政委回去之后河南很快发来了商调函,因我这边没有做通工作而作罢。但妻子说了,我只能厚着脸皮给河南总队打电话,说了我想回河南的想法。接电话的新闻站站长冯元喜听了我的要求后,爽快地说:"你的名气很大呀!上次调你时安徽总队就不放,这次会放吗?河南的大门可一直给你开着的呀!"

一句话说得我心里顿时涌过一股暖流。

于是我放弃了转业到安徽的想法,把精力集中到调回河南上来。

人的命运有时就是随着时间的推移而不断改变的,当初不同意我回河南,几年以后当我再找到领导要求回河南时,竟然一路绿灯。

领导们态度出奇地一致:想离家近一点,心情可以理解,只要河南同意接收,我们这里就放你走。说完了又补充一句,不过从感情上和工作需要上讲,我们是舍不得你离开安徽的,毕竟你是在这里成长起来的干部,为安徽总队做出了很大的贡献。我知道,补充的这句话是对我的安慰,因为任何一个单位,离了哪个人都一切照旧,何况我是个不起眼的小人物。

既然两省都同意了我的要求,剩下的就是等待调令。这期间,我把所有我认为在合肥那些年给过我种种帮助的朋友、战友,分批请到我的柴扉老屋或叫"高干别墅"里,用我最高的规格招待。敬酒的同时,我对他们的深情厚谊表示衷心感谢。我嘴拙,每当说到感谢的话时嘴巴就不利索,赶紧以酒代之。好在朋友们都知道我的为人,有时还未开口,他们就不让我说下去了,端起来就喝。对我要回河南这一点,他们言语之中都流露出不舍之情,但最后都是温暖的祝福。

人的感情有时很怪,真要定下来调离安徽了,这心中反而有了无限的留恋。闲下来时,就把自己从入伍到安徽,十五年里的一个个关键环节回想一遍,像过电影一样,领导、战友们,一张张熟悉的脸庞在脑海闪回。住了多年的"高干别墅"柴扉小院也变得分外亲切起来。

下班回家走到篱笆墙外那条天天走的窄窄小路上,我会停下来,久久凝眸那个小院和那扇窗口,竟一站多时。

妻子常说我"又发呆"。其实也没有发呆,就是想多看看,因为这个建于 20 世纪五六十年代的房子和这个自己用一根根木棍、竹篾、树枝、铁丝搭起来的篱笆墙,还有院子里那生长希望也生长温饱的菜地,不久之后就都将成为记忆。

这里虽不是世外桃源,但这房这地,这花这草,这鸡舍这金银花,这桑树这橡皮树这枇杷树,这漫长季节的花香,这久久不愿离去的蜜蜂、马蜂、喜鹊,这"飞来"的厨房,这曾经高大威猛的梧桐树,这天光云影共徘徊的池塘,这联结着温暖家庭也通往未来世界的门前小路……这一切的一切,都曾与我的生活、我的命运、我的生命发生那么密切的联系,在一个省会城市,像我这么低的职务,像我这样一个普通军人,像我这样一个没什么情调只会说河南话的男人,能在这里偏安一隅六年时间,实在是幸运至极。

人们都说等待是漫长的,哪怕是最短的等待。因为看似你的人还在这里,但心已经提前起航。

我是半个月以后接到的调令,真正离开柴扉小院的实际行动,是从那一天才开始的……

通向温暖的小道

曾经有这样一句歌词,叫"长路奉献给远方……"。

当下有句很流行的话,叫"诗和远方"。

从人们对远方的迷恋可以看出,在众多人的心目中,远方似乎就代表着美好、诗意、浪漫、梦想和未来。

能通向远方的路,肯定不是普通意义上的路,因为只有诗意的路,才是通向远方的。

有人说:"条条大路通北京。"

也有人说:"条条道路通罗马。"

我知道,北京和罗马在这里并不是指两座具体城市,而是远方。可以是北京和罗马,也可以是世界的其他任何一个地方。

这条通往世界任何一个地方的路,可能是现实中的路,也可能是梦想中的路,还可能是心灵上的路。但不管是哪一种路,都是能通向远方的路。远方是哪里?每个人有自己心中的远方,无论有多远,都是他想要抵达的地方,或是一定要抵达的地方。

当人们说到这些路的时候,都说可以通向远方,却没有人说从哪里通向远方。这说明大家的注意力都集中在了远方,而脚下的路或者说脚下那个立足点、出发点,并没有人关心。

不关心是真的没有？或者说是忽略了、忘记了？

就要调回河南老家了,我将从哪里离开安徽？有人说这并不重要,因为从哪里离开安徽都是离开安徽。但我觉得这很重要,这比从哪条路去往河南要重要得多。因为条条大路通河南,可那条条大路与我是否有关？没有,条条大路是你的路也是别人的路,是谁都可以走的路。只有一条路是我自己的路,谁从这里走都是多余的路。这条路就是我那"高干别墅"之外,柴扉小院门口的小路。

自从知道马上要离开安徽回河南后,我对这条以前每天都要走的小路,就多了几分关注。这条路说是路,不如说是一条小道更合适,因为它实在是太小了,小得只有五十厘米宽、二十米长,二十米之外便是公共的道路,只有这一小段儿是专门通向我家的,有一段时间我甚至私下给它起名叫"温暖小道"。这条小道窄吗？确实是窄。短吗？确实是短。可每天当我踏上这条小道的时候,我就感觉自己踏上了幸福,踏上了快乐,踏上了温暖。

这条小道没有专门的路灯,没有水泥硬化,没有用柏油铺平,没有宽阔辽远,也没有彩砖铺出漂亮的纹路,当然也没有黄土裸露、尘土飞扬,它只是一条用一块块长宽约三十厘米的水泥板铺成的普通小道。

古城郢院子很大,每天上下班的班车在靠近大门口的转盘处停下,从班车上走下来的同事们都步履匆匆地往自己家中赶,我也一样会朝着自己家所在的方向走。

大路上有多条岔道，每条岔道口都有人员分流。我住的位置最靠后，是道路的最后一条岔道，从主路下来踏上岔道，我就踏上了这条通往我家的、水泥板铺就的二十米小道。等走到这条小道上的时候，已没有人再和我做伴了，因为这是只通向我家的路，因为这是我的路。

这条小道是我住进"高干别墅"之前就有的，以前有多少人从上面走过，我不知道；以前是什么样的人从此走过，我也不知道；在这条小道上走过的人都是什么样的人生结局，我更不知道。我住在这里之后，它就几乎成了我的专用小道。

道路的最大好处就是，谁都可以在这里走动，谁都可以在这上面留下脚印，但你若想走了之后再找到自己的脚印，肯定找不到。路，并不肩负留住谁的脚印的职责。

小路默默无闻，小路逆来顺受，小路四季分明。

就是在这条小道上，春天里我能看到许多美景，首先是树上和路边的泥土里发出来的嫩嫩的黄芽，随着叶子的颜色一天天变深，叶片一天天变大，叫不出名字的小花就会在我面前突然出现，并骄傲地绽放。它们的花朵并不硕大，花香也并不浓郁，但那炫目的鲜艳每每先声夺人，使你不得不被它耀眼的色彩和积极向上的生命力所吸引。每当此时，我的心中就充满了勃发的冲动。

夏天的小道是最无聊的，花朵的芳香消散了，天空被梧桐树阔大的叶子遮挡成不同形状的碎片，炎热笼罩之下，池塘里总有一种难闻的味道散发出来，在周边萦绕。知了制造着没完没了的噪音，让我走在小道上的脚步变得越来越匆忙。

我喜欢小道上的秋天，虽然很短暂，在这里也闻不到果实的芬芳,但秋天的成熟会激发人的成就感和创造欲,继而让成功的渴望越发强烈,就连那连绵不断的秋雨,也蕴含着浓浓的诗情画意。透过无声无息的雨丝,我会想到露珠在我老家的玉米地里闪耀和滴落的意境,勾起我的思乡之情。

当然还有冬日的小道。冬天的合肥雪少雨多,偶然下一次雪总是下得惊心动魄、满城轰动。小道不会忘记雪把它覆盖时,我的脚步也会一遍遍把雪覆盖,在雪地上也在它的身上留下凌乱的印痕,让那洁白和纯净纷纭于我辽阔无垠的脑海。那一刻想象会异常丰富,像雪花一样一夜堆积,层层叠叠,却不能像雪花一样一夜融化,悄然无息。

我的所思所想,小道都为我记下了,并一直默默为我严守着秘密。

诗人说一花一世界,我却说一家一世界。在我家这个小世界里,我的情绪、心情,甚至脸色阴晴,直接关系着家庭里轻松或是压抑的气氛。我说过我是个小人物,又是生活在同龄人居多的群体之中,虽不是每天都经历着大惊大喜大烦恼,可顺心和不顺心的事儿是常遇到的。比方说立了功、获了奖、得到了意想不到的惊喜,我的心情就会愉悦,我的笑意就会写在脸上,我的心花就会形于色。再比方说我的工作出现了失误、我期望的东西没有得到、本来应该是我的荣誉被别人抢去了,我的心里就会懊恼,我的神情就会沮丧,我的言行就会表现得不像平时那样轻松自如。那么这时的我,就要学会调节,特别是不能把在外面的一些不利于家庭美好气氛的情绪带到家里去。在踏上这条温暖小道之后的二十米距离里,我必须把心情调整好,调整到我认为的最佳状态。

然后打开柴扉,然后推开屋门,然后和平常一样找一个合适的话题,让所有人感受到我满满的正能量。

"温暖小道"上寄存过我的喜悦、我的烦恼、我的伤感和我的愤怒,甚至寄存过我偶尔极粗鲁的咒骂。当然这寄存是没有时间限制的,因为我寄存的不是以后都能取走的,大部分寄存都被我忘记了,直到调离安徽也没再想起。对于这些,小道都毫无怨言,它知道我无论是有意还是无意忘记,都说明我没有被那些短暂的失意和不顺所羁绊,为了我的轻装上阵,它宁愿永远背负着我甩下的"包袱"。

踏上小道就能看到我家的门窗。

踏上小道就能铭记心中的责任。

踏上小道就能看到满院的春色。

踏上小道就能铭记征途的漫长。

在这条小道上,我踯躅过、徘徊过、犹豫不决过。

在这条小道上,我站立过、驻足过、极目远眺过,也向夜空凝望过。

在这条小道上,我也曾快步飞奔过、止步不前过、大步流星过。

在这条小道上,我也曾激动过、恐惧过、紧张过、兴奋不已过……

就是在这条小道上我由二十几岁走向了三十几岁。孔子说三十而立,我不知道我三十岁时是否立了起来。我悄悄问过我的"温暖小道",它沉默不语,仿佛是在以不变的面孔告诉我,时间一直在前进,季节在不断变换,脚步永远不能停顿。

谢谢你,供我走了六年之久的"温暖小道",我踏着你一次又一次走向温暖,我带着温暖一次又一次从你的起跑线上出发。今天我要告诉你的是,后来我又走了许多路,这些路都像你一样笔直,像你一样坚实,像你一样通向梦想,连着诗和远方……

雕虫小技

不知道别的男人有没有逛街特别是逛超市和菜市场的喜好,我从来不爱去这类场所闲逛。

可居住在城市,要生活就要与商场和市场打交道,生活与集贸市场、超市是分不开的。比如说生活所需的用品、用具,主食、副食等,都要在市场上买。能不去吗？原来需要什么东西,去了超市直奔所需要的柜台,买了就走。这在单身汉时是可以的,甚至不用出门,列个清单,让外出的战友直接带回来就行了。

自从有了家之后,情况完全不同了,跑市场的事儿突然大量增加,去商场的事儿也越来越多,使我这个不爱跑市场的人不得不三天两头去买东西。不爱跑市场的主要原因不是太懒惰,而是我不爱讲价。市场上的小商小贩们都是本地人,很善于讨价还价,我不会说他们的地方话,一张口就是明显的河南口音,他们一听是外地人,还是外省人,本来一毛钱一斤的青菜他们敢要两毛钱一斤,商贩要了价我又不会还价,只好干吃亏。

不愿意买菜又不能不去买菜,我每天骑自行车上下班,正好路过亳州路菜市场,从市场路过不买菜是说不过去的,因为没有任何正当的理由啊。怎么办?于是灵机一动,我就想了个招儿,每次买了菜回到家,把东西往地上一放,长长地叹一口气,对妻子说:"这物价又涨了。"

说到物价的事儿,妻子总是特别上心,就会问什么涨价了。我故意绕弯子,顾左右而言他,妻子就着急了:"你倒是说呀。什么又涨价了?"

"啥都涨价了。"说罢我还表现出一脸的无奈。

我知道这样的谎言只说一次是没有效果的,等过两天再去市场买菜,回去后如法炮制。

一而再,再而三之后,妻子就上心了,即使这样她也不主动要求去菜市场买菜,因为她的河南口音比我的还要重。但她会和在工厂一起上班的妇女们说到市场涨价的事儿。那些女同志都是菜市场的常客,什么行情倍儿清,马上就会把价格一五一十地告诉她,然后说没有涨价。她就把我买菜的价格告诉人家,这样来回一对证,发现什么菜的价格都没有像我说的不断上涨。回到家里她就开始问我是怎么买的菜,我如实相告:问人家多少钱一斤,要多少,人家过秤,我付钱,就这样。说完了还会加一句:不但我这样,所有买菜的人都这样。

她一听就急了:"你就不会讲讲价?人家要多少你就掏多少,肯定买得比别人贵。我到厂里专门问了同事们,她们都说没有涨价,原来你让人家给坑了还不知道。"说完了好像还不解气,还要再加一句,"你就是个冤大头。下次再去市场,记住跟他们讲价,讨价还价才能买卖公平,买卖东西哪有不讲价的?他们要什么价你就照一半往下砍,再慢慢往上抬。"

"好好好,下次我一定好好地与他们讨价还价。"

妻子看我答应了她的要求,放心地干她的事情去了。可到了下一次,我买的东西还是要比别人买的贵。长此以往,妻子就沉不住气了,因为我们收入低,架不住我这样大手大脚地买东西,她就主动要求以后她去买菜。

她这样一说,我知道我的"阴谋诡计"得逞了,但还不能喜形于色,而是很郑重地说:"还是我去吧,你又不能骑车子,到市场要走那么远的路,为了省那几毛钱,天天跑路不值当。"她一听就不高兴:"那才多远路,比咱老家到神堠街去赶集近多了。再说了,多走几步路把钱省下了,哪更划算?"

我慌忙回答:"省钱最划算。"

就这样,我不爱跑菜市场的问题解决了,解决得合情、合理、合法。

妻子哪里知道,我说涨价其实就是不想买菜,我哪能真像她想的不讲价就买啊。一个月就那点儿死工资,买起东西来我比她还要节省。

每次进了菜市场,明明是要买黄瓜的,我从不先问黄瓜的价格,往往先问萝卜或西红柿,甚至萝卜、西红柿问完了,再问青菜和茄子,边问边压价,看戏做得差不多了,最后装作漫不经心、很随意地顺带问问的样子,来一句:"你那黄瓜多少钱一斤?"菜贩看我目标不是针对黄瓜,并没有要买的意思,他会实话实说,价格的虚高成分会少很多,我便抓住机会把黄瓜给买了。

这种小技巧,都是在单位听经常买菜的同事们讲的。开始我还看不起这种小市民的精明,等自己也加入买菜队伍之后,不知不觉间,就把这些道听途说的理论应用于实战了。

买菜的烦心事成功转移之后,我就想到这办法同样适用于其他的事情,比如在家打扫卫生,比如菜地里的生产劳动,再比如……(再说下去就有居心不良的嫌疑了),于是我就也想试一试。

在菜地里干活儿是很辛苦的,想讨巧就故意干不好,既要干得看起来很下力,又要看起来干得不是那么回事儿。

这一招儿也很灵,每次干活儿之后,妻子都说我干得不行,她要重新做一遍。次数多了她就不再让我干,索性不再多我这一道工序,她自己全给干了。落得我每天下班只看看鸡窝里有没有鸡蛋,有就收了,没有就问一句:"今天这鸡怎么没下蛋呢?"

多年之后,这句话成了妻子对我说得最多的一句笑话:"今天这鸡怎么没下蛋呢?"说是笑话,其实讽刺我是只说不做的口头派。

雕虫小技一旦得手了,就想在各个方面加以尝试。我有时在外买的东西比较便宜,回到家一定不能实话实说,一块钱买的东西,就说是两块三块钱买的。

特别是给妻子买东西的时候,便宜买的要往贵里报价,最多她会批评我买贵了,但心中是高兴的,因为说明我给她买东西舍得花钱。如果是高价买的衣服,一定要往低里报,一百元买的只能说是二三十元,说多了她会心疼钱,花钱不讨好。每次高价格低着报都能得到表扬,说我会买东西、有眼光,用较少的钱办了较好的事。当然,这些家用谎言都必须是善意的。

这类谎言既无伤大雅,又维护了团结,并且不误大事。还有一些事是压根不能说的,比如说去执行危险的任务,遇到什么不开心的事,在单位受到了不公正待遇,等等。这些事情到家里说,不但解决不了问题,还会增加家人的担心和郁闷,一个人的不愉快再变成两个甚至三个人的不愉快,就得不偿失了。

记得一次突然接到上级命令,让我随部队去参加水库决口的抗洪抢险战斗,这个回到家里也不能实话实说。如果我说是去抗洪,又是水库决口的大洪水,妻子知道我游泳水平一般,一定会放心不下,抗洪一周不回家,她要一周都担心。所以,我到家只能对妻子撒谎说,要去外地参加一个学习班,可能要一周时间才能回来,因为我经常出差,妻子并不担心,说完我带了换洗衣服就匆匆出发了。

男人很难,一头是小家,一头是大家;一头是亲情,一头是职责;一头是惊心动魄,一头是默默承受。有时候明明受到了误解、曲解甚至不被理解,当时却不能解释,过后又不愿解释,时间长了就懒得解释,甘愿把委屈放在心里。

我这里说的是善意的谎言,善意的谎言有时只是为了讨个好、耍个滑、偷个懒、躲个事儿,纯属雕虫小技而已。即使是屡试不爽,也不能常用,否则弄巧成拙,就要搬起石头砸自己的脚了。

三十岁宣言

我的三十岁生日就是在"高干别墅"里度过的。

我出生在春夏之交。在老家中原山区,一般这个时候坡地的麦子都成熟了,生日能吃到用新麦面擀的捞面条,用娘的话说,我是好命的人。

这个季节,处于南方的合肥市,许多蔬菜瓜果都已经上市。为了表示对三十岁这个重要生日的重视,那天,妻子特意从菜园子里摘了黄瓜、茄子、西红柿,现摘现炒,弄了几个赏心悦目的小菜。当然也有肉,那时候我还没吃素,按照老家传统的做法,做了一碗大块儿的肥肉。还假模假式地在餐桌上放了两个酒杯,开了一瓶高炉陈酿。从来不喝酒的妻子,那天破天荒陪我喝了两杯。

端起酒杯的那一刻,我就回想起走过的这三十年人生旅途。虽然三十年并不漫长,但对于我来说,经历了人生的几次重大转变。

十八岁之前我是在爹娘的呵护下度过的,从蹒跚学步到背着书包进学校,从小学一年级到高中毕业,虽然学习一直不好,表现一直较差,但爹娘从来没有责怪过我,没有嫌弃过我,从来都是把我捧在掌心里疼爱。都说儿不嫌母丑,我说是母更不嫌儿丑。爹娘知道我不是个聪明的孩子,从不给我施加压力,我做什么他们都高兴,都支持,都使尽全力帮我实现愿望。

高中毕业后,我没有考上大学,也没有考上乡村教师,又不想在农村劳动,就一心一意想当兵。最初爹娘都不同意我的想法,因为那时生产队社员是靠挣工分分粮吃饭的,我毕业了,等于给家庭增加了一名劳动力,长期缺粮的状况将得到改善。正在他们对余粮充满希望的时候,我却提出参军,不但要离开家,还要到一个完全陌生的、他们看不到我的地方去。

听了我的想法,他们半晌沉默不语。后来看我铁了心要走,他们很快也就想通了,并且在征兵竞争激烈的情况下,四处找人为我的入伍疏通道路。

当兵是我人生的第一次大转折。十八岁那年如愿来到部队,惭愧的是,我参加训练不是优秀士兵,站哨执勤不是执勤能手,插秧种稻被连长说成"不是那块料",做饭养猪的结果是人和猪都不满意,写新闻报道字体又太难看(那时没有打印机,稿子都是用手抄写),搞文学创作虽然取得了一点小成绩,但在部队这属于不务正业……

三十而立,我到了而立之年,却没有看到自己哪方面立了起来。娶妻生子算立吗?这是谁都可以有的。从连队到机关算立吗?这只是岗位的调整。从士兵到军官算立吗?这都是组织上的关心。三十岁之前出了第一本诗集算立吗?那只能算是业余爱好。

既然我什么都没有立起来,那我从三十岁开始,必须依靠自己的能力,独立承担起自己的责任。

那么我的第一个目标,应该确定在什么方向呢?看着眼前的妻子、女儿,我知道她们还是农村户口,只有我努力进步,才能改变她们的命运,我不能让她们从哪里来到哪里去,再回老家过农村的苦日子。于是我就暗下决心,好好工作,不但要把她们母女从农村带到城市,过上城市人的生活,还要让她们住上比"高干别墅"更好的楼房,不用下雨一脚泥,汗流浃背种菜地。

现在回头看看那时的目标,也许是很可笑的,因为这是个很小的目标,但在当时这样的目标也并不容易实现。在部队要干到家属随军,有三个必备条件:第一是军龄达到十五年,我是第十二年,还差三年。三年看似短暂,但部队的事情瞬息万变,今天你在这里工作,明天一纸命令,你就不能讲任何条件,愉快地奔赴祖国各地的任何一座军营或任务所在地,就像歌里唱的"哪里需要到哪里去,哪里艰苦哪安家"。第二个条件是职务升至副营级,我当时的职务是副连第二年,副连到副营的距离虽然只有两级,近在咫尺,但咫尺天涯的说法用在这里最为恰当。有部队工作经历的人都知道,副营这个职务是个很重要的坎儿,即使任职资历、能力水平、学历军龄都够了,并不一定就能提,还要看有没有位置。有时空出来一个位置,却有多个具备条件的"选手"都在等候着。大家对晋升副营职都很看重,因为提了副营就可以分房子;提了副营就可以办家属随军;提了副营,福利、补助、生活补贴都会给你发放;提了副营,不管你能否进正营,就有可能授少校军衔;提了副营就不会再到连队任职,以后就会工作在或大或小的机关里;

提了副营,在心理上,和任连排职务时相比,完全跃升到一个新层次。

那个年代,部队干部找农村媳妇儿的比较普遍,都把家属能办随军作为奋斗目标,这一职务的提升竞争便最为激烈。第三个条件是年满三十五岁,我还差五岁,这五岁与兵龄的三年相比,路途更加遥远。

想要实现小小的目标,路途竟如此坎坷而漫长。

作为三十岁的军人,虽然没有轰轰烈烈、惊天动地的功绩,但我无愧于军人这个崇高的称号,对得起男人这个称谓。无论在什么样的情况下我都坦然从容、不动声色地面对任何困难、压力和挑战。

那么我的困难在哪里?我的压力是什么?我的挑战来自何方?记得刚当兵入伍时,连长和指导员每天都告诉我们,战士面前无困难,因为战士有崇高的理想、坚强的意志和勇于为祖国和人民牺牲一切包括生命的精神。战士面临的压力,主要来自过硬的杀敌本领和随时随地都可能降临的战争,所以,每天我们都在和战争抢时间。挑战就更明确了,指导员说是来自美帝国主义和那些亡我之心不死的敌对势力。

从军十二年,我没上过战场,没参加过战争,长期生活在和平的环境里,对血与火的向往,比刚当兵时有所消退,这是很正常的。如果身处战争的环境里,整天在弥漫的硝烟中冲锋陷阵,三十岁的我考虑的肯定是杀敌立功,而不是家属随军。

这就是和平年代。

我不胜酒力,五十二度的高炉陈酿,三杯下肚后,自己把自己喝晕了。望着这柴门老屋"别墅"小院,我不知道还会在这里居住多长时间。面对妻子我突然发现,她的脸上有两道细细的皱纹,从眼角放射出来,正在向远处蔓延。我眨眨眼睛,想否定这第一次察觉的现实,但它依然清晰可辨。我没对着镜子观察过自己的脸庞,不知是否也有皱纹在蠕动?都说三十岁是人生的精华期,在这透明的酒杯里,我仿佛看到了我而立之年的记事牌上,除了普普通通的琐事,就是平平淡淡的符号。

我突然感觉到我的脸红了,不知是酒精的作用还是被平淡的人生羞红的,也许两者兼而有之吧。

细数三十岁之前,立了功,入了党,提了干,上了大学,出了书,似乎该有的都努力得到了。而这种得到又因过于波澜不惊而无法走进记忆的深处,更不能作为旗帜插上三十岁的高地。

三十岁,我觉得我已没有太多的梦幻,不再像无忧无虑的少年仰望蓝天白云放飞心中的浩歌。背上要负载柴米油盐,要负载女儿期望的目光;肩上要负载沉重的工作,还要负载从上下级的关系到本职岗位的忙碌。有时心中突突直跳地听孩子讲她一次很惊险的经历,我的脸上却要保持着父亲那种临危不乱的泰然表情,有时很气愤地听妻子讲她在单位遭遇到的完全可以一笑而过的不公,我的神态却要以大丈夫的洒脱表现得满不在乎。

三十岁要经常隐藏自己,要把微笑装饰得温良恭俭让,要把苦恼斟进杯盏,在没有月光的夜晚,对着繁星无数的天空,一饮而尽。

三十岁最留恋从前也最向往未来,潇潇洒洒地辛苦自己。这一切,柴扉小院可以为我做证。

不管顺利与否、辉煌与否,三十岁是注定要到来的,就像它注定要过去一样,这是无论伟人还是平民,都无法逃避的自然规律,如四季更替、日落月升一样不可抗拒。

庆祝酒喝完之后,就进入为下一个目标而奋斗的新阶段了。站在柴扉小院门口,我很随意地向而立之年挥挥手,是热烈的欢迎,也是无奈的告别。

娘到合肥来看我

娘一生出过两次远门，第一次是到部队来看我，第二次还是到部队来看我。

第一次来部队看我是1979年的夏天，那是我当兵的第一年，离家还不到一年时间。她和父亲在没有提前告知我的情况下来部队了，那天我正在训练场训练，身上流了一身汗，脸晒得像非洲人，人也比较瘦，娘看到我的那一刻，大吃了一惊。她也不和我说话，一个劲儿地看着我，像不认识了似的，左看看右看看，前看看后看看，看了许久，然后一把把我揽在怀里就哭了起来。

若不是父亲在一边提醒，她不知道要哭多长时间，边哭边说："咋晒成这样？咋瘦成这样？咋累成这样？你不是写信说部队的生活都好吗？"

看着他们突然的到来，我也不知该说什么好，我就问父亲："你们是咋找到这里的？咋也不跟我说一声就来了？我才离开家半年，别的战友父母还没人来过呢。"

父亲告诉我，是娘想我想得不行了才来的，再不来她的精神就可能会出问题。父亲说,我当兵走了之后,娘就天天站在院子里往东坡上的路口张望,我是从那里离家来当兵的,娘就以为我会从那个路口回去。

在我初中、高中上学时,每天回家都是最先出现在那个路口,所以娘觉得我当兵和上学一样,每当吃饭时就能按时回到她身边。可她等啊等,开始是做好饭了等,后来是不做饭去等,再后来别人吃完饭了她还在等。然后就是在家里不住地念叨我的名字,把我穿过的衣服找出来反复地洗。父亲看没有办法了,才按娘的要求,到部队来看我。

当时家里没有路费,是把喂的两头还没长成形的猪卖掉,才拿着卖猪的四十元钱,一路辗转找到了我们驻守在安徽阜阳郊区的连队。一路上饿了就吃从家带的干粮,渴了就喝白开水。为了省下住旅店的钱,他们带了一张席子,晚上就在候车室里凑合一宿。

那次我娘只在连队住了七天。七天里,我训练时她就在操场边上看着我,我劳动时她也在菜地边上看着我,我到监墙上的岗楼里站哨时,她就站在远远的地方看着岗楼,我不知道她是否能看清我,但她知道那几层楼高的岗亭上,站着的是她的儿子。

父亲说,看到我的生活、训练情况和连队领导、战友们对我的关心爱护之后,娘的心放下了,最后是她提出要回家的,说看过了、放心了,再住就会影响我的工作。

那次回到家后,娘对东坡的路口不再痴迷张望,并且见了街坊邻居就告诉人家,说我在部队挺好的,天天都能吃上白米饭、好面馍。

我在娘身边生活了十八年,刚离开半年她就想我想得要发疯,儿子在娘心中是什么分量,我第一次有了切身体验。

后来我几次写信让娘再来部队看看。父亲回信说,娘让我好好工作,她在家挺好,不要惦念,始终不说再来看我的事儿。

直到1991年,娘才来到我的柴扉小院,那是她时隔十二年后的第二次出远门。

这次来合肥和上次到阜阳有所不同,那一次我是一名刚入伍的战士,住在集体宿舍里,没有自己的家,只能让娘住在连队的招待所;吃饭是从连队食堂里端的,食堂做啥她吃啥。但这一次我提干了,有了一个不大也不新却是属于自己的家,住的虽不如招待所宽敞,但比招待所自由;饮食就更比连队方便了,想吃啥就可以按自己的口味做啥。

不过,这些还不是最大的不同,最大的不同是娘去连队看我时,她是那么年轻,没有一根白发,身体非常健康。而这次娘明显老了,头发斑白,额头上多了皱纹,身体也大不如前,而且因五年前做过一次大手术,娘走路有些蹒跚。

但娘精神很乐观,说她自我感觉没什么问题,我也就信了娘的话。天天我和妻子去上班,娘在家里待着,每天帮助妻子做饭干家务,只有到了星期天,我们一家三代人才能出去到合肥的公园游玩。就这样,娘在这里住了两个多月。

突然有一天,娘说她的胳膊抬起时有点不舒服,第二天我请假带她去武警总队医院检查,找的是外科主任,他看了之后当时就很严肃地说:"今天就住院吧,肩膀下面有个包块,要马上做手术。"我一听就想到了五年前做的手术,问医生这两者是否有联系。他说是癌转移了,我听了心里当即就咯噔了一下。我没让娘回家,随即就办了住院手续。

住院之后,娘做了全面的检查,第三天就做了手术。手术是成功的,一周后,医生建议到省立医院做化疗。

这时候娘提出让父亲到合肥来一趟,我按娘的想法给父亲写了一封信。信中没有说到娘的病情,但父亲接到信立即赶到了合肥,他说估计到让他来就是娘的身体出了问题。第一次手术过去五年多了,做手术时医生就说过,这种病可能还会复发,一般是在手术后五至八年时间里。

在做了半个月的化疗后,手术的伤口基本痊愈,本来还可以再住几天院,可娘坚持要出院。娘说住在医院里着急,其实我知道她的心思,她是怕我花钱。我多次给她解释这是部队医院,军人父母住院可以减免很多费用,但最后父亲说:"尊重你娘的意愿,还是出院吧。"

武警总队医院就在我住的古城郢大院内,距我的柴扉小院不足两百米,打针、换药都可以直接去医院。当时我老首长周广庭的爱人王叙兰大姐就在武警总队医院工作,她不让我娘每天往医院跑,她把要换的药和要打的针在医院配好,然后拿到我家里来,打针、换药都由她来亲自处理。

王大姐原是解放军 105 医院的护士长,后调到武警医院,她技术娴熟,为人热情,对我娘像对待自己母亲一样关心。对此娘心中很是过意不去,几次提出让我们请王大姐在家吃顿饭,可王大姐一直没有答应。

这次娘来看我,在合肥住了半年,是她平生离家最长的一段时间,而这半年时间她是带着病体出来的。后来我想,娘肯定是在家就感到了身体的不适,而见了我却迟迟不愿把病情说出来,致使治疗耽误了两个月。

临离开合肥时,娘的伤口愈合得很好,精神状态也很好,都以为娘是完全康复了,但我心中清楚,娘的病复发过,以后就很难控制。

娘离开合肥一段时间了,政治部领导不知从哪里了解到我娘生病的消息,在负责工作的副主任王海瞳的主持下,总队政治部发起了一次募捐活动,政治部上到主任,下到干事,都献出了他们的爱心,总队领导听说后,也专门捐了款,使我非常感激,募捐到的资金我立即寄回老家给我娘治病。

那次募捐并不是我所期望的,因为让领导和同志们掏钱为我娘治病,既不合情,也不合理。我是做儿子的,砸锅卖铁为娘治病都是应该的。起初我听说领导要发起这样的活动,就赶紧找领导请求中止募捐,怎奈领导态度坚决,我也只剩下感谢的份儿。

出门在外,我最不愿做的事是亏欠别人,可那次不但欠了人情,还欠了所有同事的人情。那次募捐给我的思想上造成了很大的压力,后来我一心要调回河南,并不是我对把我从普通一兵培养成为军官的老部队没有感情,而是我总觉得在那个充满爱心的群体里,我欠大家的情太多,见了谁尽管人家不说,我都觉得不好意思,这情,不是光靠好好工作就能还上的。只有离开才能脱离精神上的樊篱,虽然我知道这樊篱是我自己罩上的。

一生只出过两次远门的娘,回家之后再没走出过神垕镇,因为回去后半年不到,她的病又一次复发,这一病就再也没能起来……

  娘一生不爱照相，也很少有机会照相，在合肥期间留下的一组照片，除了我们一起外出游玩时拍摄的，就是在破旧的柴扉老屋里的那几张留影。如今娘不在了，柴扉老屋也不在了，这几张照片也成了我记忆里的永恒。

挤满旅途的乡愁

现在每年的春运都是新闻媒体关注的焦点,那是因为数以亿计的返乡探亲者形成的客流大潮,使春节前后的中国形成了一个人口流动的大旋涡。卷进去的不光有人的急切心情,还有物资大流通、资金大流通、男女老少喜悦大流通、工农商学兵的乡愁大流通……那些日子,城市被乡村拉动,乡村被城市激荡,千千万万个家庭都会动起来,多少人费尽千辛万苦,穿越大半个中国也在所不惜。在中国的铁路线上涌起一条奔流的大河,浪花四溅,常有"感时花溅泪,恨别鸟惊心"的场景,把冬天的寒冷驱除得不知去向。

应该说,现在的春运,是一首欢乐的歌、幸福的歌,因为每个人都能在预期的时间内抵达心灵的驿站、精神的家园,与自己的亲人团聚。可这首欢乐的歌,在三十年前却是伤心和苦难的歌,因为那时候没有高铁,没有动车,没有和谐号、复兴号,没有四通八达的高速公路,更没有如此发达的航空和铁路网,普通百姓坐一次火车就像打仗,都要经历一次生死劫难。

经历这些生死劫难的大军中,有相当数量的人是军人。因为军人都是远离家乡的游子,入伍之后多年不能探家,不能见到日思夜想的爹娘和亲人们,好不容易熬到有了假期,都想在这喜庆团圆的节日里与家人团聚一次。但军人回家一次有太多的不容易,一是军人请假不容易,春节是重大节日,部队只有百分之五的探家比例,有假期谁都想回老家看看爹娘,越是节日越要战备,这是雷打不动的铁律,除了战备,哨位上不能没有人,所以,能实现春节探家梦的是极少数;二是军人买票不容易,因为军营都远离火车站,而那时买车票不能网上订,不能提前订,更没有手机可以订,都只有提前到火车站售票窗口去排长队;三是军人上车不容易,虽然有的车站挂着"军人优先"的牌子,可军人都是受过爱民教育的人,关键时候都会自觉地让群众优先而自己往后排,常常排到最后就有上不了车的可能;四是军人上了车以后更不容易,因为军人是人民的子弟兵,知道人民是水自己是鱼,鱼是离不开水的,所以,自己的座位很少自己坐着,这一站,上来个抱孩子的,军人要让座,下一站,又上来个行动不便的老人,军人也要让座,让座让得多了,便没人再认为那个座位原先是这个军人的,谁都可以在上面坐,唯有军人一直站着。

我说这些不是夸张,都是我的亲身经历。

在安徽的军营里服役十五年,探过几次家我记不清了,记得清的是每次探家都同样紧张,同样作难。这也成为我后来想调回河南的重要原因之一。在外地工作就要探家,就要在路途上奔波,一年有四分之一的工资都扔在了铁路上。花了钱踏上路途已是艰难无比了,路途之上的艰辛更是一杯倒不尽的苦水。

我之前写过居住在合肥柴扉小院里所经历的种种艰苦生活，其实我一直觉得最难的不是生活，而是探家的路。

都知道合肥是个省会城市，很少有人知道合肥到郑州没有直达车，也没有始发车，唯一一趟能抵达郑州的火车，却不是从合肥发车的，而是先从合肥乘火车到蚌埠站转车，转的那趟车是从上海发往成都的普快列车。这列车在蚌埠停车二十分钟。而合肥到蚌埠的车比上海至成都的车早二十分钟到达蚌埠站，这在正常情况下都能跟上转车。我说的是在正常情况下。可那时候的火车都是烧煤的，就像煤烧钧瓷一样没有准头，煤加多了不行，加少了也不行，只有老司机才能把准火候。这火候要是差一点，就会出现很大的偏差，所以说，那个年代的火车，说十有八九是准点的，那这人十有八九是在吹牛；说这火车十有八九是晚点的，那这人十有八九是靠谱的。就我每年仅有的那一次乘火车探家，好像从来没有准点过。很少有赶上当天上海那趟车的，这就要在蚌埠住一晚上，待第二天上海至成都的火车再停靠蚌埠站，我才能继续探家的路。

本来探家假期就没有几天，住一晚就要耽误一天，还要多花吃住的钱，可又有什么办法呢？

慢，是绿皮火车普遍的特点。当然这是与现在的高铁做比较来说。没有高铁的时候，普快、直快、特快列车，也都是除飞机之外的交通工具中最快的，所以出门坐火车一直都是我的首选。从蚌埠到郑州一般情况下要十几个小时，乘车这十几个小时里我都是站着的，在我的记忆里，十几年里，每次探家坐火车，都没有坐过座位。啥事儿就怕习惯，习惯了也就坦然了。要放现在，不要说没有座位的火车不去坐,除高铁之外的普通列车,不是个别线路没有高铁,又不得不坐,那也绝不会去选择。

绿皮火车有卧铺和硬座之分,除此之外还卖站票。一列火车卖几张站票不是按列车的容量决定的,而是按有多少人买车票来决定的。只要有人买,车站只管卖,卖了之后能否挤上车,车站不管,铁路也不管,全靠你自己的本事。

那时我是年轻的战士,可以说是身强力壮,即便是这样,要想轻松地挤上火车,也要经过一番拼搏。每次都要使出浑身解数,使出浑身的力气,才能勉强挤上去。也有靠一个人绝对挤不上车的时候,那就只有找战友们帮助,几人用力把我往上推。因为不这样,无情的火车照样开走,多情的你只能在车站守候。

火车到郑州的时间是下午两点左右,找到郑州至禹县的长途汽车也要经过一番翻江倒海,回到家深更半夜是常事儿。有一次全家人回去探亲,车到禹县已是夜里十点多钟,到老家神垕镇的班车没有了,又不愿在禹县住旅店,我们仨人就在路上徒步行走,走了半个小时左右遇到一辆拉煤的卡车,我壮着胆子站在路中间向人家摆手,司机是个好心肠,同意搭我们一程,要不然我们走到家至少要到下半夜。

无论怎么难,我从合肥上车还是从容的,那是我的工作和居住地,我可以提前去车站排队买票。而探家结束归队时买车票,就全靠运气了。每次匆匆忙忙从老家赶到郑州,第一件事是先跑到火车站买车票,有了车票无论等几个小时心中都有底,因为那里不是我工作和居住的地方,一切都存在着不确定性。买到火车票了会长长地松口气,虽然每次买的都是站票,但毕竟有了上车的权利。买不到票的时候,精神会立即变得异常紧张,这就意味着要在郑州耽搁一天。这时首先要看身上的钱够不够住宿,够不够吃饭。从家里回部队一般身上不带什么钱,一是探家期间把钱花光了;二是考虑回的是部队,除了车票钱并不需要花其他钱。遇到买不着票这种突发事件时,最担心的首先是钱。

有一次就是身上没钱了,无法在郑州停留,可车票又没有买到,只好跑到长途汽车站买汽车票,幸好到合肥的汽车票还有。说是有票,也是站票,我毫不迟疑地买了下来,不然就要在郑州挨饿了。

通过站着坐火车和站着坐汽车的亲身体验,我得出的结论是,宁可挤着站火车,也不宽松着站汽车。因为二者的空间大不一样,汽车车厢空间狭窄,中间的过道站一个人都很拥挤,何况远不是站一个人。如果站三五十公里还可以忍受,那一站就是六七百公里啊。火车座位后背高,站那儿能用手扶一扶,还能搭上胳膊支着头小睡片刻;汽车就不一样了,座位后背低,胳膊搭不上,加上汽车跑的是公路(并不是现在的高速路),颠簸厉害,不停地刹车、提速,人在里面站着是左摇右晃、前仰后合,抓不牢就有摔倒的可能。

我可以毫不夸张地说,即使是这样,站在车厢里时间长了,我照样能睡着。

现在常有人说晚上躺床上睡不着觉,老怪床软了床硬了。要我说根本不是床的事儿,那是太享福了,要他抓着汽车座椅后背站十几个小时试试,他肯定照睡不误。

环境造就人,环境也毁坏人。

现在每当我晚上睡不着的时候,就会想想探家旅途上那些酷刑般的经历,很快就能酣然入睡。

因为买不到火车票,我曾四次乘长途汽车返回合肥,有两次是全程站着的,我曾无数次给别人让座,两次乘汽车站立一千六百公里,没有人给我让过座,哪怕是临时让我坐坐,但我从没埋怨过什么世态炎凉。

因为那时我还年轻,有什么比年轻更值得骄傲呢?

因为我一直都有乡愁,有什么比为乡愁长途跋涉更值得骄傲呢?

因为我有家可回,有什么比有家可回更值得骄傲呢?

从军四十年,我的乡愁一直挤满探家的旅途,或者说我的乡愁就是我一次次回家的路,因为路的那头,是我的家乡,路的这头,是我的军营……

"紧俏货"与"老物件儿"

想想这生活就跟做梦一样。当兵走的那天,我坐在接新兵的大轿子车上,听着把车窗拍打得啪啪响的风雪声,我心中想,这三年的服役期何其漫长,啥时候才能结束啊?可这一转眼的工夫,我已成为穿了四十年军装的老兵了。

记得在部队提干那一年,下了很大决心,掏三十五元钱买了我有生以来的第一块手表,那是一块钟山牌的国产名表,心情那个激动啊,戴上表总嫌衣服袖子太长,时不时地要捋起袖子看看手腕,不管需不需要看时间,为的是让那亮晶晶的手表能露一露,见见太阳,生怕没人看见它会不翼而飞。而现在有很多需要看时间的时候,可手腕上早已不戴手表了,不是买不起表,而是时间的显示无处不在,不需要专门用一块表来证明时间的存在。有手表的人,有的是把手表作为收藏品,放进了储物柜里;有的手腕上虽戴着手表,装饰性已远远大于实用性。

周末外出,无意中路过一个旧货市场,看到市场入口处胡乱扔着一些老物件儿,其中就有一台脏兮兮的缝纫机。我停下车上前询问货主这缝纫机要多少钱。他伸出五个手指头。我说:"五百?"他眼一瞪说:"我倒是想卖五百,可得有人掏啊。"

"那是五十?"我惊讶地问。

"最低三十拿走。"

我一看那架势是要甩卖了,赶紧说:"我可不是要买,是家里有一台旧的,犹豫不定是扔掉还是卖掉,现在看来只有扔掉了。"

我这是不想被他纠缠而找话脱身。那台缝纫机之所以引起我的注意,是因为在我的生活中,一直有一台缝纫机的影子挥之不去。

现在用缝纫机的人越来越少了,在年轻人的眼里,不要说会用,见都很少见得到,偶尔在哪角落见到一台破旧的缝纫机,也是作为旧货来看待的。可曾几何时,缝纫机是勤劳善良、心灵手巧的中国妇女们的梦想,也是中国人结婚彩礼中的必备,更是国人心中的紧俏货,它就是传说中"三转一响"中的"三转"之一。小伙子有了"三转一响"就能娶到好媳妇儿,姑娘婆家有"三转一响",那是找了个好人家,这"三转一响"指的就是手表、自行车、缝纫机和收音机。可别小看了这现在看来不算什么、早已经被时代淘汰的东西,在 20 世纪六七十年代,能够拥有这几样东西的,都是有钱户。光有钱还不行,还要有社会关系。因为这些东西不是有钱就能买到,那个年代国家物资极度匮乏,这可都是高消费的物资,属于严格控制的物品,实行凭券供应。你可以有钱,但购物券的控制很严格,掏钱都买不到。

我说的这些是我有亲身的体会,并且家里现在还有一台用了三十年的缝纫机。

都说北京这地方寸土寸金,可在我这面积有限的房间里,这台缝纫机现在仍在显要的位置放着,妻子偶尔还会用它缝缝补补。虽然连接板已经断裂,抽屉已经脱落,传动带已经起毛,即使这样,它仍一直以它特有的端庄、高贵,如大家闺秀般占据着房间里那个宝贵的一隅。从来没人想过把它挪个地方,更没人想过把它扔掉,因为它是我家庭发展的见证者,它在家中的地位没人能够撼动。

这台缝纫机可是有来历的,三十年来它跟着我从合肥搬到郑州,又从郑州搬到北京,可谓南征北战,历经颠沛,搬了十次家它始终被带在身边。就连初来北京单位没有房子,我在外租房子住的日子里,都没人提出把它扔掉或者卖掉,由此可见它的重要性。

说起这台缝纫机,那是费了一番周折才买到的,因为那时它是"紧俏货"。

刚搬进"高干别墅"的时候,房间里空空如也,工资低,家底薄,很多必需的东西都一时无法置办。但买缝纫机的事儿很快就被提上了家庭的议事日程。原因很简单,妻子会使用缝纫机。缝纫机可以做衣服,做衣服比买衣服省钱,有了缝纫机,就不用掏钱买衣服了。缝纫机的好处显而易见,问题是怎么能买到这台缝纫机。虽然说1989年已是改革开放十年了,但那些紧俏的物资依然紧俏,因为控制的时间太长,需要的人太多,落后的生产力跟不上广大人民群众急速增长的物质需求。

无奈之下,我把买缝纫机的想法告诉了一位有能耐的地方朋友,请他帮忙。他也并不能直接搞到,又通过他的朋友在商场工作的一个朋友的妻子,从内部特批了一台。令我没想到的是,还是一台上海产的蜜蜂牌缝纫机,这可是当时中国最好的牌子啊。当然价格也是最高的,一台机子二百二十元,是我两个月的工资。

那天通知我去买缝纫机的时候,单位的车正好不在,我就带着兴奋的心情坐上4路公共汽车到合肥市中心的四牌楼百货公司提货。货物是分成两个纸箱包装的,体积大,分量重,我都不知道怎么把它们提出商场登上了公交车。

公交站距我住的古城郢大院还有一站多的距离,可我没有别的交通工具,下车后只能肩扛手提。这三四十公斤重的东西,提着走几分钟可以,再走就困难了。正在我发愁怎么办之际,突然一辆旧自行车停在我的面前,原来是我老六团的政治处主任王炳鑫,本来他是在对面骑车的,看到我面前放着一堆东西估计是无计可施,主动骑过来要给我帮忙。

我带着无限的感激把纸箱放在他的自行车上,因为没有绳子固定,纸箱又大,放在后座上必须用手扶着,于是,他推车,我扶箱子,那一路上把老首长拿捏出了一身汗。利用这负重前行的间隙,他边走还边给我讲了许多在机关工作的经验,不但帮我运了缝纫机,还在思想上帮我捋清了下一步前进的方向。

缝纫机买回家之后,妻子一刻都不愿等待,让我立即组装好,说她天天闲得手都痒痒了。当战士时我曾经买过一台缝纫机,那时在部队没有安家,买了之后费尽千辛万苦运到了河南老家,所以,妻子在老家已能熟练地使用缝纫机。组装这台缝纫机时,她和我一起干,看起来动作相当熟练,很快就装好了。她坐在机子前试了试,满意地说了句"名牌儿的就是好使"。

从那之后,屋子里经常响起咔嗒嗒的缝纫声。那几年家人的衣服不说全是她做的，但有一大部分都是由她自裁自缝的。虽然她没有专门学过裁缝，可照葫芦画瓢，也都能做成衣服。

由于缝纫机是妻子提议买的，买回来之后她很爱惜，日常的养护工作不用我说，都自觉主动地做在了前面，还专门做了一个红平绒的机套，不用时就把机头放进机肚里，把机台套上。这时的缝纫机就成了一个小桌子，正好可以在上面看书写字。不知是为了显示自己有缝纫机，还是为了显示手艺，她不光是给缝纫机做了外套，还给电视机、收录机、女儿的写字桌、家里的沙发等能套着的都做了外套。

自从家里有了缝纫机，立即就显得热闹起来。她的一些同事，缝缝补补的小活儿，都找她帮忙，她也来者不拒，不但使缝纫机充分地派上了用场，还在同事中间落了个好人缘。

有了缝纫机，我家的"三转一响"也算是凑齐了，自行车、手表、缝纫机和收音机都有了。虽然收音机是单位买的收录机，但毕竟是有响声的，我也就立马有了不一样的感觉。

我当然知道，社会发展到 1989 年的时候，时代已有了很大的进步，有一部分家庭都开始用上了彩电、冰箱、洗衣机、录放机，有的还安装了电话。我刚刚拥有的，正是人家要淘汰的。可我不管那些，照样自我满足、自我兴奋，因为我是穷苦人出身，从来不和别人比阔，只和自己的过去比，只要比过去好一点儿，进步一点儿，我就会觉得那是了不起的提高，心理上就会得到极大的满足。

所以，这些年经常有人问我："为什么你天天都乐呵呵、笑眯眯的？"我的回答是没有啥事儿让我不高兴啊。没有不高兴就是高兴，这就是我对待生活的态度。在别人眼里也许简单了点，抑或是可笑的,但这是我的事情,与他人又有什么关系呢?

今天,当我看到家里这台缝纫机的时候,就会感慨中国的发展速度,就会感慨时间的威力与无情。缝纫机,这三十年前的紧俏货,过了三十年,也许是仅仅过了二十年,它就成了无人问津的老物件儿。看来人要想跟上时代的步伐,该需要多么超前的意识和思维啊!

我之所以还对这台"老物件儿"怀有一份浓浓的情感,除了它是我曾费尽周折、花两个月工资买来的,还因为它是那样紧俏过。像人,无论后来多么衰老,都不能忘记她年轻时的漂亮、美丽……

一封没有寄出的家信

娘从合肥部队回老家一年多后,因病情加重离开了人世。每年春节都要给爹娘写信的我,在除夕之夜给娘写了一封信,这封信没有寄出去,因为我不知道娘的收信地址。信写好后,只是对着冬季凄冷的天空给娘念了一遍,不知道娘是否听到,这封工工整整写在方格稿纸上的信,被我一直保存至今——

娘:

此时是除夕之夜,回来过年了!

娘,您还能听到我在喊您吗?

我喊娘喊了三十二年,每次喊娘,都觉得是那么自然,那么平常,都是随口喊出的,今天却为何喊得如此吃力?我在您面前喊您的时候,您都会答应,答应得及时,答应得温暖,当然也有答应得不耐烦的时候。

那是我小时候,在您手头太忙而我又不停地围着烦您的时候。可您无论多烦,都会答应着把我要的东西给我,把我要吃的准备好,把我冻红的小手揣进怀里。

  有时我喊您,您没有答应,我知道那是您没有听到,正在家里为全家人做事儿,做衣服、做饭、掏火、掏煤渣、喂鸡、纳鞋底子、纺线、织布……或者是忙着去田里劳动,去剥蜀黍、削谷子、割豆子、挑粪、打坷垃、耧地、耙地……家里家外有太多的活儿需要您去干啊。

  在我的记忆里,您出工在田里干,回家在家里干,好像从来就没停下过那双爱劳动的手。那双手是那么巧,好像天底下就没有您不会做的针线,好像天底下就没有您干不了的农活儿,好像天底下就没有您不能干的家务。

  春夏秋冬,四季不闲,那双手从我记事儿起,皮肤就是那样粗糙,从来没有细腻过。特别是到了冬天,我看到您那手上经常裂着大大小小的口子,有的口子里还浸出血渍。我曾问过您,手裂了疼不疼?您总是笑着说:"憨子,手裂了咋能不疼?可再疼活儿也得干呀。"

  等到了冬天,我就看到您白天从楝树上摘一些楝子,晚上放进锅里熬,然后用那熬楝子的水洗手,有时洗完了还将手在我的小脸蛋儿上蹭一蹭,问我光不光。我每次都会说光,不是我说假话,确实是光,仿佛只有那一刻您的手才是光滑的。

  从此我对楝子充满了感激,因为它能让娘的手变得光滑。无论上山放牛还是下地拾庄稼,只要见到楝树上有楝子,我都会爬上去摘,想着让您天天用楝子水洗手,让您的手永远不再粗糙。

一次我上树摘楝子,不小心从树上掉了下来,脸上摔破了皮,回家后您听说我是上树摔破的,顺手就给了我一巴掌。打我的时候,我仍旧能觉出您手的粗糙,却没有感到您打我的疼痛,因为我知道,您无论把手举多高,都是轻轻地落下,只在我身上轻拍一下。

娘,三十二年里,我多少次喊娘啊!每次喊出这个世界上最亲切的称呼的时候,心里都是甜的,像蜜一样。可今天我再喊娘的时候,我的心咋就恁疼?像刀剜。同样是一个字,同样是从您儿子的口中喊出,为啥就有如此大的反差?我知道,是您已经丢下我们弟妹、丢下父亲、丢下这世界的一切,走了。您去那个我永远找不到的地方,去那个我永远喊不应的地方,去那个我永远看不到您的地方……

娘,您是怕冬天再把手冻裂才走的吗?是怕双手皮肤再粗糙才走的吗?要是这样您就回来吧,我天天上山去为您摘楝子,一定把您的手洗得光光的。我和弟妹都长大了,能致使您的手皲裂的重活儿、累活儿、脏活儿,我们都不让您再干,中不中?

娘,您是知道的,我当兵之后,每次给您和父亲写信,抬头的称呼都是两个字:爹、娘。虽然每次我写的信都是由父亲读给您听,可父亲读信的时候,您是在父亲身边站着或坐着的呀。就像我信中的称呼,父亲和您从来没有分开过。每当我写下"爹娘"两个字的时候,你们就在我的面前,你们的音容笑貌,你们的温暖气息,你们的关爱呵护,都会出现在我的面前。

可是以后我的信只能寄给父亲了,因为您把父亲丢下自己走了,父亲还不到六十岁,您把他丢下不管了,难道没有想过,您这一走,父亲会承受多么大的压力吗?二妹还没结婚,三弟还没成家,您让父亲一个人怎么办?一封信上的称呼,我少写的是一个"娘"字,心中塌下的却是半拉天啊。

娘,您从合肥回老家的时候曾答应过我,要好好照顾自己,不生气,不劳累,吃饭不再迁就,要早睡早起,可您咋一回家就忘了?您已为儿女付出了半生的心血,明明知道不能劳累,为啥还要拼命地干活儿?现在您走了,不要说再请您给我们做顿饭,就是再喊一声、两声、千百声娘,您都不会答应我们了。难道您不明白儿子不能没有娘?难道您不知道没有娘的孩子太可怜?难道您不知道没有娘的孩子站不到人前?难道您不知道没有娘的孩子光受人欺侮?您这次咋就心恁狠啊?!

在我心中,您可不是这样的娘啊,以前咱家穷,经常缺吃少穿的,为了让我能站到人前,您把父亲唯一的一条好裤子改给我穿,您说我是在外上学的,穿得太破人家会笑话;为了让我能站到人前,上初中时,您每天给我烙干粮,总要在黑面里面掺两把白面进去,说学生们中午都在一起吃干粮,馍太黑了拿不出手;到神垕镇上念高中后,学校离家远,为了让我也像别的同学那样住校,不再天天跑十几里路去上学,您自己冒着被批为"资本主义"尾巴的风险,田里收工之后,回家熬稀饭挑到后山公路上去卖,用上百次卖饭的钱,为我扯了一块新被面,套了一床新被子,说同学们住一起,盖得太破没面子。这些看似"小事儿一桩"的事情,在那贫困的年代里您做到了,付出的心血和汗水,却是一般人想象不到的。

娘啊,咱家的新房子刚刚盖起五年,您就扔下不要了,为了这房子,您和父亲操劳了多少个日夜?您千辛万苦为子女,操劳一生忘自己,心里想的全是这个家,只为孩子付出,只为孩子高兴,却从来不为自己考虑。为了使我结婚有房子住,您和父亲没日没夜地干,建起了三间砖石结构的窑洞,那可是当年全村最招眼的房子;为了使二弟结婚有房子住,您和父亲又倾其所有,建了五间砖瓦水泥结构的新房,当时在全村也是最好的房子。

您这几十年,天天都在操劳中,都在操心中啊。记得我十来岁的时候,咱们家住的还是一间土窑洞。一次,父亲外出开会不在家,晚上下起了瓢泼大雨,窑洞年久失修,窑洞的上方早已破损,平时小雨不会漏水,可那天晚上雨下得太大了,雨水和着泥浆从洞顶往下流,不一会儿工夫,屋子里就灌了一尺多深的水。您让我看着弟弟,自己拿起一个脸盆往外排水,雨下了整整一夜,您往外刮水刮了一夜。

娘,从我记事起,您就没有离开过我们。父亲在大队当干部,经常去开会、参观、学习,有时外出一次就要十天二十天的,而家里一直是您在守着,守着家,守着我们弟妹。就是在这样的情况下,您一个家庭妇女,学会了挑担子、扛袋子、垒墙、扬场、擖麦等所有男人干的活计。

我高中毕业后,本来可以替您和父亲劳动的,可我天生一颗不安分的心,不顾您二老的辛苦,坚决要求去当兵。我能看出您是不想让我离开家的,可您始终没有阻拦我,对父亲说我要当兵就当吧,在家也是打坷垃,地里活儿一辈子也干不完,不如让他当几年兵,不想当了再回来干活儿也不晚。

就是我当兵后的第七年,您查出患了癌症,虽然手术很成功,可毕竟是重病啊。我当时就想,也许我不来当兵,在家替您分担一点劳动,您的病兴许能避免。但世上没有后悔药,在全力为您治病的同时,我祈祷上苍能保佑您平安。

自古都说好人有好报,您在村上从来没与人红过脸,谁的忙只要开了口您都乐意帮,并且不遗余力地帮。家里有什么好吃的,宁可自己少吃也要让左邻右舍都尝一尝。您对谁说话都和和气气的,您可是全村公认的好人,是最有资格得好报的啊。可老天这次没有开眼,让好人的病没有治好。

娘,您病了八年,这八年中为了给您治病,父亲是想尽了办法,大医院治、小诊所看,甚至连巫医神婆都求了,父亲的目的只有一个——让您活下来,因为这个家不能没有您。可您还是走了,丢下一家子您最亲最近最疼爱的人。

您走的时候是冬天,为了让您不受冷,我和父亲跑遍了咱村的山山岭岭,就是想找一块朝阳的、避风的、土好的又离家近的地,作为您休息的地方。可那天下葬的时候,我还是不能接受眼前的现实,把您埋进那厚厚的泥土下面,您一定被压得喘不过气来吧?土地的阴冷、潮湿,靠您的体温能暖热吗?

记得我和弟妹小时候,家里没有尿布,每天晚上都把床尿湿,您就把我们抱起来放在没湿的地方,而您自己睡在被我们尿湿的地方,用自己的身体替我们暖尿泡,几乎是整晚上都在我们尿湿的地方睡着,一次次把湿褥子暖干。那时候不管我们多少次把床尿湿,湿的也只是褥子,而现在您的上下左右都是潮湿的泥土,一年四季,还要下雨,还要下雪,还有冰冻,娘,您能暖干吗?

　　娘,我知道,人有生老病死,这个世界上每天都有人诞生,都有人死去,可我从来没觉得与我有啥关系,也从来没想过您会离我们而去,因为您是俺娘啊,怎么能舍得丢下一群儿女自己走了呢?当这个残酷的现实摆在我面前的时候,我怎么也无法承受。没有了娘,这让我以后还怎么回家?每次探家探的都是娘啊,进了屋门喊声娘我就是有家的孩子,有时我还没到家您就早早站在村口的白椿树下等着了,使我翻过那座山岭就能看到您的身影。可现在您走了,让我回去看谁?回去喊谁?天下之大,谁人能代替娘?尤其是回去看到依然压着您的那一堆黄土,我的呼吸也会变得困难起来。

　　娘,每年的春节儿都给您写信,今天我又写了,这是儿最后一次给您写信,我知道这封信写了也无法寄出,寄出了您也无法收到,但我还是写了。平时我写的信都是父亲读给您听,今天我自己写,我自己读给您听,我相信,您一定能听得到,因为这是除夕之夜,您的儿子含泪给您说的心里话呀。

　　祝娘在另一个世界里安心过年!

永远爱您的儿子
1993 年 1 月 22 日 除夕夜

诗是内心奔流的河

　　前段时间,上映了一部争议颇大的电影,片名叫《妖猫传》,其中一个情节给我留下深刻的印象:在李隆基举办的"极乐之宴"上,大内总管高力士找到诗人李白,让他写一首赞美他心目中最美女神的诗。

　　醉卧于水池旁的李白却不予理睬。高力士何许人也?那是一人之下万人之上的大太监,皇帝身边的红人。李白面上醉,心里是清醒的,他是要试试高力士是不是真心求诗,故意把腿往高力士面前一伸,说如果高力士把靴子给他脱掉,他就写诗。

　　高力士为了求得大诗人的诗,果真把李白的靴子脱了下来,李白高傲的心理得到了满足,穿着一只靴子起身为高力士写诗。可当时身边有笔无纸,李白又令高力士弯下腰去,然后提笔沉思片刻,在高力士背上一阵龙飞凤舞,写下了一首千古名篇,这就是他那三首赞美杨贵妃诗篇中的第一首《清平调》:"云想衣裳花想容,春风拂槛露华浓。若非群玉山头见,会向瑶台月下逢。"

　　当时李白并不知这首诗是为杨贵妃写的,高力士将诗送给杨贵妃后,贵妃极为满意,于是高力士专门来到李白跟前表示谢意,并没有在意李白的自大无礼。

不论这部电影表达的主题是什么,却把一代诗仙李白的恣意狂傲和极尽才华表现得淋漓尽致。生活中的李白真是这样吗?没人知道。但自古以来,诗人给人们留下的印象就是:自由散漫、狂妄自大、放荡不羁、恃才傲物。

因为我也写诗,所以经常有朋友问我:"你的诗是怎么写出来的?从你身上完全看不出诗人的气质呀。"他们说的诗人气质,是美化了的用词,实际就是我身上没有人们印象中诗人的那些特质。对这种询问,我每次的问答都是一句话:"诗人有真伪之分,你说的那种气质,真诗人才具备,我是个伪诗人,甚至伪诗人都算不上,充其量就是个诗歌爱好者。所以你不能按诗人的标准看我。"说这些都是开个玩笑,我知道他们是换种方式赞扬我。但这赞扬里,也有对我的批评和提醒,我写的诗还缺乏灵动、缺乏魔幻、缺乏张力、缺乏海阔天空的奇思狂想;我这人,还太老实,太土气,身上缺乏应有的时尚感。

我的确不是个合格的诗人,尽管每天晚上,等妻子女儿都睡下了,我都会坐在这柴扉老屋的窗台前,趴在临时搭起的木板上,在那昏黄的台灯下,煞有介事地苦思冥想一番,把一行行长短句子写在稿纸上,摇头晃脑地自我吟哦、自我得意之后,寄往报纸杂志等待发表。这些寄出去的诗,开始大都泥牛入海,后来一首首的被印成了铅字,还寄来了稿费,虽然不多,劳动付出也算是有了些许回报。

有人说,靠写诗吃饭的人还没长大就饿死了,这话我信。但无论有多少回报,诗还是要写的。白天在办公室忙公务,没时间写诗,只有晚上回到那间柴门老屋里,才会有属于自己的时间,才会有自己的空间。久而久之,只要我走进老屋,仿佛就有诗意从很远的地方涌来,有不一样的联翩浮想在脑际萦绕。有的诗人谈创作体会时说,他的创作激情喷发时,似火山,似决堤的浪涛,又似飞流直下的瀑布。我听了以后特别羡慕,因为我几乎天天写诗,却从没有像别的诗人那样诗情如此澎湃过。仅此一点就证明了,朋友说我没有诗人的气质,是完全正确的。我确实没有写诗的天赋,当别人喷涌、迸发的时候,我只是被某个意象所触动、所感动、所感染,或者说是有所感觉。这时候会有一句话或一个词突然从脑海里跳出,我就赶紧把这句话或词记在一张纸条上。这是最原始的记忆方法,因为我比较笨,我如果不马上把它记下来,那个想法、那个诗意的念头就会一闪而过,在脑海里消失,可能再也不会主动找上门来。

因此,我那号称写字台的木板上方的墙壁上,像留言栏一样,被我用大头图钉钉上了一张张小纸条。每张纸条上都写着一句话或几个字,这都是后来一首首诗的雏形,比如"山道上,春雨潇潇""石榴花开了""月光下我站在哨位""心愿""故乡的山""花种""横切面""绿叶的歌唱""小路情思"等等。就是纸条上记着的这些文字,被我写成了一首又一首诗歌。当然记在这些纸条上的,也有的是执行任务途中,偶有所思所想所感记下来的,但形成诗,都是我于这柴门老屋里写就的。

那一年,武警部队首届"金盾文学奖"评奖活动在合肥举行,来自部队和地方的著名作家云集合肥,连续一周的阅稿、初评、终评,最后有一批作品获得了不同的奖项。我的诗歌《故乡的山》获得一等奖。这首诗获奖不是因为质量过硬,很大程度上是因为我们是东道主,一般情况下,东道主都是要被照顾获奖的,即使这样,对我也是极大的鼓励,毕竟,这是武警部队的首届文学奖。

评奖结束后,安徽广播电台的首席记者李惠民专门对我进行了采访,我带着浓浓的河南味儿的嗓音随着电波传向千家万户的时候,我的名字在安徽也广为人知。在那段十多分钟的专访中,我首先感谢了故乡对我的养育;其次是感谢军营对我的培养;再次是感谢那座老营房里的柴扉老屋,是它让我每个夜晚都在它的怀抱里抒发出生活的诗意。

以前曾听说,一名写作者,要想创作出好的作品,首先要有一个好的创作环境。什么是好的创作环境?每个写作者的理解会有所不同。我的创作体会是,这环境不一定是要多大的房间,不一定是要多么明亮的窗子,不一定是要有宽大的写字桌,不一定是要有空调、美酒和好茶,也不一定要有轻音乐和盈袖的暗香;只要你的心境够宽,只要你的心窗够亮,只要你心中的天地够广阔,只要你有向往美好的心情,只要你有勇于担当的家国情怀……

当我坐在那扇小窗前凝望夜空时,我身后的妻子、女儿都已进入了甜美的梦乡,远方城市的万家灯火被静谧的夜色所笼罩,窗外传来蛐蛐或不知名的虫子的鸣叫声,像一支曼妙的小夜曲合奏在耳畔,我的思绪很快就会飞到我当年站过的哨位、飞到祖国边疆所有的哨位还有巡逻的小路上,战友们那坚定的步伐、警惕的目光、飒爽的英姿、宁舍生命不辱使命的信念以及危难时刻舍我其谁的大无畏的革命英雄主义精神……

我坐在这柴扉老屋，伏身于最简陋的写字台上，祖国和亿万民众的嘱托和期待都在我的眼前，都在我的心中。所以，我落笔写下的每一个字，都是一名战士、一名革命军人、一名时代歌手唱给祖国和人民的歌。我怎敢有丝毫的懈怠啊！

1990年左右，正是所谓的朦胧诗盛行的时候，多少诗人以写让人看不懂的诗为荣，似乎只有越让读者看不懂，自己才越有才华，才越是真诗人。但我没有人云亦云，因为我是穿军装的军人，写的诗必须像军人喊出的战斗口号那样，坚定、有力、明朗、清晰、充满情感，给人以力量和浩然正气。不能为了显示自己的高深而故弄玄虚，把读者带进云雾之中。

住在一间建于20世纪五六十年代的"高干别墅"里的那些年，也许生活是比较艰苦的，但我的时光没有白白流逝，都变成了我笔下的诗行，被我收进了两本诗集里。现在住上了北京宽敞明亮的高楼，每当坐在雕有优美图案的写字台前要写些什么的时候，妻子总会提醒说："年龄不小了，该休息就休息，又不是上级下达的任务，还那么用功干啥？"

听了她的话，我也会反问自己："是啊，快要退休的人了，还那么用功干啥？"刚反问完，另一种声音立即就会从心底跳出来："你当年在那夏热冬冷的柴门小屋里彻夜地写作，是为了啥？现在条件好了，反而成了放松自己的理由？"

从军四十年，军人是我的职业，诗歌从来都是个人的业余爱好。但诗歌几乎伴随着我的整个军旅历程。当年在那间柴扉小屋里没有放弃诗歌创作，现在想放弃的时候，我已找不到任何恰当的借口。

从土窑洞到"高干别墅"

过惯了从田间到家两点一线生活的岳父岳母,在我和妻子的再三劝说下,终于来到了合肥。

他们走出那个三面环山的小村子时,好像有什么东西落下了似的,一步三回头。这就是我们的老人,他们一直生活在河南中部这个小山村里,虽儿女众多,却从不愿给儿女们添麻烦,每当我们提出请他们来合肥小住的时候,他们都态度很坚决地说:"去干啥?你们上班都忙成那样,我们去了不但帮不上忙,还要给你们加闹儿,这次就不去了,等以后再说吧。"

一次两次,都是这同一种借口,所以来合肥的事是一拖再拖。直到我告诉他们,再不来合肥以后可能就没有机会再来了的时候,他们才极不情愿地从河南禹州来到合肥市。

岳父是老党员,当过多年村干部;岳母没有文化,只知道没完没了地干着家里田里的活计。几十年来他们就吃住劳动在那片贫瘠的土地上,在他们心目中,农民每天劳动是天经地义的,一天不劳动,对于生命来说好像就是铺张浪费。

其实他们不愿意出远门还有一个原因:岳母晕车,坐汽车晕,坐火车也晕,甚至坐在人力车上也晕,一晕车就吐,一吐就昏天黑地。所以他们出发前,专门让从医的弟弟给准备了一包防晕车的药,还让家人给买了一袋子橘子。乡间土方说,把橘子皮捂在鼻子上,能减轻对晕车的反应。

郑州到合肥没有直达的火车,为了减少路途转车的折腾,二老是乘长途汽车从河南许昌抵达合肥的。我找车到车站去接他们,岳母下车后就是一阵呕吐,看到接她的车时,说什么也不愿再上车,宁愿走路回去。因为车站离家路途较远,在她晕车有所缓解之后,还是被我们劝上了车。

到家的那天晚上,岳母仍显得很不舒服,没有吃饭。看着她一脸的憔悴和疲倦,我们心里也非常难受。

岳父母身体都不好,年轻时得了哮喘病,长年吃药,特别是到了冬天,整天咳嗽不止,而合肥的冬天气候阴冷,室内室外一样的温度。他们看到这种情况,就要求把床搬到伙房里,因为伙房空间小,比较聚热。我们觉得有道理,就把铺好的床铺从老屋搬出来,支在了伙房,把我们床上的电热毯也给他们铺上。

在我老家,以前住的大都是土窑洞,虽然没有暖气,但窑洞里冬暖夏凉。猛然住进这平房里,会有不适应的地方,老人一般不会主动说出来,我让妻子尽量想得周到些。

第二天我们还没起床,二老就已起床了。我起来一看,岳父在菜地里忙,岳母在厨房里忙,都早已经开始干活儿了,看来两人一晚上都没有好好休息,一心想着为女儿女婿干活儿呢。我对岳父说:"让你们来并不是为了帮我们劳动,而是让你们离开劳动了大半辈子的家,来这里休息休息。如果到了这里天天还要劳累,我们内心就不安了。"

对我们的关怀岳父并不领情,说话落地有声:"干活儿人能闲着?有活儿不干着急。"

岳父干农活儿是一把好手,一早上时间,把菜地的拐拐角角都捯饬得利利索索。

吃早饭的时间到了,岳父从碗架上拿起一个带颜色的碗说:"这个碗以后我自己使用,你们就用别的碗吧。"我当时不知道啥意思,就随口说了声"中啊"。吃完饭他坚持他的碗由他自己洗,洗好后没有和别的碗筷放在一起,拿到一边放了起来。这让我很不解,就问他为啥不放在一起?岳父认真地说:"二十年前我得过肺结核,虽然已经治好了,现在外孙女年龄还小,小心没大差。"

没想到岳父是这样细心的人,以前回老家听说过他的病史,但知道已经治愈,没人在意过。他来到这里却自己主动提起,还主动把自己的餐具实行隔离,这让我一时不知说什么好。如果同意他老人家这样分开放,好像我们就默认了他仍有传染病,心理上就有了嫌隙。

于是我和妻子商量,不能这样分开,理由很简单:既然在老家都没有分开放餐具,为什么到这里就会有传染呢?妻子同意了我的看法,找岳父做工作,可说来说去,他仍坚持他的主张,说孩子太小,不能有啥差池。我们拗不过他,这件事就随了他,可我这心里一直觉得岳父母来到我们家,没把这里当成自己的家,起码是没有把我们和家里的孩子们同等看待。我不知道这是把我们看远了还是看近了?

岳父的健康是靠吃药维持的,每天都要吃药。来合肥前从老家带了一部分药,很快就吃完了,我就按他吃的药,从我们机关门诊部开一些。

有一天他突然提出不再吃药了,我问他为啥。他说感觉病好了,我说:"您一直吃药就不要停,是不是担心花钱的问题?您放心,我们机关干部开药是免费的。"他听说是免费的,就又同意继续吃药。门诊部给机关干部开药确实免费,可每次只能开三天的量,我拿的药是一种特殊的药,医生总要让我拿我的病历来,我到哪去弄病历啊,开过几次药之后,就不好再开,这样我就到药店去买。岳父一直以为自己吃的是免费药,还多次在我面前夸部队真好,吃这么贵的药都不要钱。

二老的身体需要营养,妻子养的几只鸡可立了大功。那时妻子在美菱冰箱印花厂打工,一个月的工资只有二十几元钱,我的工资也就二百来块钱,每天保证买鸡鸭鱼有点困难,但每天买点肉再配上几个鸡蛋,营养也足够了。女儿张晗很懂事,听说鸡蛋要给姥爷姥娘营养身体,再炒鸡蛋时,她便很少再吃,说是要让姥爷姥娘多吃点。

一次我把单位的照相机带到了家里,想趁二老在这里,我们一家人照张合影,可选来选去,愣是没有找到一块不破旧的背景墙。因为我的老屋墙壁斑驳陆离,写满岁月的沧桑,我的院子四周都是用各种木棍搭起来的篱笆墙,从境头里看,和老家的院落没有啥区别。没办法的情况下,我找来一块新床单,搭在晾衣绳上,我们就背靠床单照了一张全家福。

二老知道我是部队的军官,言语之中都流露出内心的骄傲。

他们从不问我的工作是干啥的,也没有问过我这军官为啥住这么破旧的两间老房子。我知道,岳父的骄傲不是看我住在什么屋子里,而是看我在部队工作,在部队干公家事儿就是公家的人,就是值得骄傲的。

二老到合肥半年后,我就有了调河南的想法,他们听说之后没有表示出高兴,也没有表示出反对,岳父给我说:"工作在哪里都一样,如果到郑州,离家近了,见面是方便了,但工作是正事,不能只想着家,你是在安徽进步的,即使要调走,也不能让安徽的领导说咱没良心。"

老人的话语很朴实,很实在。他们心中肯定有想法,只是不说出来,把道理讲到,让我来悟。

人们常说:"不听老人言,吃亏在眼前。"老人的话,有些能悟出来,有些要经过实践或教训才能悟出来。原本说好的调到河南总队记者站工作,可回河南之后,河南政治部领导找我谈话,要把我的行政关系落到武警许昌支队,人暂借到记者站帮忙,如果一年之后适合留在总队机关,关系再调过来。这样我就成了机关的借用人员,借用人员一没住房,二没福利。这就意味着我在合肥的家一时还无法搬到郑州,一家人要两地两省地住一段时间。

已住了半年,早想回老家的二老看我到了郑州,女儿和外孙女还在合肥,把回老家的想法咽了回去,继续留下来和她们做伴。就这样,我回郑州后,他们又在合肥住了半年,直到我在郑州租了住房,才一起搬到郑州。妻子说,这半年他们心急如焚,但又不好开口,无形中被拴在了这里。这样无奈的情况下,在合肥居住的一年多时间,也成了他们今生今世离开那个小山村最久的一次。

把家搬到郑州后，离我老家就只有一百公里路程，心理上的距离更近了。我没有让二老马上回老家，而是让他们在自己的省会城市住一段时间，走走看看，让他们在省会城市也有家的感觉。但无论在城市看了什么，他们依然惦念着那个小山村里的窑洞，在郑州住了一个多月，就执意要走。他们已经离家一年多了，心情可以理解，我和妻子便没再强留，送他们走时，岳母提出坚决不坐车，要走路去车站。考虑到她每坐一次车就难受很长时间，我就同意了，我陪着他们走，从城东走到城南的长途车站至少有八公里的路程，我们边看边聊边走路，一直走到汽车站。

住在柴扉老屋最后的日子里，有岳父岳母相伴，我的家有了更多的温馨。那是他们第一次出远门，从河南到了安徽，并且住了一年多时间。我调北京之后，他们也曾来北京住过一年时间，那次回老家不久，岳父去世，十年后，岳母去世。一双最勤劳的亲人，成了我和妻子永远的怀念……

那一夜我仰望星空

五年前搬进北京远大路的新家时,我曾写过一篇《搬家琐记》,那是乔迁新居后,心情舒畅,坐在阳台上,望着对面的一扇扇窗口,就想到了一个个和我一样的家庭。

他们肯定也不是一开始就在北京居住,即便是在北京居住,也都是刚刚搬进这个小区的新住户,因为这个小区建成不久,住户早入住或晚入住前后也就几年的事儿。

他们都从哪里搬来?有什么样的搬家故事?我不清楚,但我知道自己是从哪里来的。于是,我坐在那里,边喝茶边回忆搬家的往事,不想不知道,一想还真让自己吃了一惊,屈指算来,我的家竟搬迁过十七次之多。

在这十七次搬家中,动静最大、印象最深的,是从合肥搬离"高干别墅"那一次,因为那个柴扉小院里,有过我太多的留恋和不舍。

那次搬离"高干别墅",也是我经历过的最像搬家的一次搬家。

之前我是个单身汉,单身汉住的屋子不能算家,充其量就是一个临时寄宿所,搬不搬家就我一个人,一个提包、两个纸箱,提起来就走。自从住进这柴扉小院儿,妻子、女儿从河南来到合肥,就不一样了,就是一个完整的三口之家了。当初她们来的时候只带了一个提包,和我的一个提包、两个纸箱,算是全部家当。有了她们,陆陆续续就有了灶火,有了床,有了炊具,有了桌子、凳子、柜子、电视、电扇,有了各种小东小西,伙房里有了炊烟,窗口里有了等待我回家的灯光……

东西是一件件置买下的,平时都是用得上的,可一旦到了搬家的时候,它们就都成了鸡肋,食之无肉,弃之可惜。搬还是不搬?要还是不要?如果要,要多麻烦有多麻烦;如果不要,到了新的地方,也是要多麻烦有多麻烦。因为我不是在同院搬家,也不是在同城搬家,更不是在本省搬家,我是跨省搬家。用部队的话说叫"跨区域远距离无协同单兵作战",搬走每一样东西都要付出代价不说,还要付出无数的精力和体力。

为此我和妻子还发生了一场争执:我的意思是,急需的带走,必需的带走,其他的不带;她的意思是能带的全带,不然到了郑州还要再买一遍。争执到最后,她说得好像越来越占理,我就一步步给自己找台阶下,决定权不知不觉中全部被她掌控了。按这种思路,我出去租车,小车还不行,必须要找一辆大车。合肥本地的车,若去河南要收来回两趟运费,可我的车费只够一趟用的,如果有河南的返程车最合适。

但我问了多处,都没有找到河南的车,正当我准备放弃时,一辆吉林牌子的拖挂车,在我面前停了下来。司机探出头问:"大哥,听说你想租车啊?去哪儿呢?看我们顺不顺路。"

我见司机还挺真诚,就说:"我去河南郑州,你们顺路吗?"

"我们去开封拉货,就绕点道给你送到郑州吧。什么货呀?"

"我搬家,都是一些家庭用品,零碎一点,但没有重量。"

"拿一千块钱吧。"司机一开口要价,就超出了我的预期。

"没有多少东西,八百行吗?反正你们也是顺道。"

"成交,留个地址,明早五点到你家。"

陈站长送给我的九百元路费正好够用,回家我把消息告诉妻子,她满心欢喜,因为我找到的是一辆大车,正符合她"把能带的都带走"这一基本要求。

既然这样我们就开始收拾,用了整整一天时间,把能捆的都捆上,能绑的都绑上,能装的都集中起来,便等待第二天大车到来时装车。

做晚饭时,由于大部分炊事用具都收起来了,我们就用电饭锅下了一锅面条。吃面条的时候,我看着空荡荡的屋子,就想起了刚搬进这屋子的时候,也是这么空荡,后来岁月与日俱增,东西也渐渐多了起来,看着有了家的样子,感觉有了家的温暖,再住这一晚上就要搬离它了,和我当初搬进来时,就有了两种截然不同的心情。

那天晚上,我不知妻子和女儿睡得怎样,我是翻来覆去睡不着,看看手表已是凌晨两点,我仍旧没有睡意,索性穿衣起床,一个人来到小院。坐在院子里的石凳上,看着头顶的天空,这是五月的天空啊,它是那样安静,那样湛蓝,那样深邃,那样淡定,像小时候我娘用煮蓝煮染的老蓝布一样,虽然看不清它的纹路,但它是有经有纬的,每个经纬交织的地方,都是一个情感的交叉点,无数个交叉点的结合,使它有了博大的胸怀、高远的穹庐、莫测的神秘。

曾经,这夜晚的天空我是凝视过的。记得小时候,晚上跟着大人到打谷场上去看场,躺在堆满谷子的场地上,天幕离自己是那样近,仿佛一伸手就能抓到那一颗颗闪亮的星星。那时以为这天空就属于我的村庄、我的乡亲们,有天空的人是多么幸福啊。

可自从离开村庄到了部队,班长教我们的是"挺胸、抬头、目视前方",紧张的部队生活中,始终保持着"目视前方"的状态,早忘了再去着意凝视天空了,好像天空与自己不再有什么关系。

入伍到安徽十五年,前六年当战士,天天训练、站哨、学习、劳动、烧饭、喂猪。提干之后的九年间,头一年到武警阜阳市中队任排长,天天带领战士们训练、站哨、学习、劳动、烧饭、喂猪。第二年调到支队政治处当新闻干事,天天采写官兵们训练、站哨、学习、劳动、烧饭、喂猪的新闻稿件。再后来调到武警总队电视记者站,天天全省各地地去拍摄官兵们训练、站哨、学习、劳动、烧饭、喂猪的电视纪录片。从自己去做,到记录别人去做,看似有了变化,其实做的是相同的事。

这让我想到部队这些年的经历,好像今年是去年的重复,明年是今年的重复,永远是在重复自己也重复别人。就是在这种看似重复中,不断学习,发展壮大,巩固提高。无论是别人教我还是我教别人,都是"挺胸、抬头、目视前方"。十五年里,指挥我,带领我,帮助我挺胸、抬头、目视前方的人很多,有我的老兵、班长、排长、连长、指导员、宣传干事、宣传股长、政治处主任、宣传处的干事、处长、记者站的同事、站长、政治部的主任、副主任们。随着他们的名字在脑海出现,他们的面容也在我面前闪耀,当然还有我没想到的,那年代时兴做好事不留名,我得到过多少人的帮助,怎能一一说清?他们像这天上的星星,你知道他们的真实存在,却没有多少人能说出他们的名字。

我也曾问我自己,走出河南禹州神垕高中的校园,踏进驻守在安徽的军营,在那么多人的帮助下,一步步成长到今天,为何要离开?这样是否辜负了部队对我的培养?可自古以来铁打的营盘流水的兵,何况我流向的仍是兵营,只是从安徽流到了河南,想到这里,自己就原谅了自己。

在部队没人教我仰望天空。今晚我坐在这柴扉小院里凝视天空,不能不使我浮想联翩。明天我就要离开这里了,这片被我忽视了十五年的天空,原来这么美丽。如钩的月牙刚刚升起,星星闪着深情的眼睛,每只眼睛此刻都在注视着我,像我注视它们那样,是否也有许多话要说?

这是5月的夜晚,虽然很多景色和事物被夜色笼罩,但我仍能看清它们。我知道我的篱笆墙上,金银花依然在盛开,羽衣草在篱笆墙下浓密地生长着,半扇豆的豆荚已开始泛黄,离成熟的日子越来越近,带刺的蔷薇在低矮的石墙下,以玫瑰的姿态绽放。被我称为东湖的池塘,阵阵甜甜的湿润的气息,随着习习晚风吹来,令我陶醉。枇杷树周围的草丛中,不知名的小花传来的芳香,让我想到了路边的勿忘我。

在我石凳不远处的小菜园子里,正是一幕生机勃勃的葱郁景象,小青菜、青辣椒、西红柿、黄瓜、茄子、四季豆,它们分门别类、整整齐齐地在菜畦里排列着,像一排排整齐的士兵等待我的检阅。

在我的胡思乱想中,白昼已一步步向黑夜逼近,曙色渐露。最初是苍白无力的,看不出它的颜色,但能听到它靠近的声音震撼人心,随着声音的响起,曙光有了明显的、清晰的轮廓。鸟儿不知从哪里醒来,高高低低、欢快愉悦地开始合唱,树的枝头成了交响乐的舞台。

再看东方的天空时,像不同颜色的大幕一层层地次第拉开,深灰色的、乳白色的、橘红色的、鹅黄色的,最后整个天空都转化为水晶蓝,静待太阳升起。淡淡的晓岚掠过湖面,星星在不知不觉中已经隐去。

我知道,天,已经亮了。

这时,不远处隐约传来了大卡车引擎的轰鸣声,我知道,那是搬家的卡车正向柴扉小院驶来,接下来将是紧张的装车时间……

我怕装车之后忘了道别,先对着天空说出了准备好的道别词:再见,我的部队;再见,我的武警总队;再见,我的战友、朋友们;再见了,我的柴扉小院;再见了,我的十八至三十三岁的青春芳华。

我还有很多道别的话,说到这里早已是泪流满面,还没等我拭去脸上的泪水,搬家的卡车司机已经走近了"高干别墅"门前……

跨省搬家记

外省人都说河南人恋家,这在我的身上体现得特别明显。当年报名参军之时,是为了逃避农田里那没完没了的农活儿,最大的理想是以后不再回老家种地,可自从当了兵之后,老家在我心中一刻也没有消失过。我不知这是不是别人说的"要想爱故乡先要离开故乡"。我有条件可以不回老家了,回老家的心情却开始前所未有地迫切。

调回河南,这是我全家人的想法。能调回河南,却全赖一个人,他就是我在徐辛庄新闻教导队的同学冯元喜。

本来1996年河南总队政委蔡松龄到安徽开两用人才会议时,我曾找过他,当时他已同意接收我回河南工作,后来因为安徽的孙庆友政委挽留,没有调成,我也就死了调回河南的心。可当李忠武站长同意我转业去安徽省交警总队《交通安全报》当编辑之后,妻子让我再跟河南联系一次试试,如果河南要我,就回河南,如果河南不要,就该是流落他乡的命。妻子把永远留在安徽说得很悲壮。

这时的河南总队,蔡松龄政委已退休,别的领导我不熟悉,只有电影学院的同学吴龙在电视记者站,新闻教导队同学冯元喜在新闻站。由于我不想再从事电视编导工作,就没有给吴龙打电话,而把电话打给了新闻站长冯元喜。没想到他听了我想回河南的想法之后,张口就说"河南总队的大门一直给你开着呢"。这句话让我这个在外省服役了十五年的老兵,心中感到异常温暖,于是就下决心不在安徽转业了,我要调回河南老家去。

心本来是安定的,因有了想法而焦躁。

生活本来是宁静的,因有了期望而不安。

日子本来是自然的,因有了杂念而开始度日如年。

从内心说,我觉得自己要求调回河南的做法是失之偏颇的,十八岁入伍来到安徽,从士兵一步步成长为军官,从不懂事的山里娃成长为新闻记者,本应知恩图报好好为部队做点贡献,可自从听到能回河南的消息,就巴望着一夜之间调回河南。明知这样子对不起关心我的领导和战友,心却无法收住。

人的命运,不是自己想改变就能改变的。我同冯元喜同学联系是要调入河南总队新闻站,想借此调动不再从事电视工作,因为搞电视太耗费时间,有时发一条几十秒的电视新闻,前期的工作能花一两天时间。再加上电视记者经常要抛头露面,出镜主持、采访,我的形象和普通话都不好,又天生不爱凑热闹,就想做个纯文字记者。

可等我到河南报到时,冯元喜去青海执行特殊任务了,半年之后才能返回。没办法我只能找电影学院时的同学吴龙,他带着我去见主任,主任听说我和吴龙是同学,是上过电影学院的,在安徽从事的是电视工作,就又把我放在了电视记者站。我放弃电视专门从事文字工作的想法,就这样泡汤了。

刚到河南没有住房,我的岳父岳母和我一起在合肥住着,我经营了六年的家还在安徽,家不是一本书,可以装进口袋起身就走。我和妻子商量的结果是我先回河南,他们仍留在安徽,待我在河南有了住房再搬家。

靠组织解决房子问题,我看一时半会儿没有希望,可没有房子也不能把家属长期留在安徽。于是我利用星期天时间,到河南总队机关附近居民区去转悠,想先租一处房子,把一家人接回来。

掏钱是有房子住的,很快我便以月租两百二十元在总队附近租了两间民房。租到房子的第二天,我就找领导请了三天假,到安徽去搬家。

在我的搬家史上,这是最远的一次搬家,也是最隆重的一次搬家,好在这是从外省往本省搬,是从流浪往稳定搬,是从漂泊往扎根搬,心情特好。因为是要永远地离开生活了十五年的安徽,心中肯定有恋恋不舍的感觉,搬走前我把老单位的领导同事和好朋友们请到家中吃饭,饭是便饭,酒是安徽好酒,杯盏交错中,十几年的友情叙了一遍又一遍。老单位领导说了许多客气的话,还给我送来了搬家费,这让我感动得又连喝三杯。

家虽然没啥值钱的东西,却都是到了河南同样要用的家什,必须要搬走。我租了一辆去河南拉货的货运卡车,经过几番讨价还价,搬家费以八百元成交,实际是他们看我急着租车,始终不降价,他们坚持一分不少,我只能无奈接受。不过有了领导送的搬家费,只要不超过这个数,我心里就有了底气。谈好运费,再谈付费方式,他们要求先付一半,把东西拉到郑州之后再付另一半,这与我的心理预期相符,于是爽快答应。

我回到家,把小东西打包,把大物件儿腾空,把可要可不要的放到一边。被我放到一边的就有装着小鸡的鸡笼。妻子见到后又把鸡笼放在紧要物品一边,而把我的两纸箱书往一边放,我看到了,没有作声,因为我知道书是肯定要带走的。

最占地方的是那个组合柜,往车上一放就占去了车斗的大部分位置。加上书柜、床、桌子、电视机等大件东西,看似宽敞的车斗变得越来越狭窄,很快就出现了空间不够用的局面。实际需求与空间不够的矛盾一出现,妻子马上就露出了她自私的一面,直接告诉我说:"书就不要了,两个纸箱太占地方。"

我听了没说话,搬着纸箱就往车上装,我问她不装书装什么,她说鸡笼还有小鸡,我说:"郑州不像咱现在住的是独门小院,我在郑州租的是楼房,并且是在二层,没人准你养鸡的。"就在我俩争执不下的时候,开车的司机师傅说话了,他说路途太远,天气还凉,放在车顶,小鸡肯定要被冻死。司机说了话,妻子不再吭声,我的两箱书就此逃过一劫。

这次搬家和以往搬家有很大的不同,是远距离、跨省区、多家当的搬家。往车上装东西之前,先是捆绑了几个小时,装的时候又搬了几个小时。原计划我跟着搬家的卡车走,岳父岳母和妻子女儿坐火车。可到了车子临开动时,岳父突然冲了上来,他说要跟我一起坐搬家车。此时车上已没有坐人的空间,驾驶室两个驾驶员加上我,正好坐满,车斗装得满满的,根本不能坐人。可他说他可以坐在车斗的行李上。老人六十多岁了,身体又不好,坐在大卡车上十几个小时肯定是不行的。我问他:"火车票已买过了,为啥还要跟卡车走?"

岳父把我拉到一边说:"驾驶员是两个人,你是一个人,你在路上是一对二,我不放心。"岳父把声音压得低低的。

听了岳父的话,我突然觉得老人平时话语不多,但到了关键时候,他对我的爱是那样深厚,完全可以说是奋不顾身。岳父的心情我理解,可无论如何都不能让他老人家去坐卡车受罪。不要说我的家当没有什么值钱的东西,路上不会遇到打家劫舍的歹人,真是遇到了,人家也不要那些盆盆罐罐,就是有万贯家财,我也不能让我的老岳父跟着押车啊。岳父不顾阻拦上了车,我们好说歹说才把他从卡车上劝了下去。

两个驾驶员都三十多岁,是东北人,十八岁开始给人家跑长途,一看就是老江湖了。一路上相安无事,第二天上午十点二十分便准时把车子驶入了郑州市。

我没想到,搬家的车是大车,我租房的胡同太小,车子无法开进去,只好在胡同口把家具卸下来。付了运费,打发走车子,我却犯了愁。胡同口距我住的院子有两百多米远,这一堆的东西让我一个人搬进院子,少说也要一整天。

那天是星期天,我们单位的人都不上班。我在郑州没有别的熟人,不知向谁求助,于是我就给宣传处的打字员吴天宇打电话,他听了我的困难二话没说就跑来了。大件家具我们两人抬,小件东西一个人搬,整整干了三个小时才休息。搬到最后一件时,我们二人都累得没有丝毫力气了,把东西扔到楼下,再也没有力气把它搬到楼上去。

这是我多次搬家中最累的一次，几乎使我的体力耗尽，这一次搬家足以让我铭记一生。那天搬家后我请小吴到饭店吃饭，点了饭店里最好的菜，不是为我，而是为小吴。因为这是我最困难的时候，困难中的援手是不能忘的，我一直记住小吴在我最无助时的全力相助。

　　吃过饭我让小吴回去休息，我把放在院子里的剩余东西一件件往楼上房间里搬。第二天岳父他们乘火车到达郑州时，我的家也都安置就绪。尽管累得不行，我见了他们仍要装出很轻松的样子，因为搬到郑州是我梦寐以求的事，我若显得很疲惫，他们肯定没法高兴，那就破坏了此时应有的快乐气氛。

　　一次跨省大搬家，在曲曲折折中完成了，我从安徽搬回了河南，我把它称为"终级搬家"，因为我再也不会回到合肥那个柴扉小院了。虽然离开了合肥，但我知道，那些发生在柴扉小院的故事并不会消失，也可能会随着时光的流逝而更加清晰，这清晰不是在视线内，而是在记忆里……

第三辑　缕缕烟火

鹊之悲伤

住进"高干别墅"之后,我惊讶地发现,紧挨东山墙的地方,竟有一棵硕大的梧桐树。

梧桐树上有一个鸟巢,巢里是一对黑白相间的花喜鹊。我对这座"高干别墅"的好感,就是从这树和鹊开始的。除了因为"家有梧桐树,能引金凤凰"这一吉祥俗语,还因为鸟在城市里越来越稀有。

但有一天,鹊,突然死了。

留下一蓬空寂的巢,被大树擎托在高高枝头上,任呼啸的风凄凄地嘶鸣,任淅沥的雨惨惨地飘洒。它像一座被冷落的老屋,圆睁着一双无神的眼睛,再也感受不到阳光的温暖和寒冬的残酷。

望着那空寂的巢,一种莫名的失落和哀伤便从心底倏然升起,且愈来愈挥之不去。

有段日子我想忘却但始终没有做到,因为那棵树就在我柴门老屋的窗外,那巢就在我每次的仰望里。

对鹊接受是在住进城市以后,而对鹊产生这份特殊感情,则是在城市的工业文明高速发展之后。

看到一棵棵大树被无情地伐倒,一幢幢大楼在大树曾经茂盛的地方拔地而起,那种代表生命和生机的绿色,一片片被抹去、消失,兴奋惊叹之余,一种脱离自然的焦虑也悄悄占据着思维的空间。

这时我长期被绿荫覆盖的目光,便不自觉地转向了窗外仅有的一树枝头。它像一位手执绿色长剑的将军,即使厮杀到只身一人,也毫不畏惧地站在那里,以巨大的华冠宣告勇士的不屈,来对抗钢铁和混凝土的进攻。

于是,一片浓浓的绿荫常在艳阳炽热时投向我的窗,用那孤单的身躯给我遮一片可心的凉意,那准时忘我的忠诚令我由衷地感动。仿佛那大街上的吵嚷、机器的轰鸣和钢铁的撞击声,都被它拒之遥远,或过滤成抒情的轻音乐,缓缓飘来,我在它绿色眼睛的瞩望里,安宁阅读厚厚的生活。

记得那是一天早晨,两只鹊从远方飞来,轻盈地栖落在大树婀娜的枝头上。一阵清脆的叫声破窗而入,唤醒了睡眼惺忪的我。当时好一阵惊喜,因为这久违的声音被繁忙和焦虑代替,已逐渐被我淡忘了。鹊在早晨鸣叫得尤其动听,我家乡有句谚语:"早晨喜鹊叫,必有客人到。"这鹊是专门为我来报喜的吧!是不是我千里之外的家乡,有亲人要来呢?

我的家乡是个叫上白峪的小乡村,那里是花红柳绿、碧翠成荫的地方。零散的房舍被绿荫掩映着,每当朝霞东升,百鸟齐鸣,或婉转,或清丽,或悠扬,或高亢,竞相唱出最美的歌谣。

在这和谐的交响乐里,淡淡的炊烟袅袅飘起,辛勤的人们便开始了一天的劳作,人与自然和谐相处,甚至完全成为自然的一部分。家乡有鹊,毛光滑而柔顺,有黑白相间的,有银灰色的,长长的尾巴像活动发射天线,接收和传递着人类的信息。

那时并不知道自然与人类的友谊,放学后和小朋友们一起爬树,掏鹊蛋,然后用干草烧了吃。每当这时,还没来得及做妈妈的大喜鹊,总要远远地围着我们飞啊叫啊。我知道那飞和叫都是对人无可奈何的抗议。粗壮的树干上常留下我们攀缘的痕迹。不过这种"自助餐"是要背着父母才可为之的,否则逃不了一顿训斥、几个巴掌。

后来我想,这种捣鸟窝、掏鸟蛋之类乡村孩子几乎都干过的事,父母童年时肯定也做过,成人之后,大概是怕自己的孩子从树上摔下来;也或许是为人父母,以人比鸟,感受出了父母爱子之情的深厚,同时体察到了人与自然水乳交融的关系吧。

家乡人渴望城市,但不知道城市少鸟。在离开乡村十几年后,我那从不愿走出小乡村的父亲,在我几封信的盛情邀约之下,终于不远千里地来到他大半个世纪梦中的都市。我陪他逛公园、看商场,尽量在他记忆里留下一个大千世界。谁知第三天,他就要我给他购买回程的车票,原因简单而出乎意料:城市里听不到鸟叫。

他说三天里就看到一次鸟,还是在动物园的笼子里。父亲也许一时无法接受城市拥挤的人流、日夜不断的噪音和冰冷坚硬的水泥建筑,因为那个他生活了几十年的乡村是不会一下从心中抹去的。可他对鸟的敏感和留心,却使我第一次意识到:作为自然意义上的人，父亲才是纯粹的。

后来我曾回家乡探亲，乡亲们见了我竟以同情的口吻问我："听说城里鸟都不能养活，那人咋过哩？"望着他们焦虑不安的脸庞，我无言以对。

就是送父亲走后有鹊飞来的。我斜倚窗台，久久凝视着这在绿叶间跳动的小精灵，有一种说不出的喜悦，像泉水漫过我渴望的沙滩。它们光洁而漂亮，乌黑的头颅上闪耀着两只机灵警惕的大眼睛，银灰色的羽毛纯净而服帖，把一副娇小的身躯装束得玲珑、雅致、可人。有时它们分明看到了在窗口仰望的我，但仍以从容的神态起落于纤细的枝条。

我渐渐发现鹊飞走再飞来时，口中衔着一根小小的棍棒，忽然醒悟，鹊要在这棵大树上筑巢了。它们为什么要在这里筑巢呢？是因为痴情盼望的我，是这孤独的大树，还是因为这寂寞烦躁的城市，抑或是这破旧的"高干别墅"？

但这对美丽的夫妇肯定是经过精心探察、协商然后决定的。它们一次次地向远方飞去，又一次次把经过筛选的棍棒衔来，不需要督促，没有谁偷懒。巢，成了彼此心中的唯一目标，因为巢可托起幸福的梦，可充实相爱的过程，可证明风雨打不散的真情。它们是在用辛勤的劳动编织一个爱的殿堂啊！

终于，鹊以其坚韧不拔的毅力完成了宏伟的工程。看着它们甜蜜恩爱地依偎在共同搭起的安乐窝里，一种莫名的轻松和欣慰从心底升起。我把发自生命深处的祝福，化作一缕温馨的阳光，悄悄投向巢中的鹊，不知能否为它们增添些许安详和喜悦。虽然它们不能与我对话，不懂得我复杂的情感，但它们以真实的存在丰富着我的想象,充实着我的精神,装点着我的那扇吱吱呀呀的柴门,在幻想与现实之间设了一个活的支点,让我用现代文明的思维去怀念最初的家园,并使我时时体会到:能与鸟和平相处的人,永远不会有忧愁和烦扰,永远不会空虚和寂寞,也永远不会走出人的本性的边缘。

此后,鹊成了我笔下和生活中的一部分,我还写信把喜鹊在窗外筑巢的消息告诉了在河南老家的父亲,请他农闲时能再来这里小住。

但鹊死了。这消息是隔壁王奶奶特意告诉我的,她知道我常在窗口望鸟。杀死鹊的是一个年轻人,年轻人衣着崭新,手中的气枪也崭新,举枪瞄准的动作轻松而随便,枪声清脆而轻微,完全被大街上的噪音所淹没。据说他瞄准时,鹊对身边逼近的杀机毫无察觉,只在一只鹊被杀而落地后,另一只才仓皇飞逃。

王奶奶愤愤然讲述那个罪恶的经过时,我却出奇地平静,似乎在喜鹊飞来时,我就已料到今天悲惨的结局。

我想安慰老人几句,但说什么呢?即便安慰了她,我自己能获得安慰吗?在人类赖以生存的地球上,任何生命都应是人类的朋友,而这数百万人居住的城市没能容纳一只鹊,一只自愿飞来作为我们朋友的鹊。

空空的巢再没有往日的亲昵和欢乐,只能以没有生命的躯壳点缀着悲凉的风景,告诉匆忙奔波的人们:这里曾拥有一个相爱的故事,但没有留下任何欢乐的情节。

当我提笔为鹊殇而哀的时候,心中却在默默为蓬勃旺盛的人们而悲了。假若有一天这败落的"高干别墅"不在了,这棵高大的梧桐树还会存在吗？即使在，我也不期望有鹊或别的鸟儿再来，我不希望悲剧在我这柴门老屋之外重演。

梧桐树之死

驻守在城市便有一种渴望,那就是能看到树。

随着平房的倒下,大厦的竖起,这渴望就愈加强烈,因为大厦往往侵占了树的领地,使那些水泥钢筋混凝土肆无忌惮地将泥土掩盖禁锢在身下,剥夺了种子在这里发芽生长的权利,使这些与自然有着千丝万缕联系的人在人类自己的逼迫下,逐渐疏远自然,淡漠与自然的亲爱之情,以致今天在大城市,与树的联系变成了一种愈来愈不能多见后的渴望,城里的人们被迫在那远离大地的阳台上,栽起了可怜的盆景。

在渴望树的家族里,我一直觉得我是幸运的,因为在我住的"高干别墅"窗外,几米远处就有一棵蓬勃蔽日的梧桐树,年年叶发叶落,夏日以浓厚的绿叶把烈日遮住,投下一片凉凉的绿荫。春天发出嫩嫩的绿芽来,饱蘸翠绿的色彩,写下了跃跃欲试的生机。

虽然它不在我的住房前面,也不在我的篱笆墙之内,而只是在我房间东侧的窗外,但它举目可见的茁壮绿色常令我激动和兴奋不已。特别是长久伏案写作正当头昏眼疲之时,抬头仰视窗外,梧桐总是忠实地站在那里,让我久久地注视至脑清眼明,疲倦消失。

有时朋友到家中来,常叹我至今还住在这"大跃进"时期建的破旧平房里,我总是很自豪地反问:"你楼前有树吗?有遮天蔽日的梧桐伞吗?"有得必然有失,这是世间万物的二律背反定律,在城市你可以得到一套楼房,在那水泥板装成的"匣子"里享天伦之乐,享与世隔绝的安谧,但你从此远离了自然,远离了人类赖以生存的泥土。这就是你的失去。也许你对这失去会不以为然,但这不知不觉中的损失,有可能使你找不到最初的家园,甚至有可能使你变得对生活烦躁焦虑,而缺乏作为人所应具备的最起码的同情心。

我工作多年没有住进楼房虽令人惋惜,可我拥有泥土和树。这虽然有脱不去的小农意识和阿Q精神,但我的满足是发自内心的。

没有体会到这一点的人,我想他可能是忽视了人类与大自然、大自然与现代文明的关系。因为我想人类社会的发展,应该是文明程度越高,对自然的感情愈深,而不是相反。

可正当我为门前有株巨大的梧桐树而感到欣慰和自豪时,发生了一件意外的事情——邻居的房子失火了,熊熊大火虽然没有给他家庭造成大的损失,但把紧靠房屋的梧桐树那粗大的树干烧焦了一半!

这是一个初秋时节,不该飘落的阔大的叶子,第二天便枯萎了,接着过早地落了下来。我看着落叶缤纷的凄惨情景,心中有无限的悲伤。

此后梧桐树只剩下蟠虬苍凉的枝丫站在天幕之下,像一个被解甲的勇士,失去了往日的风采。

秋风响时听不到哗哗的回应,连那急急的秋雨打在它的身上,也悄无声息地没了节奏极强的音韵。偶尔会有一只灰喜鹊喳喳叫着在枝间跳来跳去,它那筑在树丫上的巢像一只大睁着的黑眼睛,在寻找给过它保护的绿叶。

自从树叶落去,有很多鸟儿的婉转歌喉也随之消失了。

我常望着那秃秃的枝头伤神,因为这不是光秃的季节。无奈火是残酷的,谁想房子失火呢?

我在自我劝解中期待另一个春天的到来,期待新的春天梧桐发出新的嫩芽。我相信"野火烧不尽,春风吹又生"的诗句。它总给人以希望,让你柳暗之处重见花明,心中常有个美好的盼头。

春天从来是守约的,如期降临在中国的大地上,但梧桐树没再发芽。远方的树绿了,远方的苗青了,远方的花开了,我的梧桐树仍然是干枯地站在那里,枝丫高高地举向天空,像在振臂呐喊:"还我青春!还我生命!"

梧桐树的主干有一抱粗,只是烧焦了一点青皮,我怎么也不相信它就这样走向了生命的终结。然而事实是无情的,它从此没有了往日的风华,就连它树丫上的鹊巢,也成了一只永久的黑眼睛。

树死不能再活,都是因为人的过失。或许不会有人为它的死联想许多,但我不能忘怀,不能忘怀它在我那些失意的日子里,给失落的我以安慰;它在我快乐的日子里,给启迪我的思索。我真害怕,假如有一天世界上没有了树,那人类还能存在吗?但愿我的忧虑是多余的。

或许我以后也会住在那没有树木掩映的楼房里,但在我心中会永远有一棵高大的梧桐树,支撑起生命的太阳。

隔湖相望的厕所

实践证明，人的欲望和要求是永远没有止境的。

我住进"高干别墅"之前，只是想着有一间房子容身，一旦深更半夜灵感袭来时，可以从床上随时爬将起来写下所思所想，而不会打扰到别人休息。我打赌，当时只想到了房子，绝对没有想过房子外的菜地，没有想过这个房子有没有卫生间。因为与其他因素相比，房子才是主要的。

然而矛盾是不断转化的，主要矛盾被解决之后，次要矛盾就立即转化为主要矛盾，比如说卫生间，说通俗些，就是厕所的问题。

人每天要吃喝拉撒，吃喝完了拉撒就是当务之急。原来的"高干别墅"是有一个卫生间的，一套房子一分为四给我们四家住的时候，一个卫生间怎么也分不成四份，最后只好留给了领导的秘书家使用，而我们另外三家只好自己解决了。自己解决有三条路径：一是自己在院子里建厕所，二是在屋子内部处理，三是去外面找公共厕所。

我的院子本身就不大,如果再辟出一块地儿建厕所,就会严重影响到种菜问题,那是说什么也舍不得的。再说在一个小院子里再建个厕所,无论建得多么美观,也有伤大雅,势必破坏院子的完整性,那真是大煞风景。房屋内是一间半的小平房,一家三口人,居住都紧张,更没有改造成卫生间的可能性。唯一剩下的一条路,就是到外面找公厕。

借问公厕哪里有,行人遥指湖对岸。

公厕其实并不远,就在我柴门老屋的东南方向,用尺子直线拉过去,最多也就一百二十米。可问题的关键是尺子不是桥,是不能当路走的,因为中间是一个池塘,就是我说的东湖,它在我家的东边。

"高干别墅"是在一个池塘的西北方,远看像是坐落在一个半岛之上。我更习惯称池塘为东湖,这样我居住的地方就有了湖滨的感觉。

走出我朝东的柴门之后要向北走一百五十米,然后右转向东走,走一百二十米后,折转向南,就是顺着东湖的东侧黄金湖岸一直走下去,走完三百八十米的路程才到达湖的东南角上,这里有一个虽不是雕梁画栋倒也有红砖蓝瓦的建筑,高高地矗立在下风下水的地方。正门两侧各写着一块牌匾,左为黑体大字"女",右为略显单薄的仿宋体大字"男"。

好一处漂亮的公厕啊,我心中暗喜。但它的内部并不像外表光鲜,是一个蹲坑式的旱厕,空间很小,不但味道十足,而且蹲位极少,女厕门内我不知道有几个蹲位,男厕这边只有两个茅坑。

小区的公厕主要是早晨使用率高。我屈指一算,一个坑供十户人家的男性使用,可以说是绰绰有余,那两个坑就能供二十户使用。

可我算错了,在这个厕所的周围住着一百二十户家中没有厕所的居民,他们大都是和我一样的无房户,临时凑在这个老营区的大杂院里。综合侦察到的这些情况,完全可以断定,以后每天早晨,如厕都将是一场争分夺秒的战争。

凡事预则立。第二天早上如厕时,我专门打了提前量,可还是晚了,前面已排起了长队。看到的情景与我之前的推想完全相同,甚至有过之而无不及。我反思问题出在哪里,第一就想到了路途过于遥远,从出家门算起,到厕所的距离是六百五十米,正常情况下五分钟走到该不是问题,可问题是道路坑坑洼洼,几折几拐,路上遇到熟人再寒暄几句,这样常常要耽搁一两分钟,在分秒必争的早晨,两分钟足以贻误战机。

为了不把重要的事情耽误在路上,我把那辆多日不骑的二八飞鸽自行车推到修车铺,让修车师傅给全面检修了一遍,这样确保随时拉得出、骑得上、跑得动。

我决定骑车去如厕,不如此将难以保证在急风暴雨到来之前,占领那个释放重负的紧俏位置。

当然这不是我的发明,而是在遭受几次抢位挫败之后,看到了自己与他人相比输在了速度上。那些胜利者绝不是超过了我的百米跑速度,他们只不过是借用了现代化的交通工具,用车轮子跑过了我的两条腿。这在解放战争时期就有无数战例证明了的道理,却被我在和平时期忽略了。

骑自行车上厕所,使厕所前形成了一道新的风景线:每天早晨厕所的前面和左右方都有自行车停放,有的停得很整齐,有的停得很随意,有的干脆就是随便往地上一扔了事。

后来我就从自行车停放的状态,判断出骑车之人如厕时的轻重缓急:放规整的肯定不着急,或都是来得早,不用和谁抢位置;放得凌乱的,肯定是看到有人即将走在他的前面,而来不及讲究了;那些往地上一扔了事的骑车人,无疑是到了大堤即将决口,不急就要发展到"管涌"的地步了,哪还来得及顾这自行车?那时候路上纵然有金银珠宝他也是不会捡的。

那么是不是有了自行车,有了速度,就能次次占先呢?非也。人多而坑少,仅靠速度只是抓住了问题的一个方面,还有很多因素制约着你的任务完成得圆满而顺利与否。比如说他人的急缓程度,他人的到达早晚,等待之人多与少,先行者的速度快慢,是否有为别人服务的先进思想,等等,哪个环节不顺畅,不要说你骑的是自行车,就是开的奥迪奔驰那也白搭。

那些日子早晨如厕成了一块心病。正常情况下还好对付,如果遇到闹肚子等紧急突发事件,就只能点头哈腰赔笑脸,先借别人的光了。好在谁都会有突发事件发生,每当这时大家虽心中一百个不情愿,但还是会给个方便的。俗话说,与人方便,与己方便,这本来就是个方便的地方,都方便了才是真的方便。

古城郢是个老营区,人员成分复杂,又是零散住户集中居住的地方,可能是管理起来特别麻烦,经费什么的有不小的难度,很长一段时间里一直是放任自流的状态。混乱程度从如厕一事可见一斑。

我在那里住了六年,以前我是个慢性子,而如厕使我的这一毛病得到了有效的扭转,我学会了合理安排生活。

后来调北京工作的初期,在颐和园东门外的六郎庄租过一年房子,遇到了几乎是同样的如厕问题,有了古城郢老营区积累的实战经验,应对起来就非常自如了。我常说要感谢生活,特别是感谢艰苦的生活,是柴门老屋那些日子里经历的艰苦生活,为我打下了坚实的基础。

现在我早已住进了几室两卫的楼房,用的是新颖别致、光可鉴人的马桶,人性化的马桶盖,冬暖夏凉的坐垫,马桶边上就是书架,可以不论时间不被催促地边方便边看喜爱的书,再不用骑自行车去抢厕所了。

舒适优越的条件反而让生活少了许多生机和情趣,有时就自然而然地想起住在过气的"高干别墅"里,守着那一间柴门老屋,经常为如厕闹心的往事,感到真正的幸福还是要靠奋斗来取得。

由此我想到人,一生中总是要有点经历的,顺境中的经历,逆境中的经历,辉煌风光的经历,艰难困顿的经历,热恋失恋的经历,思念失望的经历……这就是哲人说的,有比较才有鉴别,因苦而知甜。否则你的人生就不完美,即使以后身处幸福之中,你也品不出幸福的甜蜜和曼妙。

半亩方塘一鉴开

我眼中的东湖,就是我居住的柴门之东那个池塘,由于它地处偏僻一隅,在相当长的时间里,都是处于异常安静的状态。

它就横在我的柴门外,每次出门最先映入眼帘的,就是这一塘池水。看到它我总会想到朱熹那首《观书有感》:"半亩方塘一鉴开,天光云影共徘徊。问渠那得清如许?为有源头活水来。"

诗的前两句就是这方池塘的真实写照。仿佛生在宋朝的朱熹未卜先知,知道我今天要与半亩方塘为邻为伴,预先把这情景描写出来,使今天的我除了背诵他的诗句,再无更恰当的言语来形容它。

当然朱老爷子也有失误的地方,那就是他的后两句诗。他虽然料到我的门口有半亩方塘,可他并没预测出这半亩方塘是死水还是活水,所以他说的"问渠那得清如许"就错了,这池塘里的水并不很清,是半浑浊的,更确切地说有些泛黄,像我上小学时用的作业本的纸张的颜色,粗糙不净,褐色中带点微黄。从水面看不到水底,不是水深,而是水太浑。浑黄的主要原因在于它不是活水,不是活水也就没有源头,至于水从哪里来的,我不知道,别人也不知道,似乎没人说得清楚,但它盈盈一塘,常年不竭。

池塘四周有几棵高大的凤凰头树,使水面在一年三个季节里都处在阴凉之中。

我说过池塘是安静的,除了夏天下雨的时候,雨水落在水面上发出声音。

一般雨水落在树叶上的声音是哗哗的,落在枝干上的声音是唰唰的,落在地面上的声音是嚓嚓的,落在房顶瓦片上的声音是啪啪的。而落进水面的声音,如果是小雨就没有声音,只能看到池面上有一圈圈的水环形成涟漪荡漾开来;只有在雨点越下越大越下越急的时候,才能听到水滴与水面发生撞击发出的叮叮咚咚、噔噔当当交合的,无法分辨又不是完全相融的,相互抵消又互相辅助的响声。

一个周日的中午,我正在我的自留地里翻挖土地,准备深挖细作再种一茬黄心乌的时候,看到安静的池塘边突然来了一位不速之客。

他头戴一顶遮阳帽,悠然自得的样子,然后我就看到他打开手中的袋子,忙乎了一阵子,拿出各种东西。

然后他把一根鱼竿似的东西放进了水里。我的第一反应——他是来钓鱼的。二十分钟后我趁休息的当口,走到垂钓者的跟前观看,这一看不当紧,发现了一种从没见过的东西在他身边的塑料桶里欢实地爬动。

它的样子像是海里的大龙虾,只是个头小了许多。那两只大钳子张牙舞爪地到处挥动,像一位身穿铁青色盔甲的大力士,甚是可怕。

我问垂钓者这是什么，他说："没见过？这是小龙虾。"我问他好吃，他说："你钓了吃吃就知道了。"我说以前从来没人来钓过，他说那是很多人不知道它好吃，也不知道这水塘里有小龙虾。

我问他是怎么知道这水塘里有小龙虾的。他说流动的河水里没有，池塘里都有，越是浑浊的池塘里面越多。我问他怎么钓。他说很简单，弄根棍子，上面系根绳子，绳子一端绑上一块肉，什么肉都行，放进水里，等它咬到肉之后把它拉上来就抓住了。

听了他的话，我顿时来了精神，跑回院子，从篱笆墙上抽出一根竹篾，从妻子正织毛衣的线团上拽了一截一米多长的毛线，又跑进厨房去找肉。

可找了半天竟没有找到一点肉。我问妻子把割的肉放哪了，她头也不抬地说："你上星期割了多少肉？"我说："半斤啊。"她问吃多少天了，我说不刚好一星期吗，说完我就后悔了。因为我一周只给家里买一次肉，一次只买半斤，一家三口人吃一星期，上周日买的，又该买肉了，我还没去市场呢。

我没向妻子请示，就骑上自行车直奔菜市场。为了不因为钓小龙虾从半斤肉中扣除一部分而影响全家人的生活质量，我专门多买了二两肉，不过这二两肉是肉摊上的下脚料，没有增加多少开支。

回到家中，我把这下脚料切成几小块，将其中的一块牢牢地拴在毛线上，来到池塘边，迫不及待地抛进了水里面，然后手握竹篾钓竿开始焦急等待，两眼睁得大大的，生怕错过了拉绳子的机会。甚至脑海已经在想着若是钓出小龙虾，是先用手抓它还是先用脚踩它,抑或是直接放到水盆中。我已端了一个大水盆放在了池塘边上,为的是不让钓上来的龙虾跑掉。

可等了很久,水面上始终没有动静。我抬头看看对面那位垂钓者,似乎正在往他的竹篓里放另一只龙虾呢。

水中有树的倒影,也有蓝天的倒影,偶尔会有几片白云飘过,来印证朱熹老爷子为我的池塘写下的千古名句。

秋天了,凤凰头树上的知了早已在秋风中销声匿迹,甚至没有一只小鸟飞来发出几声啁啾。种种迹象都表明这是垂钓的最佳时机,在这么好的时刻,又有大块的美味在诱惑,真不知道这些小龙虾还在犹豫什么。

也许是被我的诚意感动了,终于看到沉入水下的绳子动了一下,接着又动了一下,等第三次抖动的时候,我已确定是小龙虾贪嘴咬饵无疑了,因为我握着钓竿的手明显觉得有东西在拉扯。

我按捺住喜悦的心情,深吸一口气,把快要蹦跳出来的心儿往下按了按,右手向上轻轻一扬,咬着诱饵的一只小龙虾就被我给拖出了水面。

面对它巨大的铁钳,我是不敢用手去抓它的,踩在脚下同样不能使其进到水盆里,索性直接往水盆里一放,我拎起绳子就抖了起来。我想小龙虾再贪嘴也禁不住我这上下一抖搂,何况生命遇到了巨大的危险,它怎会为了一点蝇头小利而甘愿丢掉性命呢?可它就是这么贪婪,我连续抖了几下,愣是没有让它和那块肉脱离,最后我用棍子用力敲打小龙虾的外壳,才让其松了嘴。

由此可见,小龙虾是多么愚蠢,为了到嘴的食物不管死到临头的危险。

从这种遇事不分轻重缓急,甚至不明白只有有效保护自己才能更好地吃到美食这一起码的战术思想的行为来看,它成为人类餐桌上的一道小菜,也就不足为奇了。

小龙虾愚笨,让我这个第一次垂钓的新手竟大有收获,不但钓出了十多只小龙虾,更难能可贵的是,被用作诱饵的几块肉一块也没有损失掉,这使我的成就感大增。当天晚上我剁了一堆葱姜蒜,往铁锅中倒上油,放在煤球炉子上一顿爆炒,一盘香辣小龙虾就出了锅……

这次钓小龙虾的经历,让我收获颇多,一是掌握了一门技术,二是改善了伙食,三是增加了营养,四是增添了乐趣,五是调节了心情,六是对半亩方塘有了新的认识,七是为就地取材提高生活质量找到了一个新途径,八是不用上市场买肉也能吃到荤素搭配的菜了……

后来我再钓小龙虾时,不再用手握竿,干脆同时弄几根钓竿,并排插在水塘边上,我拿本书坐在那儿看,哪个竿子抖动了,我就起身把小龙虾拉上岸放进水盆里。我即使对小龙虾鄙视到如此程度,它们还是照样前赴后继来当俘虏,实在是蠢笨得可爱。

令我没想到的是,正当我为这诸多收获暗自高兴时,吃小龙虾的全民活动也日渐显现。

时隔不久,来池塘边钓小龙虾的人已是络绎不绝。

各种钓竿林立,各色人等云集,这个安静的半亩方塘,再也没有了往日的风平浪静。由原来的天光云影共徘徊,变成了竿光人影共徘徊。

望着池塘边热闹的景象,我忽然对小龙虾有了一种莫名的愤懑,起初钓小龙虾时的喜悦荡然无存,只剩下对杂乱人员喧嚣的无奈。我扰乱了小龙虾的生活,小龙虾也扰乱了我的宁静。

从此以后,我再没钓过小龙虾,因为面对不再宁静的池塘,我开始怀念往日的平静。可欲望已经被挑起,那种日子再也回不来了。

我想,这也许是对我这个贪食者的惩罚吧。

庭有枇杷亭如盖

人,永远对新鲜的事物保持着一种天然的好奇。

在住进"高干别墅"之前,我只住过连队的营房,早已习惯了一排排红砖红瓦的营区大院子大平房,不但看着顺畅,住着也顺畅。十几个人一个班,住在清一色的大板床上,高门高窗高屋顶,宽敞而明亮,即使是遇到紧急集合,也能几个人并排向外跑。

突然住进"高干别墅"之后,我发现这里虽也是营区,但不再是营房,甚至找不到营房的所有特征,有的只是过道、走廊、不对称的小房间,甚至在房间里拐几道弯才能找到出去的门,这让我好一阵子都不习惯。

别墅的院子更是有别于部队的营院。我用来种菜的小院子,并不是别墅的正院,而是朝北的后院。这个小院子地方小,与其他院落是用水渠和树木隔开的,虽没有围墙等筑成的壁垒,但也不方便自由往来。

北门正对着的是另一栋别墅的南门,南门里住着的是一位过世首长遗孀一家。两家中间的分界线是一条水渠和几棵树。

我天生对树敏感,这除了因为我从小就生长在绿树掩映的山村,并且树的绿色与我身上的绿军装颜色相近,还有一个重要原因是树能给人以希望——春天的希望,萌发的希望,向上的希望,开花的希望,结果的希望,未来的希望……

而这几棵作为两家边界的树,一棵是桑树,另一棵也是桑树,桑树结桑葚,寓意好葚(事)成双;还有一棵是橡皮树,枝繁叶茂,大而肥实的叶子发出闪亮的光芒,据说是四季不落叶的常青树;桑树和橡皮树都是我认识的,唯有第四棵树还不知它属于何方神仙,树冠不大,个头不高,主干直径不过两把粗,树枝既不同于桑树枝条的柔软绵长,也不同于橡皮树的粗壮而挺拔,它的细枝圆润结实,杈多而节短。

由于我住进别墅时正值冬季,其他树还不到发芽的季节,但它仍然是绿色一帜,绿是那种浓浓的绿、深厚的绿、沉静的绿、憨态可掬的绿,看到它就有上前去抚摩、揉捏的冲动。叶子的正面像橡皮树的叶子,闪烁着油亮的光,但并不娇嫩,背面绿中泛白,像一层雾笼罩着,细看却是一层白毛。

我一时无法叫出它姓甚名谁。我想这种隐姓埋名的树,说不定是一棵低调为树的极名贵树种,只是不善张扬罢了,我自然不会小觑它。

很快就进入了冬季的尾声,万物有了复苏的迹象,朝阳处的小草怕被世界忽视了似的,已是草色遥看近却无了。我照例每天早晨出门前看看桑树和橡皮树,再看看那棵无名树,生怕因不知名而把它给忽略了。

无名树真的无名吗?肯定不是,只不过我叫不出它的名字罢了,为此我请教过每个来我家做客的人,可很少有人叫出它的名字。由于它的长相非常像我老家上白峪村后跑马岭上的栎树,一段时间我干脆就以"假栎树"称之。直到有一天一位浙江的朋友来到家中,他在院子里视察我的菜园子时,随口说了一句"那棵枇杷树今年该结果子了"。

我惊讶地问了一句:"你说那是什么树?"

"你还不认识吗?枇杷树呀。"

哦,我恍然大悟,原来这棵无名树或被我称作假栎树的树,就是充满诗意的枇杷树。从那之后我就对它多了几分期待,也多了几分眷顾。

树和其他众多生命一样,只要你喜欢它,它就有感应。后来再看枇杷树时,仿佛它的形状、姿态、长相、容颜以及寓意,都与以前有了极大的不同。这不同还是外在的,很快就有了内在的不同映入眼帘。

它开花了。

在肥厚的叶子下,在每个枝杈的两侧,都长出了一串串一簇簇米粒儿一样的圆球球。由于叶子的遮挡,不认真观察是很难发现的。也许它原本就没想让人发现吧。

这时我又想起那位浙江朋友的话,"那棵枇杷树今年该结果子了"。如果真是这样,说明枇杷树是第一年挂果,这第一年也是我住进这"高干别墅"的第一年,说明以前住在别墅里的人都没有看到过枇杷开花,我这是住上了旧房子还能吃上新鲜果啊。

我是幸运的,前人栽果树,我来摘果实。

枇杷花以极慢的速度在长大,季节走出冬月的时候,聚在一起的黄色骨朵渐渐饱满、膨胀,不久就有细细的裂纹出现在骨朵上,再过三五天,裂痕炸开,花瓣形成。

瓣分五片,均匀地向不同的方向后扯,像小时候孩童玩的"扯拨箩"游戏,一个个小人儿双脚并在一起,手与手相互拉着,头和身子尽量仰向后方,快速转圈圈。

就是它们这一仰之间,我看到花瓣张开之后内部是白色的,素雅洁净,花瓣之内有花蕊挺立,如一撮小小的金针菇,黄得透亮。

第一次看到枇杷花开,且这么近距离地仔细打量,我发现什么树开什么花的真理是那么正确而准确,这美丽而奇特的枇杷花,果然不同于其他花绽放时的状态和情怀。

那时候我还没有吃过枇杷果,看到花瓣我首先想到的是枇杷果的滋味,是酸的,还是甜的?是脆生生的,还是松软面糊的?

我就这样看着枇杷花开,脑海里想当然地出现了一树枇杷,嘴巴会不自觉地咽一下口水,仿佛新鲜的枇杷果就捏在我的手指间了。

但当我幻想着吃枇杷的时候,却忽视了一个很重要的问题,也是基本的事实:这株枇杷树不在我的菜地之内,也不在我的院子之内,而是和桑树、橡皮树一样长在水渠渠沿之上,水渠在我的篱笆墙之外。

当然它也不在对面的院子之内,因为水渠是公用的,这就意味着枇杷树也是公共的。

枇杷花已经褪色,果实越来越突出,就连那浓密的、椭圆形的阔大叶子也遮不住它们的光芒了。

第三辑 缕缕烟火 | 271

那果儿开始时是青青的,身上有细细的白毛,茸茸的,有几分羞涩,像总爱躲在母亲身后的孩儿。渐渐地,青色也开始褪去,黄色一天天显现出来,由暗黄、褐黄、深黄、金黄到淡黄色,自然而然又是神不知鬼不觉地转变着。我的目光也于这颜色的转变中发生着变化,这变化皆因心情的变化啊。

6月初的时候,枇杷的颜色就像熟透的杏子一样了,按照一般常识应该是到了采摘的时节。最想第一个尝到枇杷味道的不是女儿,不是妻子,反而是我这个大男人,嘴馋是次要的,主要想知道传说中的枇杷是个什么味道。

我说过了,枇杷树不在我的院子里,这就让我对摘枇杷的合法性,在心理上产生了疑问。要摘枇杷就要先跨过篱笆墙,跨过篱笆墙就跨过了边界。不知道对面的一家人是否也是这个心理,不然一树成熟的枇杷两家人竟然没有一人去摘它?

怎么办?是摘还是不摘?这关系到吃还是不吃的问题。我今天若吃了这枇杷,是否就变成可耻的了呢?

最后我决定还是要吃,如果枇杷熟了人不去吃,那枇杷该多么伤心啊。它肯定会想是人嫌它长得不够圆,长得不够黄,长得不够大,水分太少,糖分太低。这些东西想多了势必会影响枇杷树的健康成长,甚至会让它的精神一蹶不振,最后走向死亡也说不准。与人可怜的面子相比,树的心情应该更重要。为了挽救树的生命,我还是果断决定吃枇杷。

在把吃枇杷的性质确定为毫不利己专门利树之后,我很快付诸行动。

那天看对面院子没人,我像做贼似的跨过了篱笆墙,迅速从树上折下了三枝枇杷枝,上面有二十几个枇杷。拿到水管下用水冲洗后,抓起一个直接放进了嘴里,没想到放进嘴里的还有不能吃、无法咽的果皮、果核、果脐……

那是我第一次吃枇杷。如果有人问我第一次吃枇杷是什么味道,我会告诉他,是救死扶伤的味道,除此之外,什么也没品尝出来……

人生有很多第一次,每个第一次都是挑战和全新的体验。随着年龄的增长,虽然无数个第一次都化作了人生的阅历,写进生命的履历之中,但想起每次迎接挑战时的血液奔涌、心跳加快和忐忑慌乱,仍会会心地笑出声来……

电视编导秀厨艺

我一直认为,作为男人,在做家务活儿方面我是很优秀的。没想到在我这柴门老屋里却见到了一位家务专家,他只露了一手就把我给折服了,这就是安徽电视台著名电视编导方可老师和他亲手示范的手擀千层饼。

调合肥之后,我一直在武警安徽总队的电视新闻站从事电视宣传工作。

电视新闻站是一个专门对外宣传的窗口,拍摄、编辑、车辆等设备一应俱全,由李忠武、陈自长、薛文华组成的团队是一套素质很高的组合,专职将部队发生的感人故事和处置的突发事件以新闻或纪录片的形式,发往中央或省、市电视台。

当时安徽电视台有一个收视率很高的栏目,叫《人民卫士》,每周一期,每期十五分钟。由于武警总队是安徽人数最多的驻军,这个栏目便把武警总队作为主要稿源,有一段时间电视台甚至把演播室都搬到我们武警总队的编播室。

《人民卫士》的编导兼主持人叫方可,在安徽是很著名的电视人,不但生得风流倜傥,帅气十足,且博学多才,目光敏锐,对电视的感觉非常独到,他的作品经常在国内外获奖。

刚从基层调上来搞电视的我,对电视这个全新的领域,是个典型的门外汉。在与方老师的接触中,他对我的帮助非常大,不但使我在拍摄、编辑上很快进入实战阶段,在电视片的解说词写作方面,他更是手把手地教,并对我写的解说词亲自修改、点评,好在哪里,不足在何处,以后应注意什么,都一一指明,可以说使我受益匪浅。

方老师还有一个爱好和我有相同之处,就是写诗。他的诗深情、细腻、清新、委婉,最受女读者青睐。工作关系加上共同爱好,我们有了更多的共同语言,我的柴门老屋他不但不嫌弃破旧、苦寒,且时常光顾。

方老师最大的特点是多才多艺,手勤腿快,每次来我家都要张罗着做点什么。一次进门发现我妻子正在烙饼,他像发现了施展才华的大舞台,笑哈哈地说:"弟妹,咱俩分分工,你去烙饼,我来擀饼。今天让你看看我是不是行家里手。"说着就赶紧挽起袖子洗了手,把擀面杖从我妻子手中接了过去。

我说:"烙烙馍、烙厚馍、烙千层饼,这可都是我们河南妇女的看家本事,河南男人都做不好,你作为干部子弟,又是城市人,怎么会擀烙饼呢?合肥人是吃大米而不吃烙饼的呀。"他说做这种面食他是最拿手的,光说不练假把式,眼见为实,让我先看看。

于是我在边上就看着方老师抓面布,揉面,擀面,撒盐,抹小磨油,打旋子,一切都是行云流水,不打任何磕绊。

不争气的是我那案板,本来就不是一个正规的面案,而是用四根木撑子钉在一起,上面支了一块木板,不但面积小,一用力便乱晃动。妻子用惯了,能掌握着节奏,方老师是第一次在这么小、这么不规范,又是这么凑合的案子上擀面。他一米七八的个头,揉面时一用力,案子就像要散架似的吱哇乱响。特别是打旋子时,案子跟着他的节奏和旋转方向打旋,面布都在旋转中掉落到了地上。

但方老师一心沉浸在他擀千层饼的艺术表演中,好像完全没有在意这简单得近乎不是过日子而是为了一时应付的案板。他没说,但不代表他心中不想,之所以没说,是因为他知道我的小家庭刚刚安置好,生活并不富裕,还没有能力置办更好的生活设施。他若是半开玩笑地说出来了,我也许就释然了,他越是不说,我就越觉得对不住他,让他这电视台的大编导在这么寒酸的厨具上展示如此娴熟的厨艺,不光是委屈,对他的才艺实在是埋没,因为根本无法施展身手。

为了抵消心中的尴尬,我就边夸方老师擀面擀得好,边问他这做面食的本事是从哪里学来的。他告诉我,有这点手艺要感谢当年的上山下乡。他是下乡知青,下乡的地方在阜阳地区的界首农村,界首和河南搭界,也是中原大地的一部分,老百姓以面食为主。刚去时有当地大队派人给知青做饭,知青们只管参加生产劳动。但很快有人提出知识青年上山下乡是接受贫下中农再教育的,必须一切自力更生,于是他们自己就开始轮流做饭。就是在那样的环境下,他学到了一手做饭的本领。

听了方老师的话,再看他擀的千层饼时,就想到了一群城市青年男女在乡下的烟熏火燎中,手忙脚乱地和面做饭的情景。

方老师擀的千层饼每一层都很薄,且饼的中间与饼的周边厚薄均匀,更重要的是大小相似,都非常圆。能把烙饼擀到这种程度的人,我想他要么是干的时间很长,熟而生巧;要么是心灵手巧,一学就会;要么是干什么都特别爱钻研,是个把任何工作都当作生存的本领勤奋钻研的人。

眼花缭乱地看着方老师擀烙饼,我就感到了十分惭愧。因为我生在中原农村,小时家中几乎每天都要烙烙馍、烙厚馍,可每天做饭烙馍的人,雷打不动都是俺娘。俺娘心灵手巧,把厨房里的所有活计都干得像她的一手针线活儿一样,精细而雅致,不管粗粮细粮、黑馍白馍,我和弟妹们都吃得可口。

可我虽是家中的长子,却一直习惯于娘的劳动,从来没有主动学一学像烙馍、擀面条这些基本的生活技能,以致自己至今还不会烙烙馍。有时妻子不在家或在她逼着我去做时,虽也很用心,擀的烙馍却像耕地的犁上用的犁面,七尖八肘的,再用心都擀不圆。

作为出生在河南农村的男人,无论别的工作做得多好,如果不会做一手好的面食,那他也是算不上优秀的。方老师的优秀,肯定不全是得益于面条、烙饼擀得好,但与他擀面条、烙面饼时的用心、专心和欢心是分不开的。

那时我还没有自己的餐桌,中午吃饭时,临时把两个方凳并起来,放上一块木板,权作餐桌。

摆上饭菜之后,方老师像我们一家人一样吃得很开心。记得我那天吃了三张千层饼,比平时吃得多了一倍。

方老师看他的作品得到我们全家人的好评,说:"下次来我给你们擀面条,可以和弟妹比一比,看谁擀得薄。"我接过话茬说:"下次来我和您比,我就不信吃面食长大的男人做面食比不过吃米饭长大的男人。"然后我们异口同声地说"一言为定"……

就是从那天起,我开始跟妻子学擀烙馍、擀面条,把做饭中我的这两项短板很快弥补了上来,加上在连队当炊事员时已掌握的炒菜、蒸米饭、包饺子、腌咸菜等手艺,我可以自豪地说,无论啥时候走进厨房,我都不犯怵。

现在每次回合肥见到方老师,就会说到他在我那柴门老屋擀烙饼、做饭的事儿。虽然他已是电视界的大腕儿了,可在他的众多获奖作品中,肯定没有在我那吱吱作响的木架子面板上擀烙饼的画面,而我一直固执地认为,定格在我记忆中的那幅画面,因其不可复制、无比浓郁的生活气息,必将成为方可老师的不朽经典。

一箱可乐没快乐

我刚进屋,妻子就急忙问我:"发现了没有?"

我故作不解地问她:"发现什么?"

她神神秘秘地说:"可乐呀,一箱可乐,就在门口。"

"在哪门口?"

"咱家大门口啊!那么大一箱可乐你看不到?"

我看她较真了,笑笑说:"那么大一箱可乐你都看到了,我能看不到?"

妻子收起笑容说:"谁放那儿的?"

我也收起笑容说:"谁放那儿的?"

"我问你呢。"

"我正想问你呢。"

"原来你也不知道啊!"看着我没搭话,她接着说,"我下班走到门口就看到了,我还以为是你买的,忘带钥匙进不了门,就放在那儿了呢。想着你也不是那出血筒子啊,咋舍得买一箱可乐回来?弄不清楚缘由,我也就没有往家里拿。"

我看了看她,她转成了自言自语继续念叨着:"那会是谁放的呢?难道是谁送人送错地方了?谁也不会给你送礼呀。"

"你是想让人给我送礼吗?"

她把嘴一撇:"谁稀罕!你以为别人送的礼是恁好收的?就你那本事还能给人家办啥事儿……"

妻子开始上纲上线了,我赶紧打断她的话问:"那可乐是拿回来还是不拿回来?"

"那是给你的?"

"不是。"

"那你拿它干啥?"

"可它放在咱家门口了啊。"

"那水塘还在咱家门口呢,是你的?梧桐树还在咱家门口呢,是你的?"

"你这是抬杠,这可乐明明是放在咱家门口了,如果是靠着外面的篱笆墙放,不一定是送给咱的,可它已经拐进篱笆墙靠着咱家的篱笆门放了,肯定是送给咱的。"

"你都忒稀罕那点东西?泔水一样的甜水子,有啥主贵?再说了,是谁送给你的他肯定会告诉你,你着急啥?说不定一会儿就有客人来家里了。"

"我才不稀罕它呢!只是过来过去的让外人看到了还不知要干啥呢。"

"谁也不会不明不白地送礼。除非他是有礼送不出去了。"

吃晚饭了,可乐还在门口,没有人出现。

该熄灯了,可乐还在门口,没有人出现。

第二天早晨,可乐还在门口,没有人出现。

第二天傍晚,可乐还在门口,没有人出现。

妻子看我下班没提可乐的事儿,主动开了腔:"这一箱可乐放了一天一夜了,看来有可能是送给咱家的。今天送可乐的人有没有给你打电话?"

"没有。"

"也没有人告诉你?"

"没有。"

"没有可乐的任何消息?"

"没有。"

"这真是奇了怪了。"

"那有啥奇怪?可能送可乐的人早已忘记了。"我看天又黑了下来,对妻子说,"我把它搬回来?"

"都馊成那样?万一搬错了呢?再让人家搬回去?丢不丢人?"

"那有啥丢人?放咱家门口就是给咱的东西。要不放在咱家门口干啥?"

"那也是,不过我想着还是再等等吧!"

"这都一天一夜了,肯定有人看到过,过路的会不会认为是咱不要的?"

"你以为人家傻呀!五六十块钱一箱的东西,那可是你俩月的工资才能买到的,谁会买回来又扔掉?"

"那也是。"

又到了吃晚饭的时候了,可乐还在门口,没有人出现。

又该熄灯了,可乐还在门口,没有人出现。

到了第三天早晨,可乐还在门口,没有人出现。

到了第三天傍晚,可乐还在门口,没有人出现。

妻子上班距家近,每天下班到家早。我回去的时候她在门口站着,瞅见我进了院子就又问起了那箱可乐:"怎么样?"

"啥怎么样?"

"知道谁送的可乐了吗?"

"不知道。"

"你说这也是奇了怪了。谁送了东西不知道说一声呢?要么是你最熟悉的人,不用说你也能猜到;要么是你最不熟悉的人,说了怕你不接受;要么就是你不生不熟的人,不好意思告诉你。你说是不是?"

"你都把话说完了我还咋说?"

"这都两天多了,一箱可乐老放在门口也不是个事儿,你说怎么办?"

"凉拌。"

"我跟你说正经呢。"

"你不是说再等等吗?那就再等等,事不过三,三天之后再没有人出现,就搬回来。"

又到了吃晚饭的时候了,可乐还在门口,没有人出现。

又该熄灯了,可乐还在门口,没有人出现。

到了第四天早晨,可乐还在门口,没有人出现。

到了第四天傍晚,我下班走到院门口,看到一直放着可乐的地方,那个扎眼的箱子没有了。见妻子在做饭,我就问她:"谁拿走的?"

"啥谁拿走的?"

"别装糊涂了,可乐呀!"

"我搬回来了,都放三天了,你不是说事不过三吗?"

"那你不怕人家再来拿走?"

"有人拿了咱给他,搬回来咱又不喝它。"

"不喝你搬回来干啥?"

"是谁的咱给人家放着,啥时候有人来拿就拿走,啥时候知道是谁送的咱再喝,一直不知道,放到过期扔了它,来历不明的东西不能要。"

我觉得妻子说得有道理,把那箱子往旮旯里推了推,开始吃饭。

以后那箱可乐就在那旮旯里放着。

放过了一个秋天。

放过了一个冬天。

又放过了一个夏天。

那时候可乐进入中国时间不长,对于普通家庭来说,喝可乐是高消费,可在家里放了一年的可乐,包括女儿在内,没有人提出来喝了它,也没有人想起要喝了它。它就那样放着,占着我本就不宽余的房间一片宝贵的领地。

第二年的秋天,我到阜阳我的老支队出差,晚上和支队领导一起吃饭,卫生队长站起来给我敬酒,碰杯之前他告诉我:"你在支队时咱俩关系不错,到了记者站,你对我这里的宣传做了不少工作,我一直心存感激。咱们是老战友了,去年我去合肥,专门到家里看望你,不巧家里没人,我把买的一箱可口可乐放在门口就走了。下次去合肥一定去你家喝酒。"

听了他的话我半晌无语,接着连罚他喝了三杯。

饭后第一件事是给妻子打了个电话,告诉她害得我们一年心神不宁的罪魁祸首,终于找到了。

第一本诗集诞生记

但凡创作的人,都忘不了自己发表的第一篇作品和出版的第一本著作。

我发表的第一首诗名字叫《复活》,发在地区小报《蚌埠报》上。但这不是我写的第一首诗,我写的第一首诗不是发表在报纸上,而是"发表"在我的老家神垕镇上白峪村路边的一块大石头上。

那首诗的内容我已记不全了,但在村子里引起的轩然大波我却没有忘记。当时县里、镇里还组成联合调查组,专门到村上调查了几天,因为有人举报说在上白峪村头发现了"反诗"。那是政治挂帅的年代,出现反诗必然有反革命,各级都如临大敌,必须要查出个子丑寅卯。

那一年我上初中二年级,年龄尚小,面对调查组的几次"审问",我并没感到害怕,因为我知道我写那首诗是有所指的,指的人和事儿大家都清楚,所以说写那首诗的动机和政治没有半毛钱的关系。

去年我和老父亲说起那次"反诗事件",他也记忆犹新,没想到他老人家还把那首"诗"给我背了一遍，可见我当时给他的精神上造成了多大的压力。他之所以记忆深刻，是因为"反诗"是他儿子写的，调查组的人也把他作为重点调查对象。不过父亲说，他能看出那诗不反动。调查到最后，由于没有发现大的背景问题，对那首用煤核写在大石头上的顺口溜，也就不了了之。

与第一首诗的诞生相比，我的第一本诗集《绿色的诱惑》的问世，要费劲得多。

那是1989年初的一天，我到《安徽青年报》副刊部主任周根苗老师办公室送稿子。因为他给我上过文学创作课，他编的副刊发过写我的专访，我对他就有着一种亲近感。闲聊中我就说到想把发表的诗歌结集出版，他听了当即就表示支持，还写信推荐我去找安徽文艺出版社的刘明达老师。刘老师是全国有名的大诗人，负责文学方面的图书出版工作。我见到他之后，递上周老师的信，说明了来意。刘老师非常热情，说让我把诗歌整理完毕后，直接送给他处理。

与刘老师见面是意想不到的顺利，他可是我仰慕的大诗人啊，这让我心中异常兴奋，回到家里找出见报剪贴本，把发表的诗一首首往方格稿纸上誊写。那时候没有打印机，也没有电脑，平时给报刊投稿，都是用钢笔抄写在方格稿纸上，装进信封内，在信封上写好地址和收件人姓名，贴上八分钱的邮票（有时写的稿纸太厚，要贴上一毛六分钱的邮票），投进邮局门口的信箱内。情况与现在的电子邮箱类似，不同的是，没有复制，没有粘贴，没有邮箱名，没有@和.com域名……

我至今仍觉得用手写出来的文字与在电脑上打出来的文字

相比,最大的区别在于前者有温度、有情感、有想象空间,还有无限期待。唯一不好的地方,就是你的字写得怎么样,一目了然,无遮无拦。这对于我来说,是个不小的挑战,因为我写的那一手烂字,谁看了都皱眉头。那些年投出去的很多稿件都泥牛入海,可能就是因为我的字写得太丑,编辑们拿到稿子后看都懒得看一眼就直接扔进了废纸篓里。我用了一个多月的业余时间,把我发表过的那些诗都誊写了一遍。当然誊写是有选择的,不符合当下形势的,不适合军旅主题的,不够昂扬向上的,都被我放到了一边,用现在的话说,只选那些正能量的。

看着两本方格稿纸被我填上曾熬灯费蜡写出的文字,曾因被印成铅字而激动不已的文字,心情还是有些激动,因为不久的将来这些文字将被印在书上。我甚至想象着谁谁的书柜里,那一排排文学著作中间,也会有我写的一本小书,心里是何等美妙的感觉啊。我把誊写的每首诗都至少看了三遍,第三遍读的时候还发现有写错字的,有写漏字的,也有写白字的,我对我的粗心大意非常愤懑,心想"你都要出书的人了还这么不操心、不用心、不上心"。直到觉得完全没有问题了,我才怀着一颗忐忑心,把书稿送到了出版社。刘老师果然是大家,看到书稿没有挑任何毛病,还把我表扬了一番,说我勤奋,年纪轻轻就发表了这么多诗歌;还说我很认真,把书稿誊写得清清楚楚。他夸得我极不自然,因为我知道我不勤奋也不认真,充其量是态度还算端正。

半个月之后,刘老师打电话让我到出版社看封面样稿。样稿共有三种方案:第一种是一名战士,身背钢枪站在哨位上,战士面朝前方,背朝读者;第二种是以一棵绿色大树为背景,一个年轻人黑色的剪影;第三种是绿色渐变的背景里,有一双若隐若现的以银色线条勾勒出的抽象的手,做托举状。刘老师把美编叫到他的办公室,专门为我讲解三种设计的设想。说实话,我对美术说不出所以然,只能对美编的想象力大加赞扬,但我还是说出了我对三种设计的意见。虽然我是一名军人,但我仍认为若在诗集上设计一名肩枪的战士,太过直白。而以绿树为背景叠加一幅黑色剪影,虽然比较贴近书名《绿色的诱惑》,可没有给人想象的空间,即除了图画看不出任何寓意。这一幅绿色背景中的抽象的双手,却使我很感兴趣,因为我把诗集定名为《绿色的诱惑》,是有几种意思的,一是部队对我的吸引,二是我对哨位的歌唱,三是我的一身军装对诗的诱惑,四是我对绿色希望的热爱……刘老师看我对第三种方案颇感兴趣,就问我是不是定下来。我问他:"老师的意思哪种方案更好些?"刘老师没有正面回答我,笑着对我说:"你是诗人,这第一本诗集,就如你的孩子,以什么面目与读者见面,非常关键,甚至能影响到你以后的创作之路,这个决定最好是自己做,这样不留遗憾。"听了刘老师的话,我就不再犹豫,拿起桌子上的第三种样稿,递到了刘老师手里。

  在中国,作家出一本集子,都会找人作序,这好像已是不成文的规矩,我当然也不能免俗。请谁作序是颇有讲究的,想以序托书的,一般都请名人,这样显得你的书有分量,有的读者很有可能就是为了看名人的序言去买你的书;有的人请领导作序;也有人会请与书与己都无啥关联的人写序,看似毫无关联的人,说不定在某个领域很有能量。个别的作者会自己作序,这种作者有的本身就是名人,不需要托举;有的作者并不认识名人,请不到名人作序;要么就是自己有话想在序言中表达,只有自己亲手操刀才能尽情尽意。在确定诗集的封面之前,我做的另一项重要工作,就是请人给诗集作序。

我第一个想到的作序人是我的老师牛广进,可当我给他提出这个要求的时候,他哈哈哈一阵爽朗的大笑后说:"小张让我作序是对我的信任,我很高兴,但我不是不想作,是我的名气不够。我给你推荐两个人,一个是公刘,一个是严阵。我想这两个人你都知道,他们若能为你作序,那你以后在安徽的诗坛上会顺水顺风。"这两个名字我当然知道,都是誉满全国的大诗人,但是我并不认识他们。我对老师说:"我还是想请您作序,您对我的人和诗都了解,他们不了解我,恐怕写出的东西与我无关。"

"你放心,我给你写封信,不管找到谁,都会给你写序的。"说着,牛老师就从桌子上拈起一支毛笔,在墨盒里蘸了蘸,在一张竖格稿纸上写起了推荐信。牛老师的书法有名,随意一写两封书信即已告成,一封是写给公刘老师的,一封是写给严阵老师的。信都不长,但分量很重,由此可见,牛老师和他们的关系都不一般。

我拿着牛老师的推荐信最先敲开的是公刘老师的家门,遗憾的是公刘老师出国了,半个月之后才能回国。我转身又奔向严阵老师的家,开门的正是严老师,我自报家门后递上了牛老师的信。严老师是个大个子,长头发,留着大背头,说话语气沉稳,儒雅而慈祥,和我说话时始终保持着微笑。当他听说我的书稿已列入出版社出版计划时,当即把写序的事儿就答应了下来,这让我受宠若惊。接下来他问了一些我个人创作和部队生活的情况,然后让我一周后去他家取稿子。

一周后我如约而至，不巧的是严老师因事外出了，当我说明来意后，他的家人把桌子上一个写着我名字的信封递给了我，说是严老师出门前交代的。我打开信封一看，正是给我的诗集写的序言《战士——诗人（序张国领诗集〈绿色的诱惑〉）》。序言是手写体，字迹工整、书面干净，笔画竟然没有一笔超出方格之外，仅此就让我极度汗颜又佩服至极，大诗人严谨的为文态度，就字迹这一项我至今都没有学到。

牛老师看了严老师给我写的序，连连点头说："写得实在，这也正是你以后写诗要努力的方向。"

第一本诗集正式付梓时，我正在北京电影学院上学，没有在第一时间看到。直到放寒假返回合肥，我才第一次与自己的"孩子"见面。手捧诗集，我是左看看右看看，虽然内容都是我熟悉的，封面都是我看过的，序言是我从严老师家取出送到出版社的，可我还是想看，因为我的祖祖辈辈是种田人，今天我种了土地之外的另一种田；因为我是一名扛枪站哨保卫祖国的士兵，今天用手中的另一种枪，打出了一片新领地；因为书中这一字一句从我灵魂深处流出的诗行，就要去接受各种各样的读者品评了，忐忑不安、兴奋紧张、骄傲胆怯的心情，兼而有之。

那天回家，我把五十本样书放在柴扉老屋的正中央，打开包拿出一本，对着妻子和女儿，用我标准的河南话朗诵了书中的两首诗。两位听众都听得莫名其妙，因为她们从不关心诗，她们关心的只是书上的那个名字，看到是我的名字被印在书的封面上，她们好像突然明白了，那一刻，我为啥把河南口音读得那样真切……

腹有诗书品自高

认识军辉是个意外。

那时我刚刚调到宣传处当报道员不久,那时的总队机关还在古城郢的大院内。我们一个连的老战友、退伍后被安置在合肥电缆厂工作的王其军,星期天到古城郢找我玩儿,当时他带了个朋友,给我介绍说,这是我师兄耿军辉,也在电缆厂工作。

当时看军辉好像比我战友要大几岁,个子不高,留着小胡子,走路时腿有明显的残疾。他自我介绍说:"你就叫我小耿好了,他们也有人叫我小宝,那是我的小名。我主要是研究美学的,听其军讲你搞诗歌创作,诗也属于美学范畴,以后我们常交流。"

说实话,军辉这一番自我介绍,让我对他刮目相看,因为接触的人中,有大成就的,也有小成就的,但像军辉这样直接说自己是研究美学的人,还是第一次。一般按中国人的内敛性格,最多说自己"业余爱好或喜欢美学,不敢说有多深的研究"。他一个电缆厂的工人,一见面就说他是研究美学的,足见他为人的自负。

令我想不到的是,自和军辉相识之后,联系逐渐增多,而和我的老战友王其军的联系逐渐减少。因为军辉每次来找我都是一个人,有时也带他的朋友,但军辉的朋友中没有王其军,他每次都说其军在上班。对他这话我是信的,因为其军和军辉的工作性质不同,他是三班倒的拉丝工,而军辉是厂里的保管员,相对自由度就大了许多。

一年后我到北京上学了,军辉经常给我写信,信中常会关心询问我的生活情况,说如果需要钱或物的,不必客气,他的手头比我要宽裕些。作为远离家乡的人,听到关怀的话是会感到温暖的,尽管我没有向他借过什么,但心中一直对军辉充满着感激。

我搬进柴扉小院时,和军辉的交往已有五个年头了,这五年中我们不但交往很投机,感情也越来越深。我的单位同事、地方朋友,我的一些领导都知道他是我的好朋友,很多场合我也都叫上他参加,大家对他都挺尊重。

我有了自己的家之后,他是最早来祝贺的,也是家里的常客。交往中我发现,军辉虽然身体有残疾,却异常聪明,知识面很广,朋友圈也很大,人缘好,热心肠,乐于助人,只要听说朋友有困难,他总是第一时间里给予帮助或出主意想办法。关键是他的自信心一直是满满的,是那种交了之后不但愿意交,还能从交往中获得力量和向上精神的朋友,用现在的话说,他传递给别人的都是正能量。

军辉来我家的次数最多,每次也都是有啥吃啥,从不计较。妻子是河南人,做饭菜没那么讲究,不会像安徽人那样每顿都做几碟子几碗的,把汤、菜、主食分得异常清楚,但即使是吃捞面条,军辉同样也吃得津津有味。

军辉每次来家里都会给我带两本书,有的是他刚从书店买来的,说要推荐给我看看;有的是从他家里拿来的,交代我看了之后要还给他。

我那时还没有书柜,书都是以堆放为主,他来了后都会在书堆前看看。估计他是看出了我看书的偏好性较强,喜欢写诗就偏重读诗,喜欢新闻就存新闻类的书较多,从事电视编导,就有一大部分是电视采编之类的书。

从他推荐的书可以看出,他对书的涉猎面极广泛,重点确如他说的是美学。那几年比较热的亚里士多德的《诗学》、贺拉斯的《论诗艺》、康德的《美的分析》、黑格尔的《美学》、卢卡契的《美学史论文集》等书,他不但有,谈论起来还都是一套一套的,对大师苏格拉底、柏拉图、培根、霍布士、康德、席勒、歌德的美学思想都能随口说来。

他知道我的职业是电视新闻,对我说电视新闻是新兴的美学门类,又是综合的美学学科,从事这一职业要想精通,就得融合全部的美学体例。

军辉不仅仅有书本上的知识,我种的菜他也很在行,有时他主动带一些我没有的菜种子来。我常想,他一个工厂的保管员,如果说有时间看书可以理解,那么他研究美学的目的是什么?他怎么连种菜也懂呢?

说实话,几年里都是军辉来到我这柴扉小院里谈天说地,我却很少去他那里走动。有一年春节,他邀我去他家小坐,在他家里我看到了他丰富知识的来源,那是整整一屋子的书,房间虽不大,三面都是书柜,书可谓种类繁多。

这之前我曾去过几个大诗人的书房,与军辉的书房相比,用寒酸来形容并不为过。在这里我还知道了军辉的一个秘密:他的爸妈都是新中国成立前参加工作的老革命,新中国成立后一直是合肥电缆厂这个两万多人大厂的厂长、党委书记,爸爸去世后,妈妈把万千宠爱都聚于军辉一身。从与老妈妈的交谈中听得出,军辉是几岁时患小儿麻痹落下的残疾,她从那时就暗下决心,要把儿子培养成意志力比别的孩子更加坚强的人。从军辉妈妈的目光里,我能看出她对军辉那深厚的母爱,还有对儿子未来的信心。

以前从没听军辉说过他的家庭情况,从那以后我对他更多了几分敬重。在良好的生活背景下,军辉没有躺在父母的功劳簿上,没有怨天尤人或自暴自弃,而是以更多的付出来汲取知识营养,赢得社会的认可,从而打造出一片自己的天地。

我的第二本诗集《失恋的男孩》出版之后,军辉还给我写过一篇评论,刊登在《合肥晚报》上。我知道给他刊登文章的晚报编辑也是他的朋友,他们的交往比我和他认识得更早,但他很少写东西,他说他不适合当一名作家,社会活动更符合他的性格。

我要调回河南的那些天,军辉明显表现出对我的不舍,到我家里来的次数也更多了。虽然行动不便,但他的心是滚烫的,回想起从相识到分别的几年间,我从军辉身上学到了很多,比如帮人急需不求回报,比如心胸广阔不论人长短,比如对未来充满希望,不妄自菲薄,等等。

我调回河南后,听说军辉的妈妈也去世了,再后来听说改制之后合肥电缆厂倒闭了。我曾为军辉的未来担心,但后来听说他娶妻了,生子了,儿子很争气,读到了博士,为了给他爸爸看好病,报的是医学专业,现在是合肥一家大医院的大夫,我衷心为军辉祝福。

这些年,每次回合肥时,我都会与军辉见上一面,聊聊工作和当下的生活,比我只大两岁的他,也明显有了岁月的痕迹,不过说起话来仍像三十年前那样,对未来始终充满着美好的愿景。我想这与他研究美学、向往美好的人生态度恐怕是分不开的吧。

好事成双

中国人的规矩多，大多数规矩来自传统的习俗。这些习俗又来自大多数人的忌讳和喜好，很难说有多少科学根据。

记得小时候我就听大人传过几句顺口溜："前不栽桑，后不栽柳，墙外不栽鬼拍手，院里有柿事事愁。"

这里说的"桑"和"柿"，指的是院子里面和门前不能种桑树和柿树，按桑树和柿树的谐音，叫出门有事（柿）儿，且都不是吉利事儿。

但这个习俗只适用于中原，我调到北京之后，起初单位还没分房子，临时租住在颐和园东门外的六郎庄民房里。民房是平房，带个小院儿，院子里就有两棵并不高大的柿树。我看到柿树心里便犯嘀咕，问房东为啥要在院子里栽柿树，栽柿有事你不怕不吉利吗？他问我有柿树为啥不吉利。我说出门有柿（事）儿啊！

他一听眼睛灯泡似的一瞪说："哪有这说法啊？你们外地人净瞎说，树跟人能有啥关系？照你这样说，北京的八宝山周围就别住人了，那多丧气啊！"我不能不承认他说得有道理。后来，我发现院子里栽柿树的不光是我那个房东,其他人家的院子里也有柿树,好像北京人对柿树特别喜爱。

想到北京的柿树,我又想到了我那柴扉小院里的两棵桑树。当初只想着能住上房子,对那院里有什么树并没有在意,直到住进去之后才发现,院子的菜地外有两棵桑树,虽然不在我的院子之内,却是紧挨着篱笆墙的。看到桑树我记忆中的顺口溜又在脑海浮现,对桑树就有了一种本能的反感。

这两棵桑树主干直径有十五厘米,看来已经不是在这里生长三五年了,我之前的几任房主人,应该是都与这两棵桑树对门相望过,他们难道说不知道"前不栽桑"的古训?

当时心中生起一个念头:我要想法除掉这桑树。可这么大的树,想像鲁智深倒拔垂杨柳那样把它随手拔掉是不可能的,我就开始想别的法子,反正不能让它在这里影响了心情。

心事是魔怔,一旦有了,就很难不去寻思,有一段日子里我就整天想着斩妖除树的事儿。我听说树最怕的是盐,只要在它的根部挖一道槽子,在里面放上一些盐,过些天树就会渐渐死去。

一天晚上,趁妻子和女儿都睡下了,我将白天买回来的一包盐拿在手里,找了一把军用铁锹,计划在桑树的周围挖出一道沟壕,这样将盐埋下去不易被人察觉。我准备用这种方法,神不知鬼不觉地去实施我的除"魔"计划。不料行动中由于不小心弄出了响声,被妻子听到了,她问我在干啥。我说我在干大事儿,也是好事儿。听说干大事儿又是好事儿,她赶紧跑出来观看,一看我在对桑树下毒手,一抬手就把我手里的盐给夺了过去,生气地说:"亏你还是有文化人,只想到了桑树名字不好听,没想到桑树上结的是啥?那是桑葚,是中药,也是水果,在城市你买都买不来的,老天爷把它送到你门口,你却要把它除掉。别干那出力不落好的傻事儿了。"

没想到我的宏伟计划被妻子的寥寥数语给搁浅了。可我看着这两棵桑树,心里始终不愉快,因为老人们说的话都是老人的老人传下来的,虽没有科学根据,但一代代人都深信不疑。

转眼就到了第二年的春天,万物发芽的时候,桑树也发芽了,它发芽的同时,叶间也长出了许多小小的茸刺状的花瓣瓣,我从没认真观察过桑树,不知道桑树开花的样子,这大概就是它的花吧。

过了几天之后,我发现这白色的花瓣瓣不是长在叶子上,也不是长在树枝上,而是长在果子上,随着细小花瓣瓣的长大、膨胀、放射状地散开,我看到每一瓣花的根部,都是扎在桑葚颗粒上的,并且花的颜色也是和桑葚的颜色一样,不断地变化,由白变青,由青变黄,由黄变红,由红变紫,由紫变黑。

等桑葚变黑的时候,桑树花早已完成了历史使命。最初的花和果,像我老家农村秋天挂在屋檐下的蜀黍穗儿,一撮一撮地长在桑树枝条上,一根枝条从根部到梢头长的都有,看着就像一挂挂缠在木棍上的小鞭炮。

桑葚刚长出来的时候都是青颜色的,长着长着,果子开始发白,再过几天看时,发黄的果子朝阳的一面逐渐一点点泛红。风吹动叶子时,桑葚在绿叶间不经意间亮出了自己的身段,老远就能看到。

由于我对这两棵桑树始终耿耿于怀,本身喜爱树木的我,对它的变化并没有过多地注意。直到有一天来了一位懂中医的朋友,他在我家看到两棵桑树后,兴奋地说:"你这两棵桑树很难得啊。"我问他难得在哪里。他说一棵是白桑,号称白玉王,比较少见;一棵是黑桑,也叫长果桑,都是上品。果子成熟之后,黑桑的果子发黑,白桑的果子发红。桑葚在中医中讲,有凉血、补血、益阴、润肠、生津、乌发、安神的作用,也能有效防癌和抗衰老。听了他的话,我不以为然,说:"你们山东老家没有前不栽桑之说吗?"他说:"有啊!不过那都是传说,你听说过真有谁家因门前有桑树就有丧事的?桑树在中国种植七千多年了,甲骨文中就有桑、蚕、丝、帛的记载,有了桑才有了蚕,有了蚕才有了丝,有了丝才有了帛,桑树对中国的文明发展是做出过重大贡献的,这可是有百利而无一害的良树,要都像你说的有桑必有丧,那中国现在还有人吗?再说了,你只知其一不知其二,桑树结的是什么果?是桑葚,所以你这也叫葚果树,中国人常说好事成双,你这门前正好两棵桑树,这就叫好事成双,住在这院里你会好事不断的,你就偷着乐吧。"

没想到朋友对桑树和桑葚还挺了解,他的一席话让我感到了自己的可笑和悲哀。后来我想我为何对他的话深信不疑,是因为他是医生,是学中医的,我历来对中医的深奥心存敬畏。

到了4月下旬时,桑葚已日渐成熟了,果然像中医朋友说的,一棵桑树结红果,一棵桑树结黑果,两种不同的果实,味道也不相同,红的味淡些,黑的味浓些,红的糖分少些,黑的糖分多些。每天下班我都要摘桑葚吃,经常把手和嘴巴都吃成紫红色,这时候我已将心里的魔怔忘到九霄云外去了。

古城郓大院可谓树木繁多,但只有我这柴扉小院有两棵桑树。自从桑葚红了的消息在大院里不胫而走,摘桑葚的人纷至沓来,一时间,平日里我这比较偏僻的小院显得热闹起来。

他们都是冲着桑树来的,看着摘果子的大人小孩儿,我心里不但没有烦恼,反而还充满了自豪感和成就感。因为毕竟这桑树是长在我的院子旁,他们在摘果子之前都会和我打个招呼,仿佛这果子是我家里的。

桑葚结得很稠,却因树高而并不好采摘。周末一早我会用工具钩掉一些,一堆儿一堆儿地分好放在地上,谁来了我就让他们直接拿走一堆儿,这样他们就不用再费劲从树上够了,为此拿到桑葚的人对我充满了感激。我还用桑葚泡了两坛酒,经常喝得面红耳赤的,但药效似乎并不像书上说的那么邪乎。

有了桑树,还可以养蚕,妻子不知从哪弄来了蚕子,竟然用桑树叶子养出了两筐蚕,那由蚕变茧的过程,我曾在另一篇文章里专门写到。

中医朋友说过,有这两棵桑树我会好事成双,实际我觉得在柴扉小院居住的几年里,我的好事儿一直就没断过,有些好事儿是当时看得见摸得着的,有些好事儿是多年以后才彰显出来的,有些好事儿是能切身感受到的,有些好事儿是心中明白而不便与他人说道的……总之,我会把所有的事情,只要不是明显的坏事儿,都看作是好事儿。其实生活中都是好事儿,有些看似是坏事儿,它会让你从中得到反面的教育,给你另一种思索和启迪,这又何尝不是好事儿呢?

通过对桑树态度的转变,使我看待事物的心态也有了很大的不同。是啊,人生苦短,如果每天总想那些不开心的事儿,门前不管有没有桑树和柿树,你照样会不开心;如果你天天乐乐呵呵,即使有啥不开心也会被忽略不计了,更不会去自寻烦恼。我的这些转变,并不是说对老人们流传下的习俗和规矩就不信任了,恰恰相反,我会更加信任,因为能流传至今的都是传统文化。只是我再去信任的时候,会用科学的眼光辨别一番,因为社会发展到今天,什么东西想找到科学的依据总是比古时候要容易些,如果能被今天的科学和社会实践所证明的传统文化,一定是经久不衰的真理。

离开柴扉小院儿时,桑树还在,我知道它照样会年年开花、年年结果,但我不知道它传递的快乐和预示的美好寓意,是不是也会被它新的主人所接受?

春蚕到死丝方尽

上学时曾学过两句诗:"春蚕到死丝方尽,蜡炬成灰泪始干。"那时我以为这诗是专门为赞美教师而写的。

后来才明白,它出自唐代诗人李商隐的《无题》,"春蚕到死丝方尽"里的丝,在诗中指的并非真丝,而是诗人借着丝与思的谐音,也借着蚕丝那扯不断理还乱、头尾相接情无限的形状来表达心中的情思。

现在我们常听到"古丝绸之路""新丝绸之路"的说法,这是我们国家提出的"一带一路"战略,说到"一带一路"人们自然就会想到古代丝绸之路,说明中国最早对外贸易的商品就是以丝绸为主的。丝绸历史久远,曾是中华文明和工业发达的象征,也是一个人身份的象征。以前说谁家很富有,就说他穿的是绫罗绸缎,也就是丝制品。

丝出自茧,茧出自蚕,我从没有近距离地观察过蚕,因为我怕虫子,蚕,也是虫的一种。

在我的记忆里,我们村是养过蚕的。只不过我那时候年龄小,没有亲眼见过,但我看过缫丝,就是把蚕茧放进开水锅里浸泡,锅上架一个拐丝籰,同时找出四五个蚕茧的丝线头,缠在籰上,一手托丝一手拐动籰儿转。一个蚕茧只要找到一根丝头,就能不断线地把茧全部抖开拉成丝拐在籰上。当然,这缫出来的丝都上交到了镇里,镇里交到哪里了没人知道,只知道"日夜缫丝者,不是罗绮人"。

小孩儿看着大人缫丝,是不会询问茧是从哪来的,只是为了蚕茧被缫去丝之后,可以向大人要几个煮熟的蚕蛹吃,以解缺肉之馋。

20世纪70年代初期,正是知识青年上山下乡的年代,我家村子上白峪的后山叫跑马岭,山坡上有大片的栎树。有一天从远方来了一批知识青年,在这山里安营扎寨住了下来,第二年,一座山的栎树上,竟全被他们养了蚕。我曾听说过桑树上能养蚕,因为蚕吃桑叶是大家都知道的,没想到栎树也能养蚕。乡亲们以前缫丝用的蚕茧,我想可能就是来自这山坡上的栎树。

知识青年在跑马岭也只养过一年蚕,等再次见到蚕时,是我住进这柴扉小院之后了。在这里不但见到了蚕,还见得真切、细致,因为这蚕就养在我的老屋里。

我曾写过柴扉小院里的桑树,树冠巨大,枝叶茂盛,每年结的桑葚多而红,汁多肉厚味甜,深受古城郢大院里居民的喜爱。

初春的一天,下班之后我发现家里的桌子上多了一个柳编筐,筐上用一块白布盖着,我以为是妻子蒸的热蒸馍怕凉了盖起来的,放下包我就伸手去筐里拿蒸馍,妻子看到后立即大声说:"别动,那里面是我养的蚕。"

听她这一声断喝,我赶紧把手缩了回来。

"啥蚕?"我惊讶地问道。

"啥蚕?还有啥蚕?就是会吐丝的蚕。"

听她这样一说,我轻轻地把那块白布揭开,发现筐子里有几片鲜嫩的桑叶,叶子上有星星点点的小虫子在蠕动,它们像小蚂蚁那么大,但没有蚂蚁爱动,都在专心致志地吃着,叶子上已被啃噬出了几个豁口。对着这些小东西我看了半天,觉得它们是那么小,似乎吹一口气就能把它们吹走。

我问妻子:"你在哪弄的这东西,能养活吗?"

妻子说:"养活养不活又不用花钱买,是一个同事知道咱家门口有桑树,送给咱家养的。"说完了还特别强调道,"蚕可是最爱干净的,你别把脏东西弄进筐子里,不洗手不准摸它。"

妻子的话我没在意,一条虫子还知道爱干净,难道还要天天给它洗澡不成?我心里虽然这样想,手上却没敢去触摸它们。没触摸的另一原因是,我从小就害怕这些动物,我这"高干别墅"里那些看见和看不见的蜈蚣、蜘蛛、壁虎、蜗牛已经够多了,经常弄得我神经紧绷,躲还来不及,哪还有心情去逗它们玩儿?只因这蚕是妻子弄回家的,我不敢扫她的兴罢了。

虽然不能逗它们,但养在家里的蚕,因其初次进家而成了我们全家人关注的焦点。很快我就发现,蚕天天要不停地吃东西,并且吃得多、消化得快。前两天一天吃掉几片叶子,两三天后一天吃掉一把叶子,一周后一天要吃上好几把叶子。这些小家伙不光是白天吃,也不光是晚上吃,它们是白天晚上连轴转着吃,为了吃,可谓不舍昼夜,是典型的吃货。

头几天,夜深人静的时候,能听到它们沙沙沙的啃噬桑叶声,再长大一点后,白天也能听到那毫无顾忌的啃噬声。我养的鸡和抓到的刺猬,它们在吃东西时,只要有人靠近,立即就停止了进食,可蚕不同,根本不管身边有没有人观察它们,照吃不误。不过它们再能吃,我想也不至于把两棵大桑树给吃光了,哪料很快就把妻子能摘到的嫩桑叶全给吃光了,这样我就要出面够树上更高一点的叶子给它们吃。

两周之后,蚕已经长成了大"虫子",通身洁白,白得纯净,看起来虽有几分凶相,但总体上是文静的,没有对人发起攻击的意图。可我还是担心它们会不会从筐子里爬出来,然后爬到床上、沙发上或饭桌上的什么地方,因为房间里的蜈蚣是经常那样干的。实践证明,我的担心是多余的,它不但没有爬出来,而且性格越来越温顺,虽然是软体的,可蚕因贪吃而不顾其他,只要有桑叶,就能老老实实地在那个小天地里待着。它们确实像妻子说的那样,整洁、干净,像生长在城市里的美少女,什么时候都楚楚动人、一尘不染,甚至从没让我产生过要触摸它们的念头,生怕有不洁净的东西把它们给玷污了。

蚕,越长越大,长到大约十厘米长的时候,好像它们对食物的兴趣越来越小,并且变得不安分起来,经常用它们的后半身抓着筐子上的柳条,用头部带动下半身向四周探望,好像是在着急地寻找什么东西。

它们在找什么呢?它们不说我也不知道,也可能是它们说了我也听不懂吧。正在我对它们的举动迷惑不解的时候,妻子却看出了端倪,她到湖边找来了一些干枯的小树枝,放进了蚕筐里,不久我看到奇迹发生了,那些不愿进食的蚕,很快都爬到了那些树枝上,每只蚕找好自己的安身之地后,开始了蚕生的最后一道工程,也是作为蚕最重要的一项工程——吐丝作茧。

蚕在吐丝时,并不是分多次吐出来的,而是一开始吐丝,那根丝就没断过。起初,它用这一根不断线的丝,像北京建奥运体育馆鸟巢那样,先大框架粗结构地支撑起来,然后再在茧的内部用这根丝进行网络密布,再一层层地联网、加固。类似于人们建筑时的打基础、立框架、垒墙壁、挂水泥、内装修……当然这只是我的猜测,因为它们第一天吐丝之后,就已看不到蚕在茧里面的活动情况了。

蚕,为啥要吐丝?是职责吗,是使命吗,是本能吗,还是被迫的?

蚕,为啥要自缚?是被迫的吗,是本能吗,是使命吗,还是职责所系?

这一切我都不得而知,因为只有蚕知道。

蚕用一个月的时间完成了它生命的一个周期,我明明看着它是用吐丝的方式把自己裹进了那密不透风的小天地里,可我的记忆里缫丝缫到最后,蚕茧里出来的都是蚕蛹。蚕变蛹的过程又存在着多少秘密?这还不是它的全部,它会再以蛾的姿态呈现,产下卵,再孵化出蚕,周而复始。

谁要问世界上是先有蚕还是先有蛹,是先有蛹还是先有蛾,是先有蛾还是先有蚕,我想,这一定像回答世上先有鸡还是先有蛋一样困难,但我的回答是"先有桑树",我家养蚕完全是因为我院子里先有了那两棵桑树。这回答虽有答非所问之嫌,可它是不争的事实。

养了蚕之后,我对"作茧自缚"这个成语有了更深刻的理解,有的人自缚是出于无奈,有的人自缚是因为能力不济,还有的人自缚是逃不出多舛的命运,像蚕一样只有把自己封闭起来,以等待峰回路转、破茧成蝶、脱胎换骨的良机。

看着那椭圆形的蚕茧,再看那用作茧自缚来宣布完成历史使命的蚕,我对桑树产生了前所未有的感激。因为这么近距离地对蚕进行观察和思考,平生还是第一次,不但增长了知识、增添了乐趣、轻松了心情,还加深了对古诗句的认知。这一切都是因拥有了桑树而引出的。

我写下这段文字,用这句妇孺皆知的古诗作为标题,并不是说我对李商隐的诗句完全认同。在我的观察里,春蚕是不死的,所以蚕丝也没有吐尽的时候,只是蚕将它的生命分成了几个阶段,每一个阶段都有着不可或缺的关联,正是这不断的生长、劳动、蓄锐、升华,使它的生命生生不息。

沿着校园熟悉的小路

调到北京工作之后,我上班的单位在长春桥路上,长春桥路其实就是北三环路向西的延伸线,顺着北三环向东走四公里,就到了北太平庄。

北太平庄和北京的其他地名一样,就是个平平常常的地名而已,可每当我从这里路过,就有一种特别的亲切感,因为北京电影学院就坐落在北太平庄的小月河畔。

我不知道读过两年书的学校算不算母校,如果算的话,北京电影学院就是我的母校。

但说来惭愧,在北京工作二十多年了,我回母校的次数也就那么两三次。母校对于我来说,除了那些建筑依旧,其他早已物是人非。

彼时教我们摄像的张会军老师,是当年学校里最年轻的老师,后来当上了学院院长,可见近三十年的时光里,世界发生了多么大的变化。

不去不代表不想念。工作在北京的电影学院同学,每年都会相聚一次，每次聚会谈论的主题，都是学院，都是同学，都是校园岁月的美好时光。

说实话，上电影学院的时候，我们班是个大专班，也是个大龄班，已经二十九岁的我，年龄在班里不是最大的也不是最小的，与那些本科班的同学相比，我们都可以称得上是叔叔阿姨辈儿的。

我们班也有别的任何班级不能比的优势，其一就是我们都带工资上学，有足够放开吃的全国通用粮票，有钱有粮票才能买到饭票，食堂只收饭票不收钱，有的人有钱，却不一定能搞到全国粮票，因为那是按标准供应的。部队工资相对地方工资略高一些，因此在学校我们这些大专生被称为"大款"生，每天食堂开饭的时候就能看出来，走在前面的有不少是我们班的学生，落在后面的，都是本科生。因为在前面排队能吃到质量高的饭菜，这些饭菜相对价格就要高些，有工资的学生吃饭不会抠门儿，有时还专拣好菜买。如果排在前面却买便宜的饭菜，不但同学看不起，就连卖饭的师傅都不爱搭理你。当然故意往后排的学生，是个别家庭条件不好的。

比我们班更有钱的是证书班，这些班里的学生都来自影视界，他们都拍过不少影视剧，为了拿个专业的资格证来这里学习。从剧组出来的人，很多已是万元户。

带工资上学，还不是最惹人羡慕的，别人最羡慕我们的是穿着军装上大学。为了便于学校统一管理，入学前上级有关部门专门下通知，不着军装入学。可到学校报到时，仍有人是穿着军装入学的。学校也都知道我们班大部分是军人，军人即使是不穿军装，言谈举止也与地方学生不同。

记得我到学校报到那天,两只手提着鼓鼓囊囊的行李走到登记处时,看到办手续的新生很多,轮到我办手续了,那位戴着深度老花镜的老太太,没问我是什么专业的,就从几本登记簿中抽出了一本。我扫了一眼登记簿的封面,上面写着"摄影系武警大专班"的字样。我顿时感到很诧异,我身上并没有任何军人的符号和标志,她怎么就自信地断定我是来自武警部队的呢?她仿佛看出了我的疑问,又像是自言自语地说:"当兵的走起路来就和别人不一样。"我问她是怎么看出来的,她说你们军人走起路来脚下生风。我没觉得我走路和别人有多大区别,可能是平时的齐步、正步走惯了,不自觉就带出来了吧。

不过听了她的话,一种莫名的自豪感在心底流过,同时也暗暗佩服老太太的观察力,我甚至怀疑她学过摄影,因为摄影师最不能含糊的是对准焦距,观察力强的人焦距才对得准。

大专班里的同学从全国各地集中到一起,有的来自消防部队,有的来自边防部队,有的来自解放军,也有来自团中央和西藏电视台的同学,不过大部分都是军人。由于我们这个班人员组成的特殊性,校方对我们的管理也有别于其他班,对我们在校纪校规方面,要求自我管理,因为校方充分相信我们的自律能力和政治觉悟。

人有时候就是这样,越管得严,越有逆反心理,就想生着法儿向纪律挑战。真的让我们自己管自己了,同学们就表现出了高度的自控能力,宿舍里收拾得干干净净,书桌上摆得整整齐齐,虽然住的是上下铺,大家还是把被子都叠得跟豆腐块似的。

电影学院是亚洲最大的电影艺术学府,宏伟的教学楼与所有的附属建筑都被镀上了一层消色,仿佛这里是所有摄影师曝光时的最基准亮度,又仿佛是中国电影界所凝聚的一个银色梦幻。走进 V 字形的学院大门,处处都突出着视听艺术的特征。

这里的学生穿着打扮、言行举止无一不标新立异,烘托着一种艺术殿堂高贵脱俗而神秘梦幻的气氛。我们班的直线加方块,在学校是很另类的,就是这种充满正气的另类,惹得别的系的学生常来这里参观。

那时的电影学院不像现在名气这么大,走在大街上有人看到我们胸前佩戴着"北京电影学院"徽章,还问我们"电影学院是不是培训电影放映员的"。电影学院的老师教学都很严谨,像教古典文学的马修文老师、教政治经济学的季伟老师、教摄影的穆德远老师、教摄像的张会军老师等等,听他们的课时,课堂上常常是除了老师的声音,鸦雀无声。不过电影学院的老师也有个特点,这个特点我始终没有弄明白是优点还是缺点,那就是骄傲自负,除了自己,看不上任何人。我们上课时老师就会问:"正在公映的电影×××你们看过没有?"我们要说看过,他就把头一扭,很认真又不屑一顾地说一声:"没意思,真没意思。"我们要是说没看过,他就会立马兴奋起来,用很内行的口气说:"那片子……"停顿片刻,接着说,"真叫棒!"

电影学院的老师们不但是专业知识的传播者,还是专业理论的实践者,大部分人都有自己的影视作品。如果讲课需要举例子,一般情况下播放的都是他们自己参与拍摄的影片。后来我就想,他们不是自恋,也不是要给自己的作品做宣传,电影本身就是宣传,为自己宣传也没有什么不好,最重要的是他们在讲解自己作品的时候,能把一个镜头、一个画面的前因后果,从思路到细节再到形成银幕上的效果,说得很清楚,因为那是出自他手,如果讲别人的作品,那就要从影片的表象来判断、猜测。

在电影学院上课的最大好处,是每天都能看电影,甚至每堂课都能看电影,中国的、外国的、古代的、现代的,都是老师们认为的经典作品。据有的老师说,我们这个班是最亏的,因为我们的身份特殊,有不少影片不能让我们观看,这对我们的艺术创作是个不小的损失。

电影学院的周末舞会是开放的。每当周末的晚上,我们平时就餐的大食堂,里面的桌子椅子就被腾挪一空,晚饭过后舞会准时开始。人员之多,可以与北京火车站的广场媲美。舞会不用电灯照明,点的都是蜡烛,美其名曰"烛光舞会"。

有天中午,大家都在午休,我突然感到天花板上吊着的日光灯晃动了起来,我惊呼一声"地震了",其他同学都笑我在瞎说,我说灯都晃了,说着就往外走,他们看我出来了,有两个也跟着出来了,等我们跑进楼道时,已有成群的学生在往楼下跑。楼前的空地上站满了惊魂未定的学生,大家聚在一起,七嘴八舌地说着地震时的感受,谁都不愿上楼去,大概过了半个小时,看没有了动静,人才慢慢散去。那时还没有手机,不能即时查看新闻,等到晚上看《新闻联播》时才听播音员播报,张家口发生三级地震,北京有震感。

我上学期间正赶上亚运会在北京召开,那是中国第一次举办亚运会,举国上下都很重视,国家想借此次盛会为申办奥运会造势,所以各方面都在追求尽善尽美,有些观众少的比赛项目,学校就给我们发票集体去观看。看比赛就耽误了课程,老师说看比赛是为国家增光,学习是个人的事,让我们务必要分清轻重。我是认真地观看了比赛,尽管有些项目我也没有看明白,但不管是哪国的运动员,我都热烈地为他们鼓掌,因为我相信我的态度就代表着中国的态度。

两年的学习时间,是极其短暂的,毕业之后同学们又回到了各自的工作岗位上。说实话,同学们都很努力,也都很有想法,可因为所处的环境不同,学到的很多知识,在工作中用不上,或发挥不出来。除了北京电视台的毕鲁克每年都参与编导春晚等众多的大型晚会,沈阳军区的王沛毅拍过几部电影,其他的要么是转业到地方工作,要么是在本职上退休了。班里的三朵金花,夏春晓毕业后一直在文工团当团长,亓玉美转业到山东出版社,宋萍萍回到云南总队干到退休。

我调回河南郑州之后,曾和同学吴龙在一个单位共同战斗了两年半时间,我们合作拍摄的纪录片,有二十六部在中央电视台播出。后来我调进中国武警杂志社,算是把学的专业给半途而废了。

虽然离开电视圈子很久了,但电影学院我却时常想起,因为它教给我的不仅仅是光和影的运用、色和彩的调和、构图与聚焦的技巧,我觉得更多的是胸怀、视野以及艺术人生的艺术感觉。

至今每次路过北太平庄,我都要凝神注视着北京电影学院,回想校园小路上,我曾经留下的串串足迹,我的思绪又一次沿着校园熟悉的小路,延伸得无边无际……

那个叫刘春的同学

人,有时很奇怪,住在同一座城市不一定就能相识,出了这座城市之后,反而很快就认识了。

我在合肥工作了六年,却没有与刘春相识,反而是离开合肥到北京电影学院上学之后认识的,认识的理由说来可笑,是她来自合肥,我也来自合肥。那是一个很偶然的机会,但后来想想,偶然之中又有必然性在里面。可见人一生中认识的人,应该都是迟早要认识的,只要时机到了。

合肥那个叫刘春的姑娘,也是走进我柴扉小院里仅有的一个女同学。

刘春是地道的合肥人,在电影学院,她读的是美术系,我读的是摄影系。去过电影学院的人都知道,与其他大学相比,电影学院院子超小,学生不多,除了留学生是单独的两层公寓楼,其他学生不管你是哪个系的,都住在一个公寓楼里。我和她是入学两个月之后相识的,认识她的过程,至今我还清楚地记得,是在学生公寓楼梯的拐弯处相遇的。

北京电影学院的教学楼既是办公楼,也是学生的公寓楼。它们有个很明显的特征,就是通体涂满灰色粉饰,按学校老师的解释,是因为电影胶片用光的三原色是红绿蓝,红绿蓝的基准色是消色,所谓的消色,就是这建筑上的灰色。

我人虽长得土气,却是个特别喜欢鲜亮色调的人,入校之后心情就被这种消色折磨得无法舒展和敞亮。好在学生公寓楼的结构造型很是别致,为了追求外表造型的别致,大楼的内部也就有了别致的楼梯拐弯处。

那天是同学们最向往也是最无可奈何的星期日,早晨,几个同学相约,高高兴兴奔赴香山看霜中红叶。不料看到的不是红叶,却是一颗颗拥挤的人头,在人推人的揉拥中,诗中的意境没有看到,只看到了一张张无奈的脸庞。

一天的攀登竟没有带回一片五角形的红色记忆,等乘坐拥挤不堪的公交车回到学校时,已是晚霞将尽的黄昏时分了。由于腹中饥饿,心中惦记着书桌上的两包方便面,我的脚步就特别匆忙。

当走至那别致的楼梯拐弯处时,忽听到楼上传来朗诵唐婉诗句的声音。这是并不动听的女声朗诵,在喊唱自由、常有鬼哭狼嚎般各种吼叫声的学生公寓,什么声音早已司空听惯了,匆匆上楼的我与只朗诵不看路的她差点撞个满怀。

"这么慌张干什么你?"一句埋怨的话,让我听出了那普通话里抹不掉的合肥口音,这立刻引起了我的注意。这时我才注意到,差点与我撞个满怀的、说话带合肥口音的她,竟然是一位从楼梯上飘然而下的漂亮女生,亭亭婀娜,透着一种纯净恬然的美丽。她的埋怨声音不大,说是埋怨还一脸的笑容。虽然没有高傲的目光,但我若不是差点与她相撞,显然不会引起她的注意。

就在擦肩而过或者正面交际的台阶上下,她那不纯正的合肥腔给了我一个避名尴尬场面的完美借口:"是从合肥来的?"

"对呀,你也是吗?"

"真巧,撞到老乡了,我也从合肥来。"

"你说话不像合肥人啊。"

"对,我是河南人,工作在合肥。"

"你住几层?找时间聊聊。"

"我是摄影系的,住604室。"

"我是美术系的,住318室。"

然后,她淡淡一笑就走开了,谈不上热情,也谈不上冷漠,只是在走出好远后,有一股幽幽的亲切的感觉在心底泛起,像北方天空静静的云朵。

再次见面之后我才知道,她读的是美术系化妆班,也就是专业证书班,上学之前她已是安徽电影制片厂的化妆师了,这次来学习是化妆进修。她说到电影的化妆头头是道,非常专业,这让我一下子想到电影中各种各样的人物形象,都是她这样的化妆师的作品?于是我带着好奇,就化妆的问题问了她许多,她知道我是外行,所以并不厌烦,都一一给予答复。最后我问她:"那你会理发吗?"

"那是我们的基本功啊。"

"那染发呢?"

"也是啊!电影里角色的各种发型都是我们设计的。"

"太好了,那以后理发就不用去理发店了。"

她笑笑说:"你一问这些问题我就知道你想省理发钱了,理发染发都是小意思,不过按电影化妆的收费标准,造一个型一千元,你还理吗?"

"那还是算了吧!我一个月才两百元,可使不起你。"

"跟你开玩笑呢,看在你是河南人却来为安徽做贡献的分上,我可以义务劳动。"

学生聊天大都是东拉西扯,但通过一段时间的交往后,我渐渐发现刘春与其他女孩子有很大不同,不矫情,不是非,除了专业之外,很少谈别人的长短,这在电影学院这个大染缸里,尤其难能可贵。她内心纯净、心地善良,对美学的研究造诣颇深。与她交谈,使我有一种超脱世俗的平静,像一汪明净的湖水傍依与世无争的亭榭,受惯都市惊扰的脚步竟总想来这里停留。

有时学习中或者与同学交往中有了什么烦恼,我总要说给她听听,无论与她有无关系,她都专心地听着,不过很少发表个人意见。我们当然也谈某个老师的教学风格,也谈某个电影学院走出去的明星大腕儿。有时甚至啥都不说,静静地坐着,默默听她沙沙素描的声音,像一条清澈的小河,在笔与纸间淙淙流淌。每当这种时刻,会有一片心领神会的安宁,潜入沸沸扬扬的脑际,如祥云或佛光,笼罩了万千思绪。

我不知道恬淡和平静是不是一种美丽,但在大学校园里,她这种也许自己都没有察觉的自然和空灵,使我像看到了澎湃的海洋中那块镇定自如的绛红色岛屿。

她从不诉说自己心中的苦恼,都是微笑着朗诵很幽怨的诗。偶尔也大声唱歌,常爱唱那两句"要活就活得痛痛快快,要爱就爱得死去活来"。是她心中没有苦恼吗?肯定不是,她也有很多心事使她无法痛痛快快的,当她把"死去活来的爱"泼向心中的那个人时,回答她的只是远去的背影。但她从来不怨恨,她甚至常给我说起那个人的许多追求、许多梦想。

面对京城繁华的街市,我们常谈起合肥,我是用地道的河南话,她是用并不纯粹的合肥话,她为我在合肥生活十年不会说一句合肥话而遗憾,也为自己在合肥长大讲不好普通话而惋惜。

刘春上的专业证书班是一年时间,所以她早我一年就毕业回到了合肥,分别时她给我留下一句赠言:"别忘了春天。"

她离开校园以后,我觉得多了一缕对合肥的遥念,虽只是淡淡的,却是以前不曾有过的,是认识了合肥的刘春呢,还是盼望合肥的春天?我一时无法说清。

我的第二学年特别漫长,校园里随处可见的视听符号,对盼望早日毕业的我来说,没有了往日那些奇特纷纭的联想,反而增添了怅然若失之感。

我是带着对北京电影学院的万千留恋毕业的。学校给了我许多电影的新理念和新思想,使我的思路一下子变得前所未有地开阔,可这些理念是电影学院的理念,大都不太符合我们基层部队的实际,具体的工作中要想应用于实践,几乎是不可能的。因为我们从事的是电视新闻工作,他们教的是电影制作理论,不是说将电影理论应用于电视新闻拍摄就不好,是我们的工作受到各种因素的制约,无法展示学习的成果。

回到合肥之后,我和刘春通过电话,但很少见面。她进入剧组一去就是几个月,我们部队的工作节奏紧张,更没有时间能和她凑到一起。

有一年春节,她邀我去她家里做客,我按合肥人过年的习俗,带着一个大蛋糕就去了。到家之后才知道,她的爸妈都是安徽省文化厅的领导干部,除了有很高的文化水平,说话节奏感极强,普通的话语从他们口中说出,就带着几分温暖,使人有一种很亲近的感觉。这让我立即想到他们的女儿刘春的恬淡自然,与这样的家庭熏陶肯定是密不可分的。

不知道是否有礼尚往来的意思,有一天刘春来到了我的"高干别墅",看到我们一家住在这很具历史感的老屋里,她很惊讶,说:"没想到你这堂堂部队军官,住的是这样的房子,你这房子以后恐怕不会再有了,完全可以保留下来,作为电影拍摄场地。"不愧是电影厂的人,干啥都不离本行。

那天妻子专门做了河南的捞面条招待她,但刘春没吃,她说出门时没跟爸妈请假,如果不回去他们会等她,说下次来家里时,一定吃嫂子做的河南饭。

刘春后来又两次来过柴扉小院,最后一次是听说我要调回河南,特意来送行的。

我调走之后不久,她也调到安徽电视台工作了,据说后来还带出了不少很有名的学生。

两年前回合肥,我专门请电视台的编导方跃进老师和同学刘春小聚,没想到她对我的柴扉小院仍记忆犹新。只是她想把房子作为电影拍摄场地的愿望落空了,我调走几年之后,那栋曾辉煌一时的"高干别墅",就被夷为平地,在它的基础上,盖起了一片楼房,我居住的痕迹,全变成了今天无数美好的回忆……

我的老六团

我当兵是在六团,我们六团出来的兵,都习惯于把她叫作老六团。老六团有多少个兵我不知道,但我是老六团的一个兵,是老六团无数个兵中的一个。

从1978年冬季入伍来到六团,到六团在中国人民解放军的序列中被撤销,我总共在六团服役了四年。四年在六团的历史中是极其短暂的,因为六团在抗日和解放战争中有过光辉的过去,从战争年代诞生到20世纪80年代初期结束,它的队伍里涌现出了数不清的英雄战士。而我只是个普通一兵,普通得四年服役期没有参加过一次战斗,甚至没有参加过一次像样的军事演习;这四年中我没有当过班长,也没有当过副班长,甚至没有当过小组长,一直是很纯正的普通一兵。我所在的七连是担负看押任务的执勤连队,除了每天有六个小时站在布满铁丝网的高墙上放哨,两只眼睛瞪得圆圆地盯着监舍里两千多个犯人的一举一动,就是学习、种菜、搞内务卫生,每天四个小时的训练也都是没有任何科技含量的基本动作的重复。七连的位置在安徽阜阳郊区,团部在蚌埠市的西岗,两者的距离是三百里,连队的战士想去一次团部几乎是不可能的,所以七连的兵大部分是当三年兵退伍了还没见过团长、团政委。

当兵的第二年,七连奉命调防到巢湖农场种稻子。来自北方的我,当兵前压根儿就没见过稻子长啥样儿,更别说种稻子了,所以一到农场就被连长派去当炊事员兼饲养员,重点是养猪。

一个人养了二十六头猪,猪草靠自己打,猪食靠自己挑,猪粪靠自己淘。现在想想这样的工作是异常劳累的,可在当时,我的工作是大家都羡慕的,因为至少不用在稻子的抢收抢插季节里,上身暴露在毒辣的太阳下,双腿泡在几十度高温的污水里。

下蒸上晒的滋味还好受,最不能忍受的是那些无处不在的蚂蟥,一不留心它的尖端就会钻进你的肌肉,只消一会儿工夫,它就将你的鲜血吸一肚子,使它的身体形成一个褐色的血袋,吊在你的身上,不能拔,不能拽,因为蚂蟥吸管样的尖嘴容易断进血管中,如顺着血管流进心脏,就会有生命危险。对付蚂蟥只能用鞋底打,打得越重越好,直到打掉为止。南方人都种过稻子,对蚂蟥见多不怪。北方人不同,我的那些老乡,真可谓谈蚂蟥色变,他们都说我一个人养二十六头猪,与他们比是掉到福窝里了,最起码少了许多心理上的恐惧和精神上的折磨。

我在老六团的大致经历就是扛枪站岗、养猪做饭,为了给我一个班长的头衔,曾被命令为给养员,也就是买菜的,可我压根儿没干过,因为那时候我还不会骑自行车,而买菜是要骑十里路的车到义城镇上去买的。

就在我喂猪有了一些经验,把猪们也调教得相当听话的时候,我写的一篇新闻稿《退款记》在《安徽日报》的头版右下角刊登了,这是一篇写我们连卖给老百姓的猪崽,在卖出之后生了一种传染病,连队知道之后主动为百姓退款的故事。据指导员说我们七连从没人把连队事迹写成报道登在报纸上,我是第一个。因为写了这篇与猪有关的新闻稿,我成了连队的新闻人物。不久之后,我被抽调到团部宣传股当报道员。这对我的人生是一个大的转折,甚至转变了我以后的命运。

到了1982年底,党中央决定成立中国人民武装警察部队,我所在的安徽省军区三个独立团全部转隶到武警安徽省总队,穿了多年的国防绿改成了一身青翠欲滴的橄榄绿,头顶上的红五星换成了圆国徽。大家都不适应,可上级说慢慢就适应了;大家思想上都转不过弯儿,可上级说慢慢就转过来了。

领导就是领导,看问题比我们要深刻得多。后来的实践反复证明,改武警比当解放军好,因为我的命运正是在改了武警之后的第二年转变的。那是1984年,我上了北京军区和武警总部联合举办的新闻干部教导队,毕业之后就提干当了警官,一直在部队干到今天。

我在部队留下来了,可我的老六团没有了。老六团去了哪里?在老六团待过的人都在找,无论他是老六团的一个士兵还是团长、政委,他们实际上都知道老六团去了哪里,可他们还是像我一样在寻找她。老六团成了所有的六团人都回不去的一个心中的家,越是回不去越是要找,越是要找的就注定是找不到的,世界就是这样奇怪。

就老六团的人来说,既得利益者很多,有的在这里提了干部,从穿草鞋一跃变成了穿皮鞋的;有的在这里找了个城市姑娘当媳妇儿,从此离开他祖祖辈辈生存的农村;有的从六团起步,后来成了某个师、某个军的高级将领……而我是六团的一个大头兵,我只是从这里穿上我今生的第一套军装,六团对于我,就是人生的一个短短的稍作调整的驿站。每当我充满感情地说起六团的时候,总有人会问:"六团和你有什么关系?"这一问总能勾起我太多的对六团的回忆,这回忆全是六团和我的关系,这是没在六团当过兵的人永远无法理解的。除了我的第一套军装是六团发给我的,她还给了我无数的第一次:我吃的第一口公家饭是六团给的,我戴的第一个军功章是六团给的,我打的第一颗子弹是六团给的,我走的第一步正步是在六团练的,我唱的第一首军歌是六团教我的,我的第一个哨位是在六团站的,我听的第一堂政治教育课是六团给我上的……如果说六团给我的第一次我可以说上三天三夜,正是这些看似不起眼的第一次,奠定了我坚实的人生基础,使我以后无论走到哪里,都做到了站得直、行得正、坐得稳。

人走千里,都忘不了自己的故乡,因为故乡的一草一木都记载着他的童年故事。童年之所以令人难忘,是因为人生最初的那个梦想形成于童年,形成于那个乡村。我这一生走过许多地方,有大都市,有偏僻的山村,但我从不曾忘过两个地方,一个是河南中部那个叫作上白峪的小山村,那儿的山旮旯里到处都藏着我童年的梦;一个是我的老六团,她像故乡一样,藏着我从军的梦,那个梦虽只是一个军人之梦的雏形,可正是从这个雏形开始,我一步一个脚印地往前走,模仿着我的老兵们、班长们、排长们、连长们、营长们、团长们往前走,按照我的老六团教我的齐步、正步和跑步的方式,稳稳地、大胆而心细地往前走,从六团的哨位、从六团的训练场、从六团的炊事班一直走到祖国的首都北京。

老六团被撤销的同时,我也调离了七连和六团,从此再没有回去工作过,可我从没忘记过我的老六团、我的老七连。任何时候我只要回到安徽去,我去看望我在六团时的老领导,和他们一起聊天、一起喝酒、一起谈天说地、一起回忆过去。每当这个时候我就犹如又回到了我的六团我的七连,又回到了风华正茂的年轻战士的青春岁月,回到了和我同龄的战友们中间。我必须承认,我能回到我的老单位的机会并不多,与日俱增的却是想念,这想念我都写进了我的那些军旅岁月的散文里、诗歌中。每当我听到谁告诉我他是安徽省军区老六团的人,我会有立刻想和他拥抱的冲动,尽管我与他并不相识甚至不曾见过面。

我这一生肯定再也回不到我的老六团了,因为她在这个世界上已不复存在。但我是老六团出来的人是不会改变的,我这颗老六团的心也不会改变的,在今后的日子里我还会去寻找我的老六团的战友们,我相信每个老六团的人,什么时候都是老六团的一个缩影。

我写《柴扉旧事》

2017年9月的一天,我接到《原乡书院》主编北乔从甘南临潭高原打来的电话,说要在《原乡书院》给我开个个人专栏,每周发一篇文章,让我给他准备几篇稿子。我和北乔既是战友又是朋友,于是就满口答应了。

我想,如果一周只发一篇文章,就我以前写的那些文章,足够他发二十年的。哪承想真发起来之后,就有些力不从心了,因为工作中的事情很多,忙起来常把交稿子的事给忘掉。每周提供一篇文章,数量确实不多,但以前写的东西,有的因篇幅太长或太短不适合在栏目推出,有的是内容不适合当下读者的口味儿。刚发了十来篇,便开始疲于应付。

一次我把以前写的一篇《柴扉旧事》随手就给他发了去。那是一篇一万多字的文章,文章是分四个部分写的,发走之后突然想起北乔曾经说过,微信公众号发东西不宜过长,两千字左右即可。我就匆忙给北乔发了一条信息:"小文有点长,内容是分四部分写的,如太长就分四期发吧。"他果然是分成四期发出来的。这萝卜、白菜、西红柿任我种,滨湖而居,风光无限,春夏秋冬,诗意盎然。我有什么理由抱怨呢?可以说我每天下班只要踏上我那二十米长的回家小道,都是唱着一溜河南梆子进院儿的。

前段时间有部叫《芳华》的电影,公映之后引起众人热议,有人说电影里反映的年代和人物,与我经历的年代差不多,问我看了之后有什么感受。我的回答是八个字:"青春永远是美好的。"看看周围的观众,各种评价都有,为剧中的这个人物打抱不平,为那个角色喊冤叫屈,甚至用上了"撕裂""诋毁"这些极端的词来评价。那都是站在此时此刻自己的角度和立场上看问题的,剧中的主角、配角都不会这么想。如果你去问那时过来的人,让他们再回到那样的年纪去过那样的生活,愿不愿意,我想百分之百地都会愿意。所以,有人说我"你那时候真艰苦",可我没觉得任何的苦,因为我有青春。青春是什么?是希望,是理想,是五彩缤纷的梦,是世界的未来完全属于自己的优越感……

写《柴扉旧事》,开始是无意中写的,后来是被催着写的,再后来是自己完全主动去写的。我发现当我坐在电脑前写作的时候,脑子就又回到了那个柴扉小院:几岁的女儿活泼可爱,年轻的妻子善良贤惠,我虽是个低级别的小军官,但整天意气风发,豪情满怀,胸怀报效祖国的壮志,肩负着保卫和平的神圣使命。虽没上过战场,真枪实弹参加过战斗,但我是军人,从不敢有丝毫懈怠。

记忆走进洒满阳光的院落和小道,自己仿佛又青春勃发起来,过去的一点一滴都是那么清晰,角角落落好像都有说不完的故事。我知道那院里收藏着我的芳华,我回忆的是柴扉,我写的是旧事,我脑海里却是冲天的豪情和旺盛的斗志。

青春都是要吐出芳华的，心中的美好永远不能消失。

有位读者给我留言说：你作为穿军装的作家，应该写大雪满弓刀，应该写沙场秋点兵，应该写梦回吹角连营，而不应沉湎于陈谷子烂芝麻的写作当中……他说得非常正确，我是军人，我是肩负着神圣使命的军人，不应该停留在诸如柴扉旧事之中。其实这只是我写作的一个插曲，我的大部分作品都是在讴歌军人的奉献、军人的牺牲、军人的信念、军人的英雄壮举和忘我无私的精神。但军人也离不开柴米油盐，军人也吃五谷杂粮，军人也食人间烟火。所以军人也为自己家人的柴米油盐而操心，不过无论在任何情况下，只要听到祖国一声令下，军人会毫不犹豫地放下一切，包括幸福家庭、妻子儿女、安逸的生活，奔赴血与火的战场。

《柴扉旧事》写了一年多，今天想就此收笔，不是故事讲完了，而是所有的故事都没有讲完的时候。剩下的故事留在记忆中，这叫心中有柴扉，眼里有远方，脚下成大道，生活皆华章。在这里，我感谢每一位读过《柴扉旧事》的朋友，如果您去了合肥，或者您就在合肥居住，不要再去寻找那座柴扉小院了，因为古城郢虽依旧是一座军营，但它早已被改建成一座漂亮的滨河小区，我笔下的往日景象，也早已被高楼大厦所替代，记忆中时常泛起的这些柴扉旧事，曾经存在过、发生过，现在只能化作一行行温暖的文字，在这纸上流淌……